FOLIO POLICIER

Paul Colize

Un jour comme les autres

Gallimard

Paul Colize est né à Bruxelles d'un père belge et d'une mère polonaise. Il vit aujourd'hui à Waterloo. Il a été lauréat des prix Landerneau du polar, Polars Pourpres, Boulevard de l'Imaginaire, Arsène Lupin, Plume de Cristal et Sang d'encre des lecteurs, et finaliste du prix Rossel et du Grand Prix de littérature policière. *Un jour comme les autres* est son quinzième roman.

À mes enfants,
à mes petits-enfants,
les valeurs essentielles de la vie

L'amour supporte mieux l'absence ou la mort que le doute ou la trahison.

JEAN ROSTAND

Personnages principaux

Emily : traductrice, soprano, compagne d'Éric

Éric : professeur de droit, compagnon d'Emily

Martha : gérante de gîte, amie d'Emily

Dany : amie d'enfance d'Emily

Michel Lambert : webmaster, ami d'Emily

Letizia : professeur de chant d'Emily

Massimo : ami de Letizia

Katelyn : sœur aînée d'Emily

François Maertens : collègue et ami d'Éric

Axelle Lefèvre : déléguée médicale

Didier Gusteau : homme d'affaires

Alain Lallemand : journaliste d'investigation

Frédéric Peeters : collègue d'Alain Lallemand

Camille : compagne de Fred

Alfredo : journaliste, ami de Fred

Ariane Demey : première épouse d'Éric

Aleksy : homme à tout faire

PROLOGUE

Il prit les clés de la voiture dans sa poche et jeta un coup d'œil dans sa direction.

Elle n'avait rien remarqué.

Comme chaque matin, elle prenait son café en écoutant un air d'opéra.

Plus d'une fois, il avait été tenté de tout lui raconter.

À présent, sa décision était prise. Il ne reculerait pas et respecterait la promesse qu'il s'était faite.

Il lui adressa un signe de la main et partit sans se retourner.

Ouverture

Les violons frémissent.

Ma voix se mêle à celle de Beverly Sills, si pure et lumineuse.

— *Quel sangue versato al cielo s'innalza. Si vil tradimento, delitto sì rio clemenza non merta, non merta pietà.*

Ce sang versé s'élève vers le ciel.

Une si vile trahison, un crime d'une telle noirceur, ne mérite ni clémence ni pitié.

Les opéras de Donizetti me bouleversent. *Robert Devereux* rayonne d'une beauté crépusculaire. Le finale est éblouissant, son interprétation d'une exigence démesurée.

Je tends les mains, les doigts crispés.

— *Mirate quel palco, di sangue rosseggia.*

Le miroir renvoie mon image.

Le temps où j'y voyais une jeune femme déterminée, orgueilleuse, prête à relever tous les défis me paraît bien loin. Le peignoir dénoué, les cheveux trempés, les yeux cernés, j'ai l'air d'une folle échappée d'un asile.

— *È tutto di sangue il serto bagnato.*

La vieille reine sait qu'il est trop tard. Elle est ivre

de douleur. Des visions l'assaillent. La couronne d'Angleterre baigne dans le sang. Un spectre parcourt le palais en brandissant sa tête décapitée.

L'intensité dramatique atteint son paroxysme.

— *Un orrido spettro percorre la reggia, tenendo nel pugno il capo troncato.*

Je pose un genou à terre.

Dany serait morte de rire. Elle n'a jamais rien compris à l'opéra. Comme beaucoup, elle n'en comprend pas la modernité. L'opéra transcende le drame humain, illumine les instants de joie, noircit les moments de tristesse.

— *Pallente del giorno il raggio si fè. Dov'era il mio trono s'innalza una tomba, in quella discendo, fu schiusa per me.*

Les rayons du jour pâlissent. Où se trouvait mon trône, une tombe s'élève. J'y descends, elle s'est ouverte pour moi.

Les lèvres tremblantes, je monte *crescendo* vers le sommet de l'aria, le *mi* soutenu qui déchire l'âme.

La souffrance, la détresse et l'amour s'amalgament dans cette seule note.

— *Non regno, non vivo.*

Mon règne, ma vie, tout est fini.

L'orchestre boucle les dernières mesures.

Tel un pantin désarticulé, je m'allonge sur le sol, les yeux fermés.

Le point d'orgue, majestueux et grave, résonne dans le salon.

Le silence s'installe, à peine troublé par le bruit de la pluie sur les vitres.

Je reste immobile.

Les larmes me montent aux yeux.

ACTE I

1

Des instants volés aux ténèbres

La pluie s'est arrêtée.

J'avance sur le balcon. Un épais brouillard avale le lac, envahit les montagnes, engloutit la vallée. Seule la silhouette fantomatique du clocher émerge de la grisaille.

Je frissonne, m'enveloppe dans mon peignoir.

D'après les guides touristiques, le lac Majeur change de couleur selon les saisons. À les croire, il n'aurait pas plus de quatre nuances dans sa palette.

Au rythme de mon humeur et de mes états d'âme, il passe du vert jade au bleu ardoise, se pare d'outremer, scintille de mille feux ou sombre dans le noir le plus désespérant.

Shargi allonge son museau entre les barreaux, renifle l'air et se met à gémir.

La moindre perturbation l'effraie.

Je pose une main entre ses oreilles, lui caresse l'échine.

— Tout va bien.

Nous l'avons adoptée en octobre 2014. Un coup de tête de sa part, comme souvent. Il voulait sauver la vie d'un chien et le prendre pour compagnon de nos balades en forêt.

Le samedi, nous sommes allés au refuge d'Anderlecht où nous avons parcouru les couloirs, suivis par les regards craintifs des chiots abandonnés. J'avais envie de libérer tous les animaux. Lui, pestait contre les gens irresponsables.

Nous sommes arrivés devant sa cage. Elle s'est levée, s'est mise à aboyer. Elle nous avait choisis.

Elle avait un an quand ses maîtres l'ont *oubliée* sur une aire d'autoroute par un matin de septembre. Je l'imagine née des amours entre un labrador et un husky. Elle a le corps du premier et les yeux du second.

Le sifflement de la bouilloire retentit.

Je rentre, prépare le café et glisse deux tranches de pain dans le toaster. Je prends le pot de miel en jetant un coup d'œil machinal à l'avis de recherche punaisé sur la porte de l'armoire.

Je ne peux m'empêcher de le parcourir à longueur de journée. Mon appartement est sans doute le dernier endroit où il reste affiché. Il y a bien longtemps que les commissariats l'ont retiré pour faire place à des affaires plus récentes. Ils estiment qu'il faudrait construire une muraille de Chine dans chaque poste de police pour répondre à la demande.

Je saisis un marqueur.

20 juillet 2016.

614e jour.

Je ne crois pas au hasard, je fais confiance aux chiffres.

Je suis née le 22 mai 1985. Gémeaux ascendant Lion. Je suis ambitieuse, loyale et généreuse. Mon sens de la justice me met souvent dans des situations délicates.

En numérologie, mon chemin de vie est le 5. J'oscille entre dépendance et indépendance. Je séduis par mon charme, mes paroles et mon esprit.

Mes changements de ligne de conduite sont fréquents. J'aime les déplacements et les déménagements. Je m'investis sans réserve pour atteindre mes objectifs.

Avant ce matin de novembre, je me serais reconnue dans ce portrait.

Un de mes âges-clés est 31 ans. Les prochains, 40 et 49 ans.

Le 22 mai 1985, je venais à la vie et lâchais mon tout premier cri. Ce même jour, Jean-Paul Kauffmann était enlevé à Beyrouth. Ses ravisseurs l'ont libéré après 1 037 jours de captivité.

À son retour, meurtri, diminué, le journaliste français a déclaré avoir survécu grâce à quelques livres qu'un de ses geôliers lui avait laissés, dont la Bible et le deuxième tome de *Guerre et Paix* de Tolstoï qu'il a lu et relu vingt-deux fois à la lueur d'une bougie.

J'entame ma quinzième lecture.

Je pourrais citer certains passages de tête, les plus touchants, ceux qui m'ont rappelé que les plus beaux souvenirs ne sont que des instants volés aux ténèbres.

> « Il était parvenu à ce degré qui nous rend bons et parfaits, car, lorsqu'on est heureux, on ne croit plus ni au mal, ni au chagrin, ni au malheur. »

Dans 423 jours au plus tard, il réapparaîtra, quelque part au bout du monde, amaigri, flottant dans ses habits. Il chassera les doutes, apportera les réponses, me libérera de ma culpabilité.

Tout rentrera dans l'ordre.

Je t'attendrai à l'aéroport, tremblante d'émotion. Tu sortiras de l'avion. Tu me verras au bas de la passerelle, ressuscitée. Tu redresseras les épaules. Tes yeux s'illumineront. Tu avanceras vers moi, la démarche hésitante.

Nous reprendrons notre vie.

Comme avant.

Avis de recherche – Disparition de longue durée

Date : 14.11.2014
Lieu : Ixelles

Le matin du vendredi 14 novembre 2014, M. Éric DEGUIDE, un homme âgé de 34 ans, a quitté le domicile de sa compagne situé à Ixelles.

Depuis, il ne s'est plus manifesté.

M. DEGUIDE mesure 1 m 92 et est de corpulence mince. Il a les yeux gris-bleu et les cheveux châtains. Au moment de sa disparition, il était vêtu d'un jeans bleu, de bottines brunes et d'une veste bleu marine.

M. DEGUIDE circulait à bord d'un véhicule de marque SAAB, immatriculé FBG. 454. Ce véhicule a été découvert dans le parking de l'aéroport de Zaventem en date du 19 novembre 2014.

Publié le 15/12/2014 à la requête du Procureur du Roi de Bruxelles

2

Venu de nulle part

Méthodique, précis, Michel Lambert mettait un point d'honneur à se méfier des affirmations vagues et des propos douteux. Seuls les faits avérés et les preuves formelles trouvaient grâce à ses yeux.

S'il ne s'agissait de cette affaire, il n'aurait pas tenu compte de ce message venu de nulle part. Les chances qu'il ouvre une piste étaient minces.

Il refit ses calculs.

Les éléments concordaient.

L'information qu'elle lui avait confiée en son temps l'incitait à accorder de la crédibilité à la publication.

Il consulta sa montre.

10 h 17.

Il évalua les options.

Se précipiter n'était pas opportun. Attendre équivalait à courir le risque qu'elle anticipe son appel.

Il pesa le pour et le contre et prit sa décision.

3

L'affection et la beauté redonnent l'espoir

Je suis assise à ma place habituelle, au bout de la longue table d'hôtes. Le soleil inonde la salle, enflamme les tentures, empourpre la tommette.

Shargi ronfle à mes pieds. La radio diffuse un vieux rock en sourdine.

Martha débarrasse le petit déjeuner en se tortillant.

Elle m'interpelle, une pyramide de pots de confiture dans les bras.

— Quand j'avais 17 ans, j'ai vendu de la vaisselle sur les marchés.

— C'est là qu'est née ta vocation d'hôtelière?

Martha aurait pu s'appeler Messia, le rôle-titre de *La Veuve joyeuse.* Elle rit à la moindre occasion, de tout et de rien, surtout de rien. Quand mes pensées me torturent, sa bonne humeur communicative parvient à tout balayer.

Elle lève les yeux, remue ses souvenirs.

— J'aidais mon père à monter la tente. Le reste du temps, je le regardais à l'œuvre.

Martha est propriétaire d'un *Bed & Breakfast* sur les hauteurs de Ranco, une bâtisse du début du siècle qu'elle a rénovée au fil des ans et de ses rentrées d'argent. Façade rouge vif, châssis blancs, parfum de cire d'abeille. Un saule argenté rafraîchit la cour.

Sa maison se trouve à dix minutes de marche de chez moi. À 758 pas, de porte à porte. Parfois un ou deux de moins. Rarement un de plus. En aucun cas, je ne peux dépasser les 769 enjambées.

De peur de franchir les onze pas fatidiques, je n'autorise aucun écart à Shargi. Si je croise une connaissance, j'attends qu'elle vienne à ma rencontre. Quand je crains de m'être trompée dans mes calculs, j'allonge ma foulée.

— Il posait d'énormes piles d'assiettes devant lui et jetait un prix à la tête des clients. S'ils hésitaient, il fouillait dans les cartons rangés sous les tréteaux. Pour le même prix, il ajoutait la théière, les tasses, les soucoupes, les bols, la soupière, la saucière, et ainsi de suite jusqu'à ce qu'il n'y ait plus de place sur le présentoir. En plus, il parlait à toute vitesse.

Martha a passé la quarantaine. Elle affiche en permanence un sourire d'une blancheur étincelante, mis en valeur par sa peau mate et ses cheveux passés au henné.

Son enthousiasme débordant, ses hanches pleines et sa poitrine généreuse échauffent l'imagination de tous les mâles à la ronde ; pour la plupart, des machos mal dégrossis. Ils débarquent à l'improviste sous un prétexte quelconque, font la roue, racontent un tas de choses formidables sur eux et s'en vont, persuadés d'avoir marqué des points.

Aucun n'a l'audace de m'approcher.

— Il parvenait à gagner sa vie de cette manière ?

Elle hausse une épaule.

— Pas vraiment. Le vrai métier de mon père est

plombier. À l'époque, pour boucler les fins de mois, il courait les marchés avec de la vaisselle chinoise qu'il achetait au kilo, blanc moche avec des fleurs multicolores. La peinture fichait le camp quand tu la mettais dans le lave-vaisselle.

Mon italien s'améliore de jour en jour, mais nos conversations se déroulent le plus souvent en français. Il lui arrive de passer d'une langue à l'autre ou de baragouiner en anglais pour me raconter ses rêves les plus intimes, comme si Shakespeare nous garantissait une plus grande confidentialité.

Elle a perdu son mari en 2004, victime d'une chute fatale alors qu'il réparait la toiture de la maison. Une fin tragique pour un carabinier. Seule, elle a élevé sa fille, Alida, 16 ans aujourd'hui, en pleine crise d'adolescence.

Grâce à Martha, à Dany et au chant, je parviens à me lever chaque matin. Un philosophe chinois prétend que l'affection et la beauté redonnent l'espoir.

Elle me lance un regard complice.

— Mon père n'est pas un escroc, il prévenait les clients.

— Quand ils avaient payé ?

— Un peu après. Il les rappelait au moment où ils s'en allaient.

— Il n'est jamais trop tard pour bien faire.

— Et toi, quel est le métier de ton père ?

— Il a arrêté de travailler. Il était directeur général dans une grande entreprise.

Comme il se doit, elle a respecté les normes du veuvage à l'italienne. Les premiers mois, elle n'a allumé ni la radio ni la télé. Pendant deux ans, elle s'est habillée de noir de la tête aux pieds. Chaque année, elle organise une messe à la mémoire du disparu. Ce jour-là, je m'éclipse.

À l'exception des chambres, la photo de son Salvatore est exposée dans toutes les pièces de la maison, avec les dates de naissance et de décès.

Par moments, je l'envie. Son deuil est terminé, elle a pu tourner la page, continuer à vivre.

Apprendre sa mort me soulagerait peut-être, mais je me sens coupable quand j'envisage cette hypothèse, comme s'il lisait dans mes pensées, là où il est.

Elle inspecte la nappe. Malgré quelques taches superficielles, elle considère qu'elle peut encore servir et la replie avec soin.

— Et toi, tu as fait des choses bizarres dans ta vie ?

Une scène me revient.

— J'ai cultivé du cannabis.

Elle écarquille les yeux.

— Tu fumais des joints ?

— Je n'ai jamais fumé de ma vie. Ni herbe ni tabac.

Elle prend l'air horrifié.

— Tu trafiquais ?

— Pas du tout. J'avais acheté un plant à Amsterdam. Je voulais préparer un *space cake* au chocolat et l'offrir à ma mère, histoire de la décoincer un peu.

Elle s'esclaffe.

— Je l'imagine dans sa chorale, complètement défoncée.

Je visualise l'image.

J'ai envie de rire, mais j'ai tendance à fondre en larmes la seconde d'après. Le contraire m'arrive également. Mes volte-face émotionnelles jettent un froid, surtout si on ne me connaît pas.

— J'ai oublié de l'arroser, il n'a pas survécu.

Je me suis liée d'amitié avec elle quand je suis venue passer une semaine ici avec Éric, après sa rupture. Il cherchait un endroit calme et isolé pour décompresser et prendre du recul, loin de sa famille et de ses amis qui lui voulaient du bien. Le bien étant de revenir dans le droit chemin et de retourner auprès de sa femme.

Nous passions nos journées sous les draps. Je devais le tirer hors du lit pour aller nous promener le long du lac.

À l'entrée d'Angera, je l'emmenais à l'ombre des châtaigniers, sur *notre* banc. J'admirais Arona sur l'autre rive. Lui ne décrochait pas un mot, perdu dans ses pensées. Qu'importe, sa seule présence me remplissait de bien-être. Je le comprenais dans le silence. Je ressentais son amour sans qu'il ait besoin de l'exprimer.

À d'autres moments, il s'emballait, parlait philosophie, littérature, cinéma, peinture.

Pendant ces quelques jours, il était parvenu à mettre son combat en veilleuse.

Ses combats.

« Lui connaissez-vous des ennemis ? »

Après m'avoir demandé s'il était malade, dépressif, s'il buvait, si son comportement avait récemment changé, si nous avions des problèmes de couple, s'il prenait des drogues, s'il avait des raisons de disparaître et autres inepties, c'est la question que les flics m'ont posée.

Elle était mal formulée. Ils auraient dû me demander si sa disparition était susceptible de satisfaire quelqu'un.

Environ la moitié de la planète.

Un couple d'hôtes traverse le séjour et me salue. La soixantaine apaisée, ils semblent heureux, soudés l'un à l'autre dans leur tenue folklorique bavaroise. Ils déplient une carte et appellent Martha à la rescousse. Elle échange quelques mots avec eux dans un allemand approximatif. Ils la dévisagent, dubitatifs, la remercient pour les précisions et rangent la carte dans leur sac à dos.

Je suis revenue à Ranco en février de l'année passée. Au départ, je comptais m'y arrêter une semaine ou deux, le temps d'expier ma faute, de fuir les regards inquisiteurs et les reproches muets.

Je voulais revivre une page de notre histoire, sentir ta présence, admirer tes mains, ta nuque, t'écouter.

Quand j'ai pris la décision de rester, Martha m'a trouvé un appartement meublé au dernier étage de la maison de Teresa, la pharmacienne. Elle me le loue pour le prix d'un cappuccino.

Un petit salon lumineux, une chambre monacale, une minuscule salle de bains dans laquelle je me cogne de tous côtés. Les poutres apparentes lui donnent un charme désuet. Une glycine centenaire court sur la façade et étend ses coursonnes jusque sous la toiture. En avril, elle déverse ses grappes de fleurs sur mon balcon et m'enivre de son parfum.

De là-haut, j'ai une vue plongeante sur l'église du village, les ruelles tortueuses et l'immensité du lac. Par temps clair, je distingue Verbania et le sommet du Gridone à la frontière suisse. L'immuabilité des montagnes m'apaise.

Un matin, Teresa a frappé à ma porte. J'avais chauffé ma voix et entonnais *Sì. Mi chiamano Mimì*, l'une des plus belles arias de Puccini. N'importe qui doué de sensibilité ressentira des frissons en écoutant l'interprétation de Mirella Freni.

> Elles me plaisent, ces choses
> qui ont ce charme si doux, qui parlent d'amour, de printemps,
> de songes et de chimères,
> ces choses que l'on nomme poésie.

Nous étions dimanche. Je ne m'en étais pas rendu compte. Je me suis excusée et lui ai promis d'arrêter.

Elle semblait émue.

— Vous chantez *magnificamente.* Vous devriez rencontrer mon amie Letizia.

Depuis, je vais chez son amie Letizia tous les mercredis. Elle m'aide à travailler ma voix et à améliorer ma technique. Elle prétend s'être produite dans les plus grandes salles de concert du monde. Elle m'a montré quelques photos d'elle sur scène, en posture de diva, le visage crispé, la bouche béante. Je me suis retenue de rire.

Peu après, Letizia m'a mise en contact avec Massimo.

Était-ce un de mes jours-clés ou un alignement favorable des astres ?

Martha éteint la radio et ôte son tablier.

— Je vais au marché, tu viens avec moi ?

— Vendu, j'ai quelques achats à faire.

Mon téléphone se manifeste au moment où je me lève. Je pars à sa recherche dans le chaos qui règne dans mon sac.

Le nom de Michel apparaît sur l'écran.

Je prends un ton enjoué.

— Salut, Michel.

— Bonjour, Emily.

Au son de sa voix, je comprends qu'il est embarrassé.

— Qu'est-ce qui se passe ?

Il se racle la gorge.

— J'ai du nouveau.

Les crimes en Belgique

Forum sur les affaires criminelles belges

Sujet : Disparition d'Éric Deguide, le 14 novembre 2014

Date : Mar 6 jan 2015 – 11 : 25

Modérateur : Michel Lambert

Dans cette affaire de disparition, plusieurs éléments troublants restent sans réponse.

Les topics suivants sont développés dans des forums spécifiques :

1. La personnalité du disparu
2. Les éléments d'enquête
3. La découverte du véhicule
4. Zones d'ombre

Dans le domaine de vos possibilités, nous vous demandons de poster en citant vos sources.

4

Le calcul des probabilités

Michel Lambert coupa la communication et resta songeur.

Il l'avait sentie anxieuse, en plein désarroi. Sans doute aurait-il dû choisir un autre moment ou attendre d'éventuels développements. En aucun cas, il ne souhaitait lui donner de faux espoirs.

La cinquantaine, divorcé depuis une dizaine d'années, Michel était instituteur dans une école de Jette. Il partageait un modeste appartement avec sa fille de 20 ans, étudiante en archéologie.

Atteint d'une insuffisance rénale, il se rendait trois fois par semaine à la clinique Brugmann pour y subir une dialyse.

Chaque séance lui prenait quatre heures, espace de temps durant lequel il devait rester alité. Peu enclin à l'oisiveté, ces plages d'inactivité forcée lui avaient inspiré l'idée d'ouvrir un site consacré aux affaires criminelles belges.

Un an après sa création, son forum était devenu le pôle de référence de toute personne passionnée par le sujet. Depuis, près de 80 000 messages avaient été postés. Certains intervenants débattaient sans fin de la provenance d'une douille ou de la marque d'un mégot de cigarette trouvé sur les lieux d'un crime. D'autres revenaient sur des éléments mille fois ressassés pour leur prêter une importance que les enquêteurs auraient négligée.

Quand Emily s'était manifestée pour lui suggérer d'aborder le cas d'Éric Deguide, il avait refusé d'entrée de jeu. Plus d'une fois, il avait été sollicité pour évoquer la disparition de quidams qui refaisaient surface après deux ou trois nuits de débauche.

Elle ne s'était pas laissé démonter, était revenue maintes fois à la charge, avait insisté sur le caractère trouble de l'affaire pour finalement lui proposer une rencontre.

Intrigué par sa pugnacité, il avait cédé et lui avait fixé rendez-vous à l'entrée du stade Roi Baudouin, endroit qui lui permettait d'épier son arrivée avant de se manifester. En plus des membres qu'il avait bannis, les quelques déséquilibrés qui hantaient le forum l'incitaient à être vigilant.

À l'heure prévue, elle était apparue, déambulant avec élégance sur l'avenue Houba-de-Strooper. Pour tout signe de reconnaissance, elle avait précisé qu'elle était grande, brune et porterait un sac rouge vif.

Durant plusieurs minutes, il avait observé ses allées et venues, guettant les environs à l'affût d'une éventuelle présence indésirable.

La voie étant libre, il s'était approché.

— Bonjour, madame, je suis Michel.

Elle s'était aussitôt déridée.

— Bonjour, monsieur, je suis ravie de faire votre connaissance. Appelez-moi Emily.

— Dans ce cas, appelez-moi Michel.

— Très bien, Michel. On peut se tutoyer ?

Il s'était d'emblée senti attiré.

Emily était de ces femmes que l'on peut croiser sans relever leur présence.

Sa beauté ne transparaissait pas au premier abord, mais il suffisait d'accrocher son regard, d'échanger quelques mots avec elle et le charme opérait. Malgré son calvaire, son visage respirait la joie de vivre.

Ce mélange de courage et de sensibilité le fascinait.

Ils partirent se réchauffer à la brasserie de l'Expo. Suspicieux de nature, il se mit à son écoute et se laissa peu à peu apprivoiser par sa voix harmonieuse et sa façon d'accentuer certaines syllabes. Elle animait les mots, leur attribuait un sens léger ou poignant. De temps à autre, elle marquait une pause ou dédramatisait la situation par un trait d'humour.

Incapable d'émettre le moindre son, il la dévisageait, observait ses mains, suivait ses gestes en s'interdisant d'admettre l'évidence. Pour la deuxième fois de sa vie, il ressentait la délicieuse brûlure de la passion amoureuse.

Subjugué par son charisme, il se sentait prêt à lui remettre les clés du forum quand bien même sa requête aurait porté sur le vol d'un vieux vélo.

À la fin de son récit, il avait déclaré que ses arguments l'avaient convaincu.

La publication du sujet avait interpellé bon nombre de membres. Certains y étaient allés de leurs scénarios. Les uns conjecturant que l'épouse du quidam avait engagé un tueur à gages, d'autres que le sieur Deguide se prélassait sur une île paradisiaque en compagnie d'une femme aux mensurations avantageuses.

Il avait rappelé à l'ordre les trublions et fait disparaître les messages, conscient de l'impact désastreux qu'ils auraient sur Emily. Personne n'était au courant qu'elle parcourait le forum sous le pseudonyme de RebeccaD.

Séduit par sa présence et sa personnalité, mais sceptique quant à son cas, il s'était enthousiasmé pour l'affaire au fil du temps.

Les indices qu'elle lui avait fournis étaient pour le moins intrigants.

Le 14 novembre 2014, son compagnon, Éric Deguide, chargé de cours à l'université libre de Bruxelles, avait quitté leur appartement pour se rendre à *une réunion* dont il n'avait précisé ni l'endroit ni l'identité des participants.

À plusieurs reprises, elle avait tenté de le joindre pendant la journée, mais son téléphone ne répondait pas. Sans nouvelles, elle avait signalé sa disparition à la police le lendemain matin.

Cinq jours plus tard, un confrère de Deguide avait repéré son vieux cabriolet Saab garé dans le parking de l'aéroport de Zaventem.

Tout laissait penser à un départ volontaire, mais plusieurs éléments méritaient d'être approfondis, en commençant par la personnalité du disparu.

Grand partisan de la non-violence et du respect des droits de l'homme, sorte de don Quichotte des temps modernes, Éric Deguide menait de nombreuses batailles à coups d'éditoriaux, d'articles de journaux, de communiqués de presse et de pamphlets sur Internet.

Il ciblait les gouvernements, les extrémistes de tous bords, les trafiquants d'êtres humains et les revendeurs de drogue. Par ses envolées épistolaires, il étendait sa zone de combat à tout individu bafouant les lois, les principes constitutionnels ou les valeurs démocratiques.

Dès le début de l'affaire, plusieurs éléments avaient déconcerté les enquêteurs.

Pour commencer, ils n'avaient décelé aucune trace du passage de Deguide à l'aéroport.

Avant les attentats du 22 mars 2016, il n'était pas possible d'obtenir ces informations, sauf si l'on pouvait préciser le nom de la compagnie aérienne ou la destination choisie. Ces données étaient d'autant plus difficiles à récolter s'il s'agissait d'un départ de dernière minute et si aucun bagage n'avait été enregistré.

Aucun rendez-vous n'avait été noté dans son agenda le jour de sa disparition et personne ne s'était inquiété de son absence à une quelconque réunion.

L'examen de sa messagerie électronique et de son compte bancaire n'avait apporté aucune information supplémentaire, pas plus que l'audition de ses confrères, de sa famille et de ses amis. Le rapport de téléphonie ne présentait aucun appel inconnu, ni émis, ni reçu. L'arrêt de l'activité s'était produit le 14 novembre à 8 h 45, heure à laquelle l'appareil avait été géolocalisé pour la dernière fois à Ixelles. Cela signifiait qu'il avait été coupé, que la batterie avait été enlevée ou qu'il avait été détruit.

Enfin, la Saab de Deguide avait été découverte dans le parking de Zaventem, mais ne semblait jamais y être entrée. La police avait visionné les vidéos, mais n'avait trouvé aucune image. Elle n'apparaissait nulle part, comme si elle avait rejoint son emplacement par téléportation. Lorsqu'elle avait été retrouvée, Emily s'était immédiatement rendue à l'aéroport. Elle avait constaté que le siège côté conducteur avait été avancé alors qu'il était habituellement reculé au maximum considérant la taille de Deguide.

De nombreuses empreintes digitales furent prélevées dans l'habitacle en plus de celles de Deguide et d'Emily, mais le volant, le pommeau de changement de vitesse et les poignées des portières avaient été nettoyés avec soin.

Lors de son audition, Emily avait exprimé une conviction personnelle aux enquêteurs, mais ceux-ci l'avaient jugée peu probante. Elle ne l'avait pas écartée pour autant et l'avait mentionnée à Michel, en le priant de ne pas la diffuser sur le forum.

Il soupira, relut ses notes.

Le calcul des probabilités penchait en sa faveur.

En partie rassuré, il se persuada qu'il avait bien fait d'alerter Emily. À présent, il lui restait à en savoir plus sur le dénommé Axe-L.

5

Un jour comme les autres

Je tourne en rond dans l'appartement. Je tente de reprendre mes esprits, m'assieds, me lève, me rassieds, relis une nouvelle fois le message.

> Ce matin-là, vers 10 heures, j'ai vu cet homme à la station-service de Barchon, sur l'autoroute E40.

Le premier signe depuis vingt mois.

Je ferme les yeux, inspire, expire. Peut-être s'agit-il d'un parano, d'un troll, d'un provocateur.

Shargi ressent mon trouble. Les oreilles rabattues, elle passe sa tête sous mon bras, me réclame une caresse.

> J'ai vu cet homme.

Pourquoi ne pas se limiter à *il m'a semblé reconnaître cet homme* ou *j'ai vu quelqu'un ressemblant à Éric Deguide*?

> Ce matin-là.

Comment peut-il être sûr du jour ? Et surtout, de l'heure ?

Je me lève, refais les cent pas dans la pièce, Shargi dans mes pieds.

Qui est cet Axe-L ?

Je me rassieds, rouvre la page du forum, clique sur son nom.

Il s'est inscrit avant-hier sans passer par la case présentation. Il a laissé six messages : trois lieux communs sur le profilage, deux sur les portraits-robots des tueurs du Brabant, le dernier sur la disparition d'Éric.

Son comportement est troublant. La majorité des nouveaux arrivants reste silencieuse. Ils prennent la température, parcourent l'un ou l'autre sujet, puis s'en vont. La plupart ne reviennent pas. D'autres se comportent comme des chats délimitant leur territoire. Ils postent des commentaires tous azimuts sans consulter l'historique ou répètent des vieilleries abordées cent fois. Après quelques jours, ils se lassent et partent faire la même chose ailleurs. En fin de compte, sur les 1 167 membres inscrits, peu sont actifs.

Je me sens perdue.

Je pourrais appeler Dany. Foncer chez Massimo. Essayer de dormir. Marcher au bord du lac. Retourner voir Martha.

J'attrape mon téléphone, compose le numéro de Michel.

Une sonnerie. Je bloque ma respiration. Deux sonneries. Silence. Je compte les secondes. S'il décroche avant la troisième sonnerie, l'indice vaut quelque chose.

Un déclic.

— J'attendais ton appel, Emily.

— Je deviens dingue.

Il prend un ton rassurant.

— Ne t'affole pas. C'est peut-être une erreur ou une simple coïncidence.

— Une simple coïncidence ? Barchon, ça colle, non ?

Il reste silencieux quelques instants.

— Oui, j'ai fait le calcul.

Je tente un mot d'esprit.

— De quoi tu te mêles ? C'est moi, la mathématicienne de l'équipe.

La seule information que j'avais recueillie sur son emploi du temps du 14 novembre provenait de son assistante, à l'ULB. La veille au soir, il lui avait annoncé qu'il se rendrait à une réunion à 10 heures et reviendrait vers midi.

Pourquoi aurait-il donné ces précisions s'il comptait s'envoler à l'autre bout du monde ?

Je n'ai rien remarqué de particulier ce matin-là. C'était un jour comme les autres. Je l'ai embrassé et il est sorti de l'appartement. Il était 8 h 30. Sa voiture était garée dans le parking de l'université, à moins de 300 mètres. Quand son assistante est arrivée, à 9 heures, la Saab avait déjà quitté son emplacement.

Où est-il allé ? En toute vraisemblance, quelque part à une heure et demie de route. À l'autre bout de Bruxelles ? À Anvers ? Liège, Lille, que sais-je ?

Ou Barchon.

Tout s'est joué durant la matinée du 14 novembre. Faute de quoi, il m'aurait appelée. D'un mobile, d'une cabine, d'un café, de la planète Mars, de n'importe où.

J'ai fait cette déclaration aux flics, mais ils n'en ont pas tenu compte.

Ils voyaient les choses autrement.

Pour eux, le fait que son téléphone soit hors service à partir de 8 h 45 ne signifiait pas pour autant qu'un *événement* s'était produit ce matin-là. La période à considérer était de cinq jours, du 14 au 19, entre son départ de l'appartement et la découverte de sa voiture.

La véritable raison était ailleurs. Ils privilégiaient la thèse de la fugue en avion. Je l'ai compris plus tard.

Michel reprend d'un ton professoral.

— De l'université à la pompe de Barchon, Google Maps indique 106 km. Une heure dix de trajet sans circulation. Si je rajoute quelques minutes pour sortir de Bruxelles, de fait, 10 heures, ça colle.

— Comment peut-il être certain de ce qu'il raconte ?

— Aucune idée.

— Que dit l'adresse IP ?

— Localisé à Bruxelles, je ne peux pas t'en dire plus. Je ne dispose pas des outils de la NSA.

— Tu vas le contacter ?

— Pas tout de suite. Je préfère attendre sa prochaine visite. Il se connecte régulièrement.

Prudent, méthodique, circonspect, comme toujours.

Michel est un 4, l'humour en moins. Il porte des lunettes dorées, des pantalons en velours côtelé et un marcel sous ses chemises. Il est fou amoureux de moi et pense que je ne m'en rends pas compte. Il saisit toute occasion pour me passer un coup de fil et débiter des banalités d'une voix mielleuse ou m'envoyer des messages constellés de *smileys.* Qu'est-ce qu'il s'imagine ? Il accuse vingt ans de plus que moi et mesure quinze centimètres de moins.

— S'il ne vient plus ?

— J'ai son adresse mail.

Je n'aurai pas la patience d'attendre.

— Si je le contactais ?

— C'est trop tôt.

Je serre les dents, replonge sur l'écran, parcours une nouvelle fois les quelques mots.

> Ce jour-là, vers 10 heures, j'ai vu cet homme à la station-service de Barchon, sur la E40.

S'il dit vrai, l'hypothèse qu'Éric ait pris l'avion le matin du 14 vole en éclats.

Entre-temps, Henry123, un des farfelus de la bande, a posté un commentaire.

> En grande conversation avec Michael Jackson ?

Si cet imbécile était en face de moi.

Michel maugrée.

— Ce con va le décourager.

Il rugit dans la foulée.

— Attends ! Axe-L vient de se connecter. Il est occupé à rédiger. Je plonge sur l'écran.

> Très drôle. Je sais de quoi je parle, je connais mon métier.

— Vous croyez en Dieu ?

— Ça change quelque chose ?

— Pas pour moi. Pour Dieu, je ne peux pas me prononcer.

— Et pour moi ?

— Saint Matthieu dit que la foi transporte les montagnes.

— Tchekhov dit qu'un chien affamé n'a foi qu'en la viande.

— Vous ne répondez pas à ma question. Vous croyez en Dieu ?

— Non.

6

Ne jamais dire jamais

J'aimerais que ma mémoire ne conserve que nos moments de bonheur. Les pires refont surface.

> L'abonné mobilophone ne peut répondre à votre appel pour l'instant. Veuillez réessayer plus tard.

Après avoir entendu cette annonce une centaine de fois, j'ai téléphoné à son assistante. J'ai ensuite parlé à ses confrères. Aucun ne l'avait vu, personne ne savait où il était. J'ai contacté ses amis. Même réponse. Ils ignoraient où il se trouvait. Nul ne semblait s'en inquiéter. Ses retards chroniques, son étourderie et son amnésie diplomatique étaient connus de tous.

J'ai pris ma voiture et arpenté Bruxelles. Je me suis rendue aux endroits qu'il fréquentait. Je bondissais quand je croisais une Saab. Je tentais d'apercevoir le visage du conducteur.

En vain.

Je suis rentrée en fin de soirée, épuisée. Je suis restée toute la nuit prostrée dans le fauteuil, mon téléphone raccordé à la prise, de peur que ma batterie ne me lâche. J'épiais les bruits de l'immeuble, le ronronnement de l'ascenseur, le nombre d'étages qu'il parcourait. Je croyais entendre le cliquetis de la clé dans la serrure.

Letizia me sort de mes tourments.

— Café ou thé ?

— Jamais de café, je te l'ai déjà dit, Letizia.

Elle gesticule.

— À mon âge, on a le droit d'oublier certaines choses. Tu as fait l'exercice que je t'ai montré la fois passée ?

— Lequel ?

Elle ouvre la bouche, laisse tomber sa mâchoire et se met à mastiquer dans le vide, les yeux écarquillés. Ses hochements de tête font trembler le nid de hibou qui lui tient lieu de coiffure.

— Le poisson ? Oui, j'ai essayé.

— *Molto bene.*

Grelottante sous le plaid, je me suis efforcée d'élaborer des hypothèses rassurantes. Sa réunion s'éternisait, son téléphone était défectueux, sa voiture était tombée en panne. Les heures passant, les perspectives se sont assombries.

Le soleil se faufile à travers les persiennes. Elle se lève et se dirige vers le piano.

— Approche, on va travailler ton *appoggio.*

J'obéis de manière mécanique.

Elle adopte la *postura nobile* et me fixe en plissant les yeux, gestes annonciateurs d'un point de théorie.

— Le soutien de ta voix vient musculairement des *latissimus dorsi*, des obliques et du *rectus abdominis*, ce qu'on appelle le diamant d'appui.

J'acquiesce en silence.

— Commençons par quelques respirations complètes.

Je me place à ses côtés, essaie de me concentrer sur l'exercice.

Mes pensées me ramènent au lendemain de sa disparition.

Au petit matin, je suis sortie de mon état de torpeur. Shargi gémissait à mes pieds. N'y tenant plus, j'ai appelé son ex-femme.

J'étais inquiète. Je n'avais pas de nouvelles d'Éric depuis vingt-quatre heures.

Sa réponse a été aussi brève qu'insaisissable.

— Il faudra vous y faire, ma chère.

Elle n'a pas attendu ma réaction pour raccrocher.

Un mystère entoure cette femme. Éric me parlait rarement d'elle et éludait mes questions. Il se contentait de répondre qu'elle faisait partie du passé.

— Ouvre complètement ta cage thoracique, relâche ton périnée. Imagine que tu as une culotte intérieure qui soutient tes organes.

J'inspire, j'expire.

Vers 10 heures, je suis allée à la police.

Ma déposition terminée, je les ai entendus prononcer ces mots barbares : présomption d'absence, disparition inexpliquée, défaut de présentation, avis de recherche.

Mon cauchemar prenait forme.

— Relâche ton périnée.

Dans les romans, on parle de vie qui bascule. Ce matin-là, j'ai pu mettre des ressentis sur cette formule éculée.

Je relâche mon périnée.

— Sans affaisser ta poitrine.

Les flics sont venus perquisitionner l'appartement, ils n'ont rien trouvé. Malgré leur bonne volonté apparente, j'ai compris qu'ils ne me seraient pas d'un grand secours.

L'enquêteur m'a ensuite convoquée chez le magistrat en charge de l'affaire. Le responsable de la Cellule des personnes disparues était présent, un homme calme, ouvert, attentionné. Il m'a assuré qu'il prenait les choses au sérieux et m'a détaillé les critères d'une *disparition inquiétante*, en particulier celui relatif à Éric : *lorsque l'absence de la personne est contradictoire par rapport à son comportement habituel.* Le fait qu'Éric n'avait emporté aucun effet personnel renforçait sa conviction.

Sa dernière phrase m'a redonné confiance.

« Notre leitmotiv : ne jamais dire jamais. »

Je suis rentrée chez moi et me suis ruée sur Internet pour en apprendre plus sur eux. Leur organisation était composée de huit enquêteurs. Les recherches étaient menées en bonne intelligence avec la police.

Présenté de telle manière, tout laissait à penser qu'une armada de fins limiers parcourait le royaume dix heures par jour. Dans les faits, cinq nouveaux cas étaient signalés quotidiennement. Autant dire mission impossible.

Plus tard, quand j'ai commencé à m'intéresser aux chiffres et à leur signification, je me suis penchée sur leurs statistiques. 97 % des disparitions sont élucidées. 12 % des personnes sont retrouvées sans vie, des suites d'un suicide, d'un accident ou d'une mort naturelle. Dans seulement 0,9 % des cas, il s'agit d'un enlèvement ou d'un homicide.

Sur les 24 000 dossiers traités depuis leur création, 769 cas restent non résolus.

769 familles détruites. Des femmes, des maris, des pères, des mères, des enfants. Comme moi, ils se lèvent chaque matin, la tête vide, le ventre noué, en attente d'un signe de vie.

Comme moi, ils échafaudent les scénarios les plus fous. Comme moi, ils sursautent lorsque la sonnerie du téléphone retentit ou quand quelqu'un se présente chez eux.

Elle virevolte autour de moi comme une toupie, s'accroupit, me prend par les hanches.

— Quand tu ressentiras cette ouverture dans le bas du dos, maintiens-la.

J'abandonne.

— Je suis désolée, Letizia, ça ne va pas. J'ai d'autres choses en tête.

Elle se relève, soupire.

— Ton travail ?

— Entre autres. Ça ira mieux la semaine prochaine. Je ferai mes exercices entre-temps.

Elle époussette sa robe, l'air résigné.

— Ne t'en fais pas. La Callas disait qu'elle ne chantait bien qu'un jour sur quatre. Personne n'est parfait.

Je tente de faire bonne figure.

— Selon mon père, la perfection n'est pas de ce monde, mais la vie doit tendre vers elle.

— Il a raison. Continue tes exercices et écoute les grandes œuvres. Verdi, Puccini, Bellini, Donizetti, Rossini, Monteverdi. Les Italiens savent parler de drames, de trahisons et d'amour avec magnificence. Pas comme Wagner.

Au temps de sa splendeur, elle a été pressentie pour

jouer le rôle d'Isolde, mais sa candidature n'a pas été retenue.

D'après elle, son accent allemand n'était pas convaincant. Selon moi, elle n'était pas à la hauteur. Chanter Wagner est plus éprouvant que de courir un marathon avec des tongs. Il faut se donner à 150 %, sans répit, sans la moindre pause. Depuis, elle règle ses comptes par compositeur interposé.

Elle poursuit sur sa lancée.

— Quand tu sors d'un opéra de Wagner, tu as juste envie de te jeter sous un train.

J'ai hâte de rallumer mon téléphone.

Le mercredi, la police m'a appelée. Sa voiture avait été découverte dans le parking de l'aéroport. Ils envoyaient une équipe et avaient besoin de ma présence pour identifier d'éventuels objets.

Je me suis précipitée à Zaventem. Les policiers sont arrivés. Ils ont examiné la Saab, prélevé les empreintes, noté mes remarques.

Quand je suis allée chez les gardiens du parking pour signer les documents de sortie de la Saab, le planton s'est adressé à moi en flamand. Buté, il m'a laissée chercher mes mots, un sourire en coin, pour amuser la galerie.

Comment font les gens normaux pour rester zen face à un tel abruti ? Après quelques tentatives maladroites pour répondre dans son patois, j'ai craqué. Je me suis penchée vers lui et j'ai poussé un cri assourdissant, de ceux capables de briser un verre. D'un coup, le type savait parler français.

Elle me raccompagne, colle sa joue contre mon visage.

— Tu as une voix magnifique, Emily. Tu es une de mes élèves les plus douées. Et j'en ai eu, des élèves, crois-moi !

— Merci, Letizia. *Ti voglio bene.*

Elle referme la porte sur moi.

Je dévale quatre à quatre les escaliers et sors de la maison.

Après une nouvelle nuit blanche, je suis retournée au commissariat. Ils se sont montrés moins conciliants. Tout ressemblait à une disparition volontaire. Au vu de son impérieux besoin de reconnaissance, ils n'écartaient pas l'éventualité d'une fugue médiatique.

J'ai gardé la tête haute.

Une fois chez moi, je me suis effondrée. Après m'être comportée comme une femme normale, à savoir pleurer toutes les larmes de mon corps, je me suis mis en tête de le retrouver.

Je cours jusqu'à ma voiture.

Un moment, j'ai cru que les réseaux sociaux allaient m'aider. J'ai relaté les faits, donné les détails, fait appel au concours de mes *amis* pour recueillir de nouveaux indices.

Après quelques messages m'assurant de leur soutien et me souhaitant bon courage, ils sont retournés à leurs préoccupations : leur vie palpitante, leurs enfants surdoués, leurs adorables chats, leurs réalisations éclatantes.

S'ils savaient le mépris qu'ils m'inspirent. L'autoglorification est la réponse des imbéciles à l'indifférence.

Ne pouvant compter que sur moi, je me suis penchée vers les journalistes. La plupart connaissaient Éric, appréciaient ses prises de position tranchées et déploraient la situation. Malgré leurs belles paroles, aucun n'a suivi.

Au final, le scénario de l'escapade intentionnelle arrangeait tout le monde.

Depuis, je ne dis rien.

J'ai retenu la leçon. Au pire, je parle de *départ.* Les gens l'interprètent comme ils le souhaitent.

J'allume mon téléphone.

Un message de Michel m'attend.

> Rappelle-moi, j'ai contacté Axe-L. La piste semble sérieuse.

Europarking
Direction technique
Brussels Airport
1930 Zaventem

Monsieur David Rimaux
Commissaire de police
DGJ/DJO – Cellule Personnes Disparues
202A rue Royale
1000 Bruxelles

Zaventem, le 14 décembre 2014

Concerne : véhicule de marque SAAB immatriculé FBG.454 découvert ce 19 novembre 2014 au parking 2

Cher Monsieur Rimaux,

Suite à la demande de vos services, nous avons analysé les différentes pistes que vous nous avez soumises.

Vous trouverez ci-après nos conclusions.

1. Entrée simultanée de deux véhicules :

Le système de vidéosurveillance installé à l'aéroport exclut cette possibilité. Les caméras situées aux entrées ne fonctionnent pas en continu, mais sont activées par un détecteur de mouvements. Cet appareillage est capable de signaler l'approche d'un piéton ou d'indiquer la présence d'un objet abandonné. Ce système peut aussi analyser les formes. En cas de tentative de double entrée, une alerte aurait retenti et les écrans de contrôle auraient affiché les images suspectes.

2. Intrusion par une des sorties :

Cette possibilité est à écarter. Les sorties sont surveillées par caméra. Les barrières sont doublées et s'ouvrent l'une après l'autre pour empêcher le départ d'un usager en défaut de paiement.

3. Entrée via remorque ou camionnette :

L'hypothèse est non envisageable. La hauteur maximale autorisée pour pénétrer dans le parking 2 est de 1,90 m. D'autre part, le détecteur de formes aurait identifié cette manœuvre.

4. Ouverture de la barrière à l'aide d'une télécommande :

Notre système aurait enregistré l'opération.

5. Activation et/ou neutralisation à l'aide d'un objet métallique du détecteur de masse situé sous le macadam :

La manœuvre aurait été déjouée par la vidéo-surveillance.

6. Piratage des caméras ou du système :

Les images sont enregistrées en temps réel sur le serveur en ligne et l'accès à celui-ci est hautement sécurisé. Toute tentative d'intrusion aurait été repérée et une alarme se serait déclenchée.

7. Changement de plaque minéralogique :

Après analyse des entrées enregistrées entre le 14 novembre à 8h30 et le 19 novembre à 12h15, il a été constaté que sur les 3.658 entrées, deux cabriolets Saab ont été identifiés. La couleur et l'année de fabrication de ces deux véhicules ne correspondent pas à celles de votre recherche. À toutes fins utiles, vous trouverez les photos de ces deux véhicules en annexe.

8. Émission d'un ticket/abonnement frauduleux :

Après vérification réalisée ce 12 décembre, il apparaît que toutes les entrées enregistrées entre le 14 novembre 2014 à 8h30 et le 19 novembre 2014 à 12h15 ont été soldées.

9. Véhicule déposé sur le toit par un hélicoptère :

Hypothèse irréaliste. Compte tenu de l'espace aérien contrôlé en permanence, surtout aux abords de Zaventem, il est impossible de survoler la zone sans se faire repérer.

Nous espérons avoir répondu à votre demande. Nous nous tenons à votre disposition pour toute question complémentaire.

Veuillez agréer l'expression de nos sentiments dévoués,

Nicolas Vanden Bemden
Directeur technique

— Nous faisions l'amour à longueur de temps.

— …

— Je vous choque en disant ça ?

— Non.

— Si. Je le vois bien à votre tête.

— Je ne suis pas choqué. J'estime simplement que vous pourriez employer d'autres mots. Si vous me dites que vous vous aimiez avec passion, je comprendrais ce que cela induit.

— Vous avez raison. Nous nous aimions avec passion. Nous profitions de la moindre occasion pour faire l'amour.

7

Les douze coups de minuit

J'ai suivi les conseils de Michel.

J'ai rédigé un message sobre, sans débordement émotionnel. Je n'exige pas de réponse et je ne lance aucun ultimatum.

Je n'ai pas précisé mon nom de famille. Pour favoriser la convivialité et ne pas l'effrayer, je ne me suis pas encombrée de formules de politesse.

Bonjour,

Je me permets de donner suite à votre échange de mails avec Michel Lambert.

Votre message sur le forum a suscité un vif intérêt de ma part.

Je m'appelle Emily. Je suis la compagne d'Éric Deguide.

Je n'ai plus de nouvelles de lui depuis le 14 novembre 2014, à 8 h 30, heure à laquelle il a quitté notre appartement situé à Bruxelles.

À ce jour, rien ne me permet de savoir ce qui s'est passé.

Un appel de votre part me serait de la plus grande aide.

Vous trouverez ci-dessous mes coordonnées et mon numéro de portable.

Emily

Comme il me l'a suggéré, je n'ai pas évoqué l'enquête ni parlé du rôle de la police ou employé des termes juridiques. J'ai pesé chaque mot, imaginé l'impact qu'il aurait, envisagé les réactions potentielles.

J'appuie sur *Envoyer.*

Je ferme les yeux.

Le tic-tac de l'horloge est le bruit le plus insupportable de ma vie.

Mon téléphone sonnera avant que le clocher de l'église égrène les douze coups de minuit.

— Emily, sans accent sur le E, avec un y à la fin.

— …

— Vous aimeriez savoir pourquoi ?

— Ce n'était pas mon intention. Je suis là pour vous écouter. Dites-moi ce que vous avez envie de me dire.

— Mon père était belge. Il est mort d'un cancer des poumons. Je vous parlerai de lui un autre jour. Ma mère est irlandaise, elle s'appelle Rebecca Duncan. Elle vous plairait. Elle va à l'église plusieurs fois par semaine et chante dans la chorale de la paroisse. Faux, mais elle chante. C'est d'elle que me viennent mon prénom et l'accent des dockers de Dublin quand je parle anglais. Heureusement, ça ne s'entend pas quand j'écris.

— Vous écrivez ?

— Je traduis. Dans ce métier, l'idéal est le best-seller de cinq cents pages, mais ce n'est pas monnaie courante. La plupart du temps, c'est plutôt la page d'accueil d'un hôtel, une brochure touristique ou le mode d'emploi d'un grille-pain coréen.

8

Le 9 pour l'enfer

— Tu dois être très prudente le mois prochain, Emily. Saturne risque de te perturber. Tu devrais ancrer ton futur et passer à autre chose.

Je consulte l'horloge.

22 h 15.

J'ai hâte d'en terminer. Katelyn me harcèle sur Skype depuis trois quarts d'heure.

— Merci pour le conseil, Katelyn. Je vais te laisser.

Elle approche son visage de la caméra, lève les sourcils.

— Tu es pressée ? Ça va ? Tu es sûre ?

Pour éviter de longs discours, je me suis retenue de lui parler du coup de téléphone qui peut survenir d'une minute à l'autre.

— Tout va bien, rassure-toi. Je suis fatiguée et je dois encore sortir le chien. Je t'embrasse.

Je coupe la communication avant qu'elle ne reparte en boucle.

Je m'affale dans le fauteuil, serre un coussin contre ma poitrine. La nuit est tombée, la maison est silencieuse. En sourdine, Régine Crespin chante *Tacea la notte placida.*

J'allume la lampe du salon. Shargi dort profondément. Je jette un coup d'œil instinctif à l'avis de recherche, à mes vêtements abandonnés sur les chaises, à mes attentes affichées sur les murs.

Je n'aurais pas dû prendre l'appel de Katelyn. Nos conversations par vidéo sont supposées m'insuffler une dose d'énergie. La plupart du temps, elles me minent le moral et me donnent envie de me pendre.

Comme toutes les femmes portant ce prénom, ma sœur est très sensible et a besoin de beaucoup d'affection.

> Les Katelyn cherchent à se faire aimer et aspirent à avoir des responsabilités pour s'affirmer. Parfois, elles peuvent se montrer un peu susceptibles.

Le *parfois* et le *un peu* sont des euphémismes.

La disparition d'Éric nous a quelque peu raccommodées.

Nul ne pourrait m'accuser d'avoir engagé les hostilités, elle a commencé à me jalouser alors que je n'étais qu'un embryon dans le ventre de ma mère. Elle avait 2 ans et pressentait que ma présence allait perturber le cours de sa vie.

Notre enfance a été ponctuée de tiraillements, de disputes et de déchirements. Nous étions aussi différentes que l'eau et le feu. Elle était sombre, taciturne, renfermée. J'étais joyeuse, loquace, expressive.

Elle ressemblait à ma mère, les traits anguleux, les lèvres pincées. J'affichais la physionomie rayonnante et l'optimisme de mon père.

Sur le plan vestimentaire, le bleu marine, le vert noirâtre et le gris anthracite étaient ses couleurs de prédilection. À l'inverse, j'adorais le rouge, le jaune, l'orange.

Pour calmer les tensions incessantes, nos parents ont préféré nous séparer plutôt que de tenter de nous réconcilier.

Nous avions chacune notre chambre et suivions nos études dans des écoles distinctes. Elle était aussi disciplinée que j'étais rebelle. Ses bons résultats scolaires rivalisaient avec les miens, mais son comportement exemplaire contrastait avec les remarques incendiaires qui s'accumulaient dans mon journal de classe.

À ses yeux, sa docilité était une preuve de sa supériorité, le savoir-vivre et la sociabilité étant les formes les plus abouties de l'intelligence.

Son air hautain et ses sarcasmes m'horripilaient.

Pour prendre le contre-pied et affirmer ma singularité, je multipliais les provocations dans le but d'enrichir ma collection de blâmes. Chaque punition représentait pour moi une victoire de la liberté sur la subordination.

À sa puberté, le gouffre s'est creusé.

En l'espace de quelques semaines, une poussée d'acné a envahi son visage. La tablette de la salle de bains était envahie de pots de crème, de tubes de pommade, de lotions et autres traitements miracles. Elle déambulait dans l'appartement la figure tartinée d'une épaisse couche de jaune, de vert ou de bleu, selon le jour, les conseils de ses copines ou les ingrédients contenus dans son masque.

Rien n'y faisait, les boutons réapparaissaient de plus belle. En désespoir de cause, elle a fait le tour des dermatologues les plus réputés. L'un lui prescrivait des antibiotiques, un autre la pilule, un troisième des UV, sans succès.

Comme je conservais ma peau de pêche et mon sourire en coin, elle a jugé que j'étais en grande partie responsable de son malheur. Elle est devenue irascible et colérique. Elle s'emportait pour un rien, insultait mes parents, me harcelait.

Je jouais l'indifférente, mais ses violences verbales me meurtrissaient. Quand je n'en pouvais plus, je montais me réfugier dans ma chambre. Mon père venait me consoler. Il me prenait dans ses bras, me caressait les cheveux, séchait mes larmes.

N'y tenant plus, ma mère l'a accompagnée chez une psychologue. La praticienne ne lui a pas été d'un grand secours. Après quelques séances, elle s'est allongée dans la baignoire, a fait couler de l'eau et a avalé une poignée de somnifères. Une dose non létale, mais suffisante pour déclencher l'alerte.

Après un bref séjour à la clinique, elle a refait surface, mais son parcours scolaire est devenu chaotique. Elle a délaissé ses amies de longue date pour traîner avec des petits délinquants, des filles mal dans leur peau, des jeunes désœuvrés, des alcooliques, des drogués.

Mon père se sentait impuissant, ma mère priait pour le salut de son âme.

Pour ne rien arranger, elle prétendait que les garçons qui débarquaient à la maison au hasard de ses rencontres n'avaient d'yeux que pour moi. À l'en croire, certains se liaient d'amitié avec elle dans le seul but de m'approcher. Elle en est devenue paranoïaque.

Le summum de sa détestation pour moi a été atteint en juillet 2000, pendant nos dernières vacances en famille sur la Côte d'Azur. Je venais d'avoir 15 ans quand elle m'a surprise en pleins ébats avec Mathieu, un Parisien de 20 ans qu'elle convoitait.

Elle s'est enfermée dans un mutisme buté, ne m'adressant la parole que pour m'accabler d'injures.

À 19 ans, elle est entrée à l'université et a semblé s'assagir. L'année suivante, elle a rencontré un étudiant en médecine et est partie vivre avec lui. Ils formaient un couple dépareillé, elle mince et revêche, lui rondouillard et avenant.

Je n'avais pas d'atomes crochus avec lui. Il était terne, inconsistant et faisait un bruit épouvantable en mangeant.

Le jour où il a obtenu son diplôme, il a rompu. En moins d'une heure, il a bouclé ses valises et l'a quittée. Elle qui voyait sa vie tracée, épouse d'un médecin en vue, mère de famille. Son rêve s'est désintégré.

Au lieu de mettre fin à ses jours comme le craignaient mes parents, elle est devenue féministe militante. Guérie à vie des hommes, sa nouvelle mission était de convaincre ses semblables que la gent masculine n'est composée que de machos égocentriques.

Parallèlement, elle a commencé à s'intéresser à l'astrologie, la numérologie et autres sciences occultes.

Aujourd'hui, elle travaille dans une banque comme analyste financière. Les chiffres sont ses meilleurs amis. Elle va sur ses 34 ans, mais en paraît 50, les yeux bouffis, le teint gris, le pli de la bouche amer.

Ma brusque plongée dans la détresse a marqué le point de départ de notre réconciliation. Quelques jours après la disparition d'Éric, elle a repris contact avec moi, s'est excusée pour ses années de silence et m'a proposé de repartir de zéro.

En son for intérieur, elle est persuadée qu'Éric ne m'aimait pas et m'a quittée pour une autre, juste retour des choses. De ce jour, elle m'a jugée apte à rejoindre le mouvement dont elle est l'un des membres fondateurs.

Avant mon départ pour Ranco, elle est venue plusieurs fois chez moi. De manière insidieuse, elle m'a fait rencontrer sa bande de désaxés : prophète inspiré, voyante en sari, extralucide exalté.

Fragilisée, en recherche de bouée de sauvetage, j'ai mis ma pensée rationnelle en veilleuse et me suis peu à peu laissé convaincre.

J'étais impressionnée par la justesse de leurs propos et les vérités qu'ils détenaient. Par-dessus tout, ils affirmaient qu'Éric était vivant, ils le *sentaient*. Dynamisée par cet augure, je voulais tout savoir de leur art. J'ai avalé des dizaines de bouquins pour en connaître davantage.

Un jour, j'ai rencontré Arnold, le moins fêlé de la bande. Grand admirateur d'Alan Turing, il disait avoir les pieds sur terre et la tête dans les nuages. D'après lui, nous vivions dans un monde mathématique construit à partir de nombres. Comme son héros, il consacrait sa vie à tenter de percer le code des lois de l'univers. Il me parlait des chiffres et de leur signification.

Le 1 pour le chagrin, le 2 pour le rire, le 3 pour un mariage, le 4 pour la mort, le 8 pour le paradis, le 9 pour l'enfer. Il m'a appris les propriétés mystérieuses des nombres premiers. Le 7 et le 13 tenaient une place particulière dans sa hiérarchie.

Selon lui, 180 était le nombre le plus intéressant. Il pouvait être divisé par 1, 2, 3, 4, 5, 6, 9, 10, 12, 15,

18, 20, 30, 36, 45, 60, 90, 180. C'est aussi un nombre constitué par la somme de huit nombres premiers consécutifs : 11 + 13 + 17 + 19 + 23 + 29 + 31 + 37.

180 est également un nombre refactorisable, divisible par le nombre total de ses diviseurs, 18 en l'occurrence. Enfin, 180 est l'angle plat, l'horizon entre le réel et l'imaginaire, la terre et le ciel, les hommes et Dieu.

Plus tard, j'ai vu un magnétiseur fasciné par les tueurs en série, les déviances sexuelles et les mutilations rituelles. Il affirmait que le meilleur moyen d'atténuer une douleur était de s'en infliger de pires.

Il m'a aiguillée vers le forum des affaires criminelles. Sans le vouloir, il m'a permis de rencontrer Michel.

Aujourd'hui, je continue sur ma lancée, même si je sais au fond de moi que tout n'est que baume au cœur.

Quand tu feras ton retour, je laisserai tomber ces charlataneries.

Ce jour-là, Katelyn repartira dans l'ombre et me haïra à nouveau.

9

L'infinie noirceur de l'humanité

Le clocher sonne onze coups.

Je repose le bouquin.

> « C'est lui, lui seul que j'aime, sa figure, son regard, son sourire d'homme et d'enfant tout à la fois ! Il vaut mieux ne pas y penser, il vaut mieux l'oublier pour un certain temps, car autrement, je ne supporterais jamais cette attente. »

Comment Tolstoï a-t-il pu mettre ces mots dans la bouche d'une femme amoureuse ?

Ne pas y penser ? L'oublier pour un certain temps ? Combien de temps ?

Je repasse la dernière image que j'ai de lui. Il ouvre la porte, se retourne, m'adresse un signe de la main. Je tente de distinguer ses traits. Sa silhouette s'estompe. Était-ce de la tristesse dans ses yeux ?

Shargi se fiche de Tolstoï. Elle dort à mes pieds. De temps à autre, elle retrousse les babines et lâche de petits grognements.

Je l'imagine en plein rêve érotique.

Je suis assise dans le bureau, penchée sur mon

travail. Le soir obscurcit la pièce. Les heures ont défilé sans que je m'en aperçoive. Je devine sa présence. Il s'approche, relève mes cheveux, pose sa tête dans mon cou.

Je perçois l'odeur de ton eau de toilette, mêlée à la fatigue. Tes lèvres parcourent ma nuque. Tu déboutonnes mon chemisier.

Je glisse une main entre mes jambes, m'abandonne à la caresse.

La sonnerie du téléphone me fait sursauter.

— Emily ?

Une voix féminine, jeune.

Je reprends mes esprits.

— Oui, c'est moi.

— Axelle Lefèvre. Je viens de rentrer. J'ai lu votre message. Il n'est pas trop tard ? Si vous préférez, je peux…

Mon cœur tambourine.

Je coupe court.

— Pas du tout, je ne dormais pas. Pardonnez-moi, je suis surprise, je pensais qu'Axe-L était un homme.

Ma remarque semble l'amuser.

— Je comprends. Ce forum a l'air très masculin. Je vous écoute, Emily.

— Comme je vous l'ai écrit, je suis la compagne d'Éric Deguide. Votre message m'a troublée. Vous dites l'avoir vu à Barchon le 14 novembre 2014. C'est le jour où il a disparu.

— Je n'avais pas entendu parler de cette affaire. Je l'ai apprise en parcourant le sujet. Je suis désolée. Je ne savais pas que l'administrateur du forum était en contact avec vous.

— Vous êtes sûre que c'était lui ?

— À 100 %. Je l'ai reconnu.

— Vous le connaissiez ?

— À cette époque, je travaillais au casino de Namur. C'était mon premier job. Je n'y suis restée que deux ans. M. Deguide est venu chez nous quelques jours avant le 14 novembre.

Éric au casino ?

Il détestait ce genre d'endroits. Il accusait les tenanciers de maisons de jeux d'exploiter la naïveté des gens. Dans un article, il s'est glissé dans la peau d'un homme débarquant dans un casino un soir de paie et rentrant chez lui les poches vides, des remords plein la tête.

En plus, il m'en aurait parlé.

— Au casino de Namur ? Vous êtes formelle ?

— Absolument. Mon rôle était d'accueillir les membres. Les clients aiment qu'on les appelle par leur nom. Je devais mémoriser leur visage. Pour les nouveaux visiteurs, comme votre compagnon, je devais m'assurer qu'ils respectaient le code vestimentaire et n'étaient pas en état d'ébriété.

Elle hésite, rajoute.

— Pour être franche, on ne peut pas dire que M. Deguide passe inaperçu. Il est bel homme. On n'oublie pas son visage.

Une pointe de jalousie me traverse, dissipée par le fait qu'elle a utilisé le présent. Comme moi, elle sent qu'il est en vie.

— Je sais. Il a beaucoup de succès auprès des femmes.

— En plus, j'ai retenu son nom. Il m'a présenté sa carte d'identité, c'est obligatoire. Je devais m'assurer que les nouveaux venus n'étaient pas interdits de jeu.

— Pour Barchon, vous êtes sûre que c'était le 14 novembre ?

— Certaine. Je connais l'endroit, je vais souvent déjeuner là-bas entre deux visites. En plus, j'ai vérifié dans mon agenda avant de poster le message. J'avais pris congé, j'allais visiter une amie en Allemagne pour le week-end. Je me suis arrêtée pour faire le plein d'essence. Je l'ai vu quand je suis allée à la caisse. Je suis physionomiste, je suis sûre que c'était lui. Il prenait un café à une des tables.

— Il était seul ?

— Oui, mais il avait l'air d'attendre quelqu'un. Il regardait sans cesse vers l'extérieur. Je lui ai dit bonjour, mais il ne m'a pas reconnue.

Le vertige me gagne.

Éric au casino de Namur ? Elle le croise quelques jours plus tard à Barchon. Il semblait attendre quelqu'un.

— Quand il est venu au casino, il était seul ?

Je prie pour qu'elle ne me dise pas qu'il était en compagnie d'une femme.

— Non, il était avec un client. Un homme que j'avais déjà vu, une cinquantaine d'années, petit, chauve, avec des lunettes. Extraverti, content de lui.

— Quel est son nom ?

Elle marque une pause.

J'ai été trop directe.

— Pardonnez-moi, Axelle, je suis troublée.

— Rassurez-vous, je vous comprends. Je ne travaille plus là depuis fin 2014. Je me souviens de son visage, mais pas de son nom. Je pourrais le retrouver. J'ai gardé de bons contacts avec une des réceptionnistes.

— Merci, Axelle, vous m'êtes d'un grand secours. Vous vous intéressez à l'affaire des tueurs du Brabant ?

Elle s'esclaffe.

— Pas du tout. Je suis informatrice médicale. Je participe à une formation en morphopsychologie. Le but est de cerner la typologie du médecin pour adapter son discours. L'animateur m'a donné un exercice pour le prochain cours. À partir d'un portrait-robot, je dois décrire la personnalité du sujet. C'est la raison pour laquelle je me suis inscrite sur ce blog.

Sa présence et ses commentaires sur le forum s'expliquent.

Je fais mine de m'émerveiller.

— C'est passionnant. Comment voyez-vous Éric ?

Elle se détend.

— Je pense qu'il est intelligent et très humain.

— Vous êtes très fine. En effet, ce sont deux de ses qualités. Plus toutes les autres.

— Je vais me renseigner auprès de ma collègue sur la date de sa venue et le nom du client qui l'accompagnait. Toutes les visites sont enregistrées dans l'ordinateur, mais ça doit rester entre nous. J'aimerais vraiment vous aider. J'espère que ces informations pourront faire avancer les choses. Je vous rappelle quand j'ai du nouveau, mais avec le long week-end, ce ne sera pas avant lundi.

J'avais oublié la fête nationale.

— Lundi sera parfait. Plus tôt serait mieux. Je vous donne ma parole, tout cela restera entre nous. Merci Axelle.

Je raccroche.

Des images se bousculent dans ma tête. Malgré la chaleur, je frissonne de froid.

J'ouvre mon ordinateur, plonge sur Internet.

Facebook. Axelle Lefèvre. Une roue de préférences comportementales en couverture. J'examine sa photo de profil. Jolie. Souriante. 154 amis.

À propos. Elle a fait une partie de ses études à Saint-Pierre, comme moi.

Je consulte sa date de naissance.

9 septembre 1989

Vierge, comme Éric.

Je fais un rapide calcul.

9 + 9 + 1989 = 2007.

2 + 0 + 0 + 7 = 9.

Axelle est une 9, comme Éric.

Les 9 font preuve de dévouement et d'altruisme. Ce sont des idéalistes, prêts à parcourir le monde pour une cause humanitaire. Ils mènent une existence tournée vers les autres. Ils sont pacifistes et très sensibles.

La musique s'est arrêtée.

Je ferme les yeux. J'inspire, j'expire.

Dans *Turandot*, l'opéra inachevé de Puccini, la fille de l'empereur, courtisée par de nombreux prétendants, s'engage à épouser celui qui résoudra les trois énigmes qu'elle leur soumet.

La première ne manque pas de dérouter les candidats.

> *Étranger, écoute !*
> *Dans la nuit sombre*
> *Vole un fantôme iridescent.*
> *Il s'élève et déploie ses ailes*
> *Sur l'infinie noirceur de l'humanité.*
> *Le monde entier l'invoque*
> *Et le monde entier l'implore.*

Mais le spectre disparaît avec l'aurore
Pour renaître dans le cœur
Et chaque nuit il naît,
Et chaque jour il meurt.

Peut-on imaginer plus belle définition de l'espoir ?

Un fourmillement me parcourt la nuque. Mon regard est attiré par la photo de mon père posée sur le bureau. Je l'ai prise chez mes parents en janvier 2010, entre deux séjours à la clinique. Il est maigre. Ses cheveux ont disparu. La maladie le ronge, mais il me sourit.

Des larmes me viennent.

S'il était encore là, je serais restée à Bruxelles. Ensemble, nous aurions surmonté cette épreuve.

J'ouvre le tiroir du bureau et attrape le paquet de Marlboro. Les mains tremblantes, j'allume une cigarette et m'empare d'une lame de rasoir.

10

La frontière entre la raison et la folie

Je me fraie un passage dans la foule. Les gens sont figés comme des statues. Deux hommes disputent une partie de cartes au fond de la salle enfumée. Une lampe éclaire faiblement la table. Le premier est de petite taille, chauve, l'air arrogant, il porte d'épaisses lunettes noires.

L'autre.

L'autre.

Il est pâle, il a tes yeux, ton visage. Tu tournes la tête vers moi, mais tu ne me reconnais pas.

L'angoisse m'envahit.

Je me retourne. Des hommes me cernent de toutes parts. Ils affichent le même visage. Leurs prunelles luisent dans la pénombre. Je me regarde. Je suis nue. Du sang ruisselle le long de mes cuisses. Leurs mains vont et viennent. Ils se masturbent en me dévisageant, le sourire méprisant.

L'un d'eux m'interpelle.

— Je suis sûr que tu baises aussi bien que tu chantes.

J'ai envie de hurler. Seul un souffle rauque s'échappe de ma bouche.

L'homme jouit, râle de plaisir.

Je me précipite vers la sortie. Un liquide visqueux entrave mes déplacements.

Je me retrouve à l'extérieur, exténuée. Mes pieds s'enfoncent dans le sol.

Sa voix grince dans mon dos.

— Pauvre folle. Tu perds ton temps, il est mort.

Je me réveille en nage, tremblante de fièvre.

Mon cœur galope, des images se bousculent.

Je passe une main entre mes jambes. Mes doigts sont maculés de sang. La frontière entre la raison et la folie n'est que mensonge.

Esprit *Libre*

MAGAZINE DE L'UNIVERSITÉ LIBRE DE BRUXELLES

« Changer une loi peut changer le monde. »

Mardi 10 novembre 2015

Dans quelques jours, nous célébrerons un bien triste événement. Cela fera un an que nous sommes sans nouvelles de notre collègue et ami Éric Deguide.

Je ne m'étendrai ni sur les faits ni sur les théories, souvent dénuées de fondements, qui se sont opposées lors de la survenue de cet incident. Ceux qui le fréquentaient auront pu séparer le bon grain de l'ivraie.

Pour ma part, je me suis forgé une conviction et personne ne pourra refroidir mon optimisme. Je suis sûr qu'Éric est vivant, qu'il défend une cause juste quelque part sur notre planète et qu'il nous reviendra très bientôt.

Je saisis ce moment de recueillement pour m'adresser aux étudiants qui viennent de nous rejoindre et n'ont pas eu la chance de bénéficier de ses remarquables qualités pédagogiques, pour le citer en exemple et revenir sur son parcours exceptionnel.

Éric a fait tout son cursus universitaire à l'ULB.

À ses 18 ans, il s'est inscrit à la faculté de droit où, pour citer ses propos, il a suivi ses premières années d'études en dilettante. Cette désinvolture apparente ne l'a pas empêché de terminer son cycle avec une grande distinction.

Malgré cela, il ne semblait pas se passionner outre mesure pour la matière juridique et clamait à qui voulait l'entendre qu'il aurait préféré être biologiste.

Je lui ai alors proposé de se spécialiser en droit international. Ce fut pour lui une révélation. À l'entendre, la meilleure façon de comprendre ce qui se passe dans le monde.

Il s'est alors lancé dans une thèse de doctorat en droit international qui lui a ouvert les portes d'une carrière académique au sein de notre maison où il est devenu titulaire de plusieurs charges d'enseignement.

Plutôt que de se confiner dans la chaleur confortable des salles de cours, il s'est lancé dans divers combats dans le but de faire respecter les droits de l'homme et les valeurs démocratiques.

Grand défenseur des libertés, voyageur infatigable, il a parcouru de nombreux pays, que ce soit à titre personnel ou mandaté par des organisations humanitaires.

En mars 2014, huit mois avant sa disparition, il m'a convaincu de l'accompagner au Maroc pour rencontrer le Comité national marocain des droits de l'homme et nous pencher sur la question du peuple sahraoui. Pour ceux qui ont suivi l'actualité, notre périple s'est soldé par une expulsion *manu militari* du pays, ce à sa grande satisfaction, car la mission a obtenu une résonance médiatique qu'elle n'aurait jamais reçue sans cette éviction, ce qui a aussi ramené l'occupation marocaine du Sahara occidental sous les feux de l'actualité.

Tout comme celui-ci, ses autres combats humanitaires n'ont pas été sans résultats. La liste des avancées qu'il a entreprises est longue.

Début novembre de cette même année, il envisageait de réaliser un voyage en Arabie Saoudite pour s'entretenir avec un collègue de l'université de Riyad et analyser les menaces de guerre qui pesaient sur la population du Yémen.

Il souhaitait que je l'accompagne. Bien entendu, je lui avais donné mon accord, mais le sort en a décidé autrement.

Éric n'en était qu'aux prémices de sa croisade. Les étudiants qui l'ont connu se souviennent sans nul doute de la phrase qu'il assénait lors de sa prise de contact.

« Changer une loi peut changer le monde. »

Nous en sommes persuadés, Éric.

Où que tu sois, sache que nous ne t'oublions pas et que nous t'attendons.

François Maertens

11

L'être qui m'était le plus cher

J'étais la fille de mon père comme Katelyn était celle de ma mère.

Avant mon entrée dans l'adolescence, je ne me souciais pas de connaître l'origine de cette scission. Je pensais qu'elle résultait d'un accord tacite entre mes parents pour se partager les tâches.

Nous recevions des témoignages d'affection de l'un comme de l'autre, je ne ressentais ni favoritisme ni discrimination, leurs préférences s'exprimaient au travers de gestes quotidiens.

Dès les premières semaines de ma vie, j'extériorisais mes émotions. J'étais un bébé turbulent, je hurlais sans relâche à longueur de journée. Ma voix montait dans les aigus, traversait les murs, irritait les voisins et rendait ma mère hystérique.

Il en allait de même la nuit. Quand mes cris retentissaient, mon père se levait. Il venait dans ma chambre, me prenait dans ses bras et me berçait jusqu'à ce que je me rendorme.

Durant nos promenades dominicales, il insistait pour pousser mon landau et empêchait quiconque de s'approprier ce rôle. Arrivée en âge de marcher, il me hissait sur ses épaules plutôt que de me voir risquer une chute.

C'est l'un des premiers souvenirs gravés dans ma mémoire. Je m'amusais à le décoiffer, à loger mes doigts dans son nez, à lui tirer les oreilles. Juchée sur mon trône, je contemplais mon royaume et riais de Katelyn tricotant des jambes, accrochée à la main de ma mère.

Quand j'ai revêtu l'apparence d'une jeune fille, nos proches disaient que Katelyn ressemblait à ma mère tandis que j'avais hérité des traits de mon père. Ils me trouvaient adorable, mignonne, craquante, autant de qualificatifs affectueux qui me valaient un rictus dédaigneux de ma sœur.

Durant mon parcours scolaire, mon père voulait que je sois la meilleure. Il saluait mes bons résultats et pardonnait mes écarts de conduite. Plus d'une fois, je l'ai vu signer des avis disciplinaires à l'insu de ma mère.

Quand l'heure est venue de jouer au chauffeur, distributeur de billets, professeur particulier, confesseur ou agent artistique, il se chargeait de moi et laissait ma mère en faire autant avec Katelyn.

Je ne me doutais de rien. Je trouvais cette répartition équitable et m'en satisfaisais.

Comme souvent, les secrets de famille n'émergent qu'au fil du temps ou à la faveur de la curiosité grandissante des adolescents. La première confidence m'a été livrée de manière spontanée par mon père, le jour de mes 12 ans. Il ne pensait pas alors me faire une révélation fracassante.

Ce jour-là, il m'a appris que j'étais née par césarienne.

Pendant que ma mère sortait d'anesthésie, la sage-femme m'a emmenée dans la salle d'attente où il faisait les cent pas. Elle m'a posée dans ses bras. Troublé, maladroit, il m'a donné mon premier biberon. Les larmes aux yeux, il m'a fait part de son émotion durant ces brefs instants, convaincu que le destin avait décidé que je serais sa chose et lui mon protecteur.

J'ai longtemps pensé que cet événement était l'acte fondateur de l'attachement viscéral qu'il me témoignait.

La seconde confession, assassine cette fois, m'a été assenée par Katelyn, trois ans plus tard, le lendemain de l'épisode avec Mathieu. Ivre de colère, elle s'en est prise à moi avec plus de violence qu'à l'accoutumée.

Après m'avoir abreuvée d'insultes pour une peccadille, elle a signé ma condamnation.

— Tu n'es qu'un accident, tu n'aurais jamais dû naître. Au moins, tu ne m'aurais pas pourri la vie.

Sa flèche m'a transpercé le cœur. Je suis restée muette, incapable de réagir, tétanisée.

La sentence lâchée, elle s'est arrêtée net. Elle s'est rendu compte qu'elle en avait trop dit. Ses paroles avaient dépassé sa pensée.

Après une nuit peuplée de visions cauchemardesques, je suis allée trouver mon père. Il a grimacé un sourire triste et m'a prise par la main.

Nous sommes sortis marcher au bord de l'eau. La plage de Sainte-Maxime était déserte.

En choisissant ses mots avec prudence, il a tenté de calmer la douleur qui enserrait mes entrailles. Malgré ces précautions, ce qu'il m'a appris m'a bouleversée.

Ma mère avait connu une grossesse difficile avec Katelyn et ne souhaitait pas de nouvelle maternité.

Catholique acharnée, proche de l'intégrisme, elle suivait à la lettre les prescriptions du pape et utilisait le calcul du cycle menstruel comme seul moyen de contraception. Dame Nature en a décidé autrement et elle s'est retrouvée enceinte.

Mon père s'est empressé d'ajouter que la nouvelle avait été accueillie avec joie, tant de la part de ma mère que de la sienne.

Peu à peu, je me suis mise à extrapoler. Je le soupçonnais de m'avoir caché quelque chose. Selon moi, ma venue sur Terre avait fait l'objet d'un projet d'avortement, mais mon père, appuyé par les préceptes du Seigneur, avait eu gain de cause.

Je n'ai jamais eu confirmation de mes craintes. Mon intime conviction explique les rebuffades que j'inflige à ma mère encore aujourd'hui.

Le 24 octobre 2010, l'être qui m'était le plus cher m'a quittée, emporté par un cancer des poumons sans jamais avoir fumé de sa vie. Je l'ai accompagné jusqu'au bout de son calvaire. J'ai chanté l'*Ave Maria* à son enterrement. J'avais 25 ans, j'étais désemparée, perdue, révoltée par l'injustice qu'il avait subie.

Je suis allée trouver son médecin. Il a tourné autour du pot en me servant quelques lieux communs, accusant le stress professionnel, la malchance, la maladie qui frappe de manière aléatoire.

Je sentais qu'il ne me livrait pas le fond de sa pensée. Devant mon obstination, il a émis une dernière hypothèse. L'air grave, il a évoqué les effets désastreux produits par le tabagisme passif.

De ce jour, mon attitude belliqueuse à l'égard de ma mère a empiré.

De réservée, je suis devenue froide et distante. J'ai

espacé mes visites chez elle et ne répondais qu'épisodiquement à ses appels. Elle ne comprenait pas ma réaction, s'en inquiétait, multipliait les marques d'attention.

Mon verdict était sans appel.

Ma mère avalait cigarette sur cigarette. Jour après jour, à petit feu, elle a tué mon père.

— Il disait qu'il voulait rendre le monde meilleur.

— C'est le dessein de tout homme de bonne volonté.

— Le dessein de tout homme de bonne volonté ? Ce sont de belles paroles, mais les belles paroles ne suffisent pas. On ne change pas le monde avec des prières et un peu de bonne volonté.

— ...

— Je n'aurais pas dû dire ça.

— Je ne vous en veux pas.

— Il disait qu'il avait toute la vie devant lui pour y arriver. Il poussait les gens autour de lui à prendre en main leur destinée, à choisir le bon chemin.

— Le chemin de la justice ou celui de la paix et de l'humanité ?

— L'un ne va pas sans l'autre. Il n'y a pas de justice sans humanité. Il n'y a pas de paix sans justice.

— Choisir le bon chemin est souvent un problème de conscience.

— Vous ne croyez pas si bien dire. Un jour, une de ses étudiantes est venue se confier. Elle venait d'apprendre qu'elle était enceinte après une relation passagère. En plus des problèmes évidents, elle se demandait si donner naissance à un enfant dans le monde d'aujourd'hui était une bonne chose, d'autant que le père biologique ne voulait rien savoir.

— Qu'a-t-il répondu ?

— Il ne lui a pas servi un discours moraliste. Il lui a parlé de Gandhi, de Mandela, de Rosa Parks, de Marie Curie, de ces gens d'exception qui ont fait avancer l'humanité et à qui nous devons tellement. Pour finir, il a dit : « Vous portez peut-être l'enfant qui va changer le monde de demain. » Elle a gardé le bébé. À la naissance, elle est venue le remercier et lui présenter l'enfant. C'était une fille, elle l'a appelée Erika.

— …

— Je vois que ça vous touche.

— Beaucoup. C'est un magnifique hommage. Et une belle leçon.

12

Empathie et émotivité

— Laisse tomber, Axelle, cette histoire va t'apporter des emmerdes.

La réaction de Vincent ne l'avait pas surprise. Elle vivait avec lui depuis deux ans et s'était habituée à ses réponses expéditives.

Au début de leur relation, elle l'avait soumis à un test de personnalité basé sur les travaux de Jung. Extraverti de type « pensée », il considérait de manière intuitive qu'empathie et émotivité n'étaient que gaspillage d'énergie et temps perdu, en particulier si la personne concernée n'entrait pas dans sa sphère d'influence.

Discrète, introvertie, sentimentale ; le profil d'Axelle était aux antipodes du sien.

De temps à autre, leur opposition naturelle donnait lieu à des discussions sans fin, Vincent s'appuyant sur des principes cartésiens, Axelle se réfugiant dans des valeurs morales ou humanistes.

Hormis ces sources de discorde, ces différences comportementales favorisaient leur complémentarité. Vincent lui prodiguait des conseils pour progresser dans sa carrière professionnelle, Axelle lui remémorait l'anniversaire de ses proches ou les bienfaits de l'écoute.

Elle n'avait pas insisté, mais elle n'avait pas abandonné le projet pour autant et avait laissé passer le week-end.

Le lundi, elle s'était rendue à la station de Barchon, convaincue qu'une visite sur les lieux guiderait son intuition.

Elle était arrivée peu après midi et s'était assise à l'écart dans le restaurant self-service enjambant l'autoroute. Elle y venait souvent et aimait éprouver l'impression qu'elle prenait de la hauteur par rapport aux problèmes quotidiens et aux exigences de son métier.

Elle avait attendu que les routiers installés à la table contiguë s'en aillent pour appeler Stéphanie, son ancienne collègue. Après avoir échangé quelques propos sur leurs vies respectives, elle était entrée dans le vif du sujet.

— J'ai un service à te demander, Steph. Pourrais-tu consulter l'historique des visites durant la première quinzaine de novembre 2014 ?

À sa surprise, elle s'était heurtée à une résistance.

— Pourquoi veux-tu savoir ça ?

Elle lui avait parlé de la disparition d'Éric Deguide et du contact qu'elle avait eu avec Emily.

— Cette femme est en détresse. Mets-toi à sa place, imagine un instant que tu es sans nouvelle de ton homme depuis deux ans.

— Je comprends, ma chérie, mais tu sais que c'est interdit. Tu connais le boss, s'il apprend que je t'ai donné ces infos, je me fais virer.

— Je ne dirai rien à personne. Seulement à cette femme. Je te le promets.

De guerre lasse, Stéphanie avait cédé.

— Voilà. J'ai trouvé. Éric Deguide. Le 12 novembre 2014, à 12h45. Tu étais à l'accueil ce jour-là, c'est toi qui l'as enregistré. C'était sa première visite. Son unique d'ailleurs.

— Merci. Si je me souviens bien, un homme l'accompagnait. Petit, chauve, il venait de temps en temps. Je revois sa tête, mais j'ai oublié son nom.

Une nouvelle fois, elle ressentit de l'embarras chez son amie.

— Tu me jures que ça restera entre nous ?

— Tu as ma parole.

— Bon. Je te fais confiance. Le type s'appelle Didier Gusteau. Il est membre depuis juillet 2006. Ils sont arrivés en même temps et sont allés au resto. Deguide a quitté le casino à 14h30. Gusteau a réglé la note et a joué une partie de l'après-midi.

— Ce Gusteau vient encore ?

Stéphanie était retournée dans ses recherches.

— On ne l'a plus vu après ce jour-là. D'après l'historique, il est venu une vingtaine de fois, entre 2006 et 2014.

— Tu es un amour. Je te revaudrai ça quand je passe à Namur.

Axelle attendit d'être chez elle et se connecta à LinkedIn. Elle ne voulait pas commettre d'impair et tenait à être certaine que le visage de Didier Gusteau correspondait à celui qu'elle avait gardé en mémoire.

Elle ne trouva pas trace de lui. Elle se livra à la même démarche sur Facebook, puis Twitter, sans plus de résultats.

Comment un individu aussi présomptueux pouvait-il fuir les réseaux sociaux ? Une telle discrétion n'était pas conforme à sa typologie. À moins qu'il ait quitté la Belgique depuis ou qu'il ait présenté de fausses pièces d'identité lors de son inscription, hypothèses peu probables.

Elle ouvrit la fenêtre de recherche Google et entra « Didier Gusteau ». Plusieurs résultats apparurent. La plupart émanaient de médias belges.

Elle parcourut quelques pages, tétanisée par ce qu'elle découvrit.

D'un geste, elle referma l'ordinateur de crainte que Vincent ne vienne jeter un coup d'œil dans son dos.

L'avertissement qu'il lui avait lancé résonna dans sa tête.

13

Une situation inextricable

— Tu connais ma chance légendaire. Mets trois mille types dans une salle, tu peux être sûre que je repartirai avec le plus taré.

Je m'enfonce dans le fauteuil, pose les pieds sur la table.

— Raconte.

À chaque appel, Dany me retrace ses dernières aventures sentimentales. Je l'ai rencontrée pendant mes études secondaires au collège Saint-Pierre. Malgré nos différences d'allure et de style, je me suis tout de suite sentie proche d'elle. En quelques minutes, nous sommes devenues inséparables. Cheveux blonds coupés ras, taille moyenne, elle pourrait passer inaperçue si elle n'avait ses yeux malicieux, son humour décapant et ses tenues extravagantes.

— J'arrive au rendez-vous, on boit un verre, un deuxième, il m'invite au restaurant, procédure normale.

— Il mangeait proprement ?

— Correct. Il utilisait ses couverts.

Rebelle comme moi, compagne assidue de mes heures de retenue, j'ai parcouru mon adolescence à ses côtés. Premières sorties, premiers flirts, premières cigarettes, premières nuits d'ivresse.

De cette période, elle n'a gardé qu'une addiction. Elle consomme les hommes comme d'autres dégustent de grands crus, mais sans modération.

Au contraire de Martha, mesurée dans ses confidences, elle me retrace ses péripéties sexuelles avec un luxe de détails, ne m'épargnant rien des bizarreries de ses partenaires, des positions acrobatiques qu'elle expérimente ou des extravagances auxquelles elle se livre.

— Ensuite ?

— On termine de manger, il paie l'addition et me propose de *faire plus ample connaissance.* J'accepte. On prend sa voiture, on arrive à l'hôtel, on monte dans la chambre, et là…

— Il te dit : j'ai quelque chose à t'avouer ?

— J'ai l'habitude de subir des justifications préliminaires, mais cette fois, j'ai eu droit à autre chose. On commence à se déshabiller. D'un coup, il sort une nuisette supposée sexy et la pose sur le lit. D'une petite voix, il me demande si je veux bien la passer et s'il peut m'appeler Virginie.

— Un poète. Il s'appelait Paul ?

— Rodolphe. Pour tout dire, je me foutais de savoir si cette Virginie était sa mère, sa sœur ou sa patronne. Ce qui me dérangeait, c'est que cette chose avait déjà dû servir des dizaines de fois.

— Tu as obéi à maître Rodolphe ?

— Tu rigoles ? J'ai fait semblant de jouer le jeu et j'ai baissé son calebar. Point mort. J'ai compris que rien n'allait croître et embellir si je ne cédais pas à ses exigences.

— Et alors ?

— J'ai soupesé son attirail et je lui ai demandé si je pouvais l'appeler Rocco.

Nous sommes prises d'un fou rire. Je pleure en même temps. Shargi grimpe sur mes genoux, intriguée de me voir dans cet état.

Après quelques tentatives, elle parvient à reprendre son sérieux.

— Exit Rodolphe. On s'est rhabillés. Chacun est reparti de son côté. Comment il fait chez toi ?

— C'est la journée la plus chaude du siècle. Je suis à moitié nue dans le salon. Et à Bruxelles ?

— Moyen. Il pleuvine. Ton moral ?

— Yo-yo.

Je préfère m'abstenir de lui parler des derniers rebondissements tant qu'Axelle ne m'a pas rappelée. Au contraire de Katelyn, elle ne me pose jamais de questions et ne se croit pas obligée de m'inonder de conseils. Elle sait que je prendrai l'initiative si j'ai quelque chose à lui confier.

— Viens passer quelques jours à Bruxelles, comme au bon vieux temps.

Un aller-retour me ferait peut-être le plus grand bien.

— Pourquoi pas ?

Ranco est l'endroit rêvé pour ressentir son mal de vivre.

Même en haute saison, le patelin reste peu fréquenté. Les touristes s'agglutinent plus au nord, dans les hôtels aseptisés et les palaces poussiéreux de Stresa.

Les jours de forte chaleur, les rues sont désertes. Seuls des pleurs d'enfant filtrent des persiennes et troublent l'immobilité. En octobre, les habitants ferment les volets et restent cloîtrés chez eux. Durant cinq mois, le village semble laissé à l'abandon.

Elle me sort de mes pensées.

— À propos, je suis tombée sur un article intéressant. Tu écoutes ?

— Envoie-le-moi plutôt, je le lirai à l'aise tout à l'heure.

— Comme tu veux.

— Merci pour ton appel. Je t'aime, Dada. Tu n'as pas idée du bien que tu me fais.

— Je t'embrasse, ma Lilly.

L'article me parvient par mail dans la foulée.

> Carlos Sánchez Ortiz de Salazar, un médecin espagnol porté disparu le 13 avril 1998, et déclaré mort en 2010, a été retrouvé dans une forêt de Toscane. Pendant dix-sept ans, il a vécu comme un ermite dans une cabane de fortune, cultivant sa nourriture ou fouillant dans les poubelles des communes voisines.

Je furète sur Internet pour en savoir plus.

L'article omet de préciser que l'homme souffrait d'une profonde dépression. Éric était en pleine possession de ses facultés intellectuelles et physiques.

Je glisse le message dans la corbeille.

Je me prépare un café, enfile un tee-shirt et sors sur le balcon. La messe vient de se terminer. Malgré la canicule, les fidèles ont mis leurs habits les plus sombres. Massés sur les marches de l'église, ils commentent le sermon ou disent du mal de leur prochain.

Teresa se sépare du petit groupe et remonte la rue en claudiquant.

Je lui adresse un signe amical. Je profite encore de l'effet bienfaisant de mon fou rire avec Dany. La vie me paraît soudain plus légère. Axelle, Barchon et mon cauchemar me semblent loin.

Par association d'idées, un souvenir ressurgit.

Je repense à ma première rencontre avec Éric, le 17 août 2012. J'étais chargée de traduire un article pour *Le Fil*, le magazine mondial d'Amnesty.

Un professeur d'université bruxellois rentrait de Jordanie après avoir assisté à l'ouverture du camp de Zaatari et apporté son soutien aux premiers réfugiés syriens, pour la plupart des moins de 18 ans.

Il lançait un appel à l'aide humanitaire. Les installations étaient prévues pour accueillir plus de cent vingt mille personnes, mais il estimait que le conflit en Syrie allait s'enliser et que la capacité serait rapidement atteinte.

Ses mots m'ont troublée. Sans sombrer dans le misérabilisme ou inspirer la pitié, son message allait droit au cœur. Il clôturait son reportage par le dialogue qu'il avait eu avec un jeune enfant.

J'ai traduit le texte, la gorge nouée. Je cherchais le terme juste, le verbe approprié. Je parcourais le dictionnaire des synonymes pour éviter de trahir le fond de sa pensée.

Le travail terminé, l'envie de le rencontrer me tenaillait. Je voulais en apprendre plus sur cet homme.

À l'heure où l'égoïsme est roi, un tel altruisme me subjuguait.

De plus, j'étais admirative de sa manière d'écrire. La sagesse de son discours, la justesse de ses phrases détonnaient avec la langue de bois à laquelle les politiciens nous ont habitués.

Je lui ai fait parvenir un mail, prétextant des difficultés d'interprétation de certains passages et lui suggérant une rencontre. Il a réagi dans l'heure, me demandant de l'appeler pour ne pas devoir me déplacer.

J'ai répondu que je souffrais de surdité partielle et qu'un face-à-face me permettrait de lire sur ses lèvres.

J'étais fière de mon idée jusqu'au moment du rendez-vous.

Je suis allée à l'endroit convenu, au deuxième étage de la faculté de droit. Je m'étais fiché un demi-écouteur d'iPod dans l'oreille et m'étais vêtue d'une robe dans les gris Katelyn. Je l'imaginais plutôt âgé, atteint par les signes avant-coureurs de la sénilité. Après avoir erré plusieurs minutes dans les couloirs sans fin, j'ai trouvé le local dont il m'avait communiqué le numéro.

La porte ouvrait sur un vaste bureau d'angle. Un chaos indescriptible régnait dans la pièce. Les tables étaient encombrées de montagnes de papiers, des dossiers s'empilaient au pied des armoires.

Un homme me tournait le dos, le regard plongé dans son Mac.

J'ai haussé la voix comme le font les demi-sourds et j'ai annoncé que je venais voir M. Deguide.

Il s'est retourné.

— C'est moi.

Il avait une trentaine d'années. J'ai pensé qu'il s'agissait de son fils.

— Je veux dire Éric Deguide.

— Lui-même. Vous êtes Emily ?

Il s'est levé.

Mes jambes se sont dérobées.

Il mesurait deux mètres. Enfermée dans mon

propre piège, j'hésitais entre poursuivre la comédie et reprendre une posture normale. Dans les deux cas, j'allais m'empêtrer dans une situation inconfortable.

Il m'a indiqué une chaise.

— Prenez place.

Je devais trouver une parade ou fuir les lieux au plus vite.

— En fait, je n'ai qu'une question.

Il a plongé ses yeux dans les miens.

— J'en ai une aussi.

Je me suis décomposée. Je lui trouvais un charme irrésistible.

D'un coup, il s'est mis à agiter les mains en tous sens.

Face à mon ébahissement, il a souri, embarrassé.

— Pardonnez ma maladresse, je pensais que vous pratiquiez la langue des signes. Je vous sers un café, une eau ?

— J'ai balbutié.

— Une eau, s'il vous plaît.

Il a quitté la pièce.

Mon cerveau tournait à plein régime.

Quand il est revenu avec les gobelets, je me suis redressée et j'ai ôté l'écouteur. D'un mouvement de tête, j'ai libéré mes cheveux et pris l'air sûr de moi.

— Commençons par le début. Quelle est votre date de naissance ?

Il a écarquillé les yeux.

— Je ne comprends pas.

— Pardonnez-moi, je pensais que vous connaissiez les stratagèmes des vendeurs d'assurances.

Nous avons éclaté de rire.

Je n'ai raconté cette histoire à personne. Elle fait partie de mes secrets bien gardés.

À présent, je ne suis sûre ni des débuts ni des fins.

Midi. La chaleur semble avoir grimpé de quelques degrés.

La sonnerie de mon téléphone me surprend au moment où je m'apprête à me glisser sous la douche.

L'Avenir
Régions > Charleroi > Actualités
Publié le lundi 12 octobre 2015 à 11 h 18

Disparition élucidée : le cadavre de Didier Gusteau retrouvé dans un bois à Cerfontaine

Après plus d'un an de questions sans réponse, le mystère est enfin levé sur la disparition de Didier Gusteau, l'homme d'affaires liégeois de 46 ans. L'épilogue de l'affaire est sombre et tragique. Sa dépouille a été découverte par des chasseurs, ce dimanche 11 octobre, dans un bois de Silenrieux. La thèse du meurtre est privilégiée.

Ce dimanche 11 octobre, dans l'après-midi, le corps sans vie de Didier Gusteau a été découvert dans un bois à Silenrieux (Cerfontaine), en bordure des lacs de l'Eau d'Heure, par des chasseurs. Une pénible découverte qui a mis un terme à une année de questionnements.

Le 21 novembre 2014, Didier Gusteau quittait l'hôtel des Hauts-Sarts où il résidait pour ne plus jamais revenir.

L'après-midi de sa disparition, son véhicule, une Porsche Panamera Turbo, avait été retrouvé sur le parking de Liège-Guillemins, mais on n'avait plus aucune trace de cet homme d'affaires qui avait connu des démêlés avec la justice.

Son corps a finalement été découvert dans un bois où la végétation abondante dissimulait le cadavre.

Le parquet de Dinant a demandé une autopsie afin de connaître les causes exactes du décès. La thèse du meurtre est privilégiée.

14

Une simple garniture

Axelle semblait pressée d'en terminer. Elle a murmuré son nom, mal à l'aise, comme si c'était un mot grossier.

Didier Gusteau.

Elle a bafouillé une vague excuse avant de mettre fin à la conversation.

Je ferme les yeux, fouille ma mémoire.

Éric ne manquait pas de relations. Nos soirées s'en trouvaient souvent perturbées.

En général, il me prévenait à la dernière minute. Parfois, je ne l'apprenais qu'au moment où la sonnette retentissait, quand il avait oublié l'invitation qu'il avait lancée.

Pour parer au plus pressé, j'avais en permanence un stock de pizzas et de plats préparés dans le congélateur. Les gens débarquaient les mains vides, ou avec une bouteille de vin, plus rarement avec des fleurs.

Ceux qui avaient connu sa femme me saluaient comme on sourit à une vestiariste ou une femme de ménage. Beaucoup me considéraient comme une simple garniture. Ils s'affalaient dans les fauteuils et se mettaient à discuter en faisant mine de m'ignorer.

Quand Éric s'emparait du sujet, plus rien ne comptait. Il s'enflammait, s'agitait, haussait le ton. Je ne le reconnaissais pas.

Je prenais rarement part à leurs échanges. Ils m'exaspéraient avec leur jargon rébarbatif et leurs termes juridiques. Un soir, alors qu'ils abordaient un thème qui m'était familier, je me suis immiscée dans la conversation. Ils m'ont dévisagée avec curiosité, comme si je les importunais. Je m'en suis sortie par une pirouette pour garder la tête haute.

Les mauvais jours, je me réfugiais dans le bureau. Je travaillais, lisais ou écoutais de la musique en attendant qu'ils s'en aillent. Je bouillais intérieurement.

Parfois, entre deux joutes verbales, Éric me rejoignait dans mon antre pour m'assurer que ça n'allait plus durer longtemps. Peine perdue. De retour parmi eux, il repartait de plus belle, comme s'il n'était venu me trouver que pour affûter ses arguments. À ces moments, il m'arrivait d'avoir le sentiment de ne pas compter pour lui.

Un soir, ulcérée par les hurlements de l'un d'eux, à moitié ivre, j'ai déboulé dans le salon en me brossant les dents. Ils ne se sont rendu compte de rien.

Quoi qu'il en soit, je n'ai pas le souvenir d'un Didier Gusteau, ni parmi ses amis ni au nombre de ses ennemis.

Il n'en manquait pas non plus. Bien souvent, l'affrontement se limitait à quelques propos bien sentis.

Un soir, alors que nous participions à un gala de bienfaisance, un homme a traversé la foule et s'est mis à l'invectiver. Avec logique et méthode, Éric a démonté chacune de ses accusations.

Il avait le sens de la repartie. Il était drôle, plein d'esprit, parfois féroce, jamais grossier.

À court de réponses, l'homme l'a empoigné et l'a frappé au visage. Éric a encaissé le coup avec stoïcisme. Des invités sont intervenus et le service d'ordre est arrivé à la rescousse.

Éric s'est adressé à son agresseur.

— Ne répondez pas aux idées par la force, répondez à la force par les idées.

J'étais médusée.

Malgré sa pommette tuméfiée et son nez en sang, il parvenait à philosopher. L'homme a repris ses esprits et s'est excusé. Ils sont allés boire un verre au bar où ils ont trouvé un terrain d'entente.

Mais ce n'était pas Didier Gusteau.

Je m'assieds devant l'ordinateur. Rien sur les réseaux sociaux. J'entre «Didier Gusteau» dans la fenêtre Google. Les résultats tombent.

La tête me tourne. Je parcours les pages avec l'impression d'être sur une planète inconnue, dans une vie étrangère.

Il ne peut s'agir du même Gusteau. En aucun cas.

Je ne veux pas.

Ce Gusteau-là a disparu le 21 novembre 2014. Son corps a été retrouvé en octobre 2015. L'homme trempait dans plusieurs trafics. Il avait un casier judiciaire. La police a conclu à un meurtre.

Je tente de me raisonner.

Rien à voir avec Éric. Il ne fréquentait pas ce genre d'individus.

J'en déduis qu'Axelle Lefèvre n'existe pas. Ce n'est qu'un pseudonyme. Je comprends son insistance pour que ses révélations restent entre nous.

Tout n'est qu'un coup monté, depuis le message sur le forum jusqu'à son appel d'aujourd'hui. Elle a imaginé cette version pour me déstabiliser ou me faire souffrir.

La station de Barchon, le casino, la rencontre, tout n'est qu'affabulation. Elle a choisi Gusteau comme elle aurait pu jeter son dévolu sur un autre cadavre trouvé sur Internet et le mettre en rapport avec Éric dans n'importe quel endroit.

En plus, Éric détestait les casinos.

Les dates ont été inventées.

Shargi pose sa tête sur mes genoux.

— Tout va bien.

Je me lève. Un vertige me saisit. Je chancelle et m'agrippe à la chaise.

— Un soir, en sortant du concert, on s'est retrouvés dans un brouillard opaque. Les plaques des rues étaient illisibles. On ne voyait pas à vingt mètres. La voiture était garée à l'autre bout de la ville. Nous avons marché, bras dessus bras dessous, sans savoir où nous allions. Je fredonnais « Tout au bout de nos peines ». J'adorais cette chanson quand j'étais adolescente. J'avais envie de chanter en duo, mais ce n'était pas son genre. « Tout au bout de nos chaînes. Libérés de nos haines. Qu'aurons-nous fait depuis ? »

— Je ne vous avais jamais entendue chanter. Vous avez une très belle voix.

— C'était, je ne sais comment dire. C'était…

— Je suis désolé, Emily.

15

Une question de temps

Michel Lambert se doutait que ce rebondissement la perturberait.

Emily l'avait appelé pendant sa dialyse, perdue. Après lui avoir retracé sa conversation avec Axelle et les conclusions qu'elle en avait tirées, elle avait attendu qu'il valide son analyse et lui confirme que tout n'était qu'un coup monté.

Il l'avait écoutée en prenant soin de ne pas s'engager dans une voie périlleuse.

En effet, à ce jour, rien ne permettait d'affirmer qu'Axelle Lefèvre était ce qu'elle prétendait être. Oui, il s'agissait peut-être d'une machination ou d'une plaisanterie de mauvais goût, ce genre de choses peut arriver. Non, pour l'instant, il ne voyait aucun rapport entre les deux affaires. Bien entendu, il essaierait d'en savoir plus et reprendrait contact avec elle au plus vite.

Elle avait raccroché, en partie calmée.

L'espace de ces quelques instants, il s'était senti proche d'elle, comme si son désarroi resserrait leur lien.

Il aurait aimé être à ses côtés. Il l'aurait prise dans

ses bras pour la réconforter, s'emplir de son odeur, épouser son corps.

Il avait fermé les yeux.

Un jour.

Peut-être.

Dès son retour de la clinique, il s'était mis au travail. Dans un premier temps, il devait s'assurer qu'Axelle Lefèvre n'était pas une identité d'emprunt.

Son compte Facebook était actif depuis 2009 et elle y publiait de manière régulière. Elle s'était également inscrite sur LinkedIn en 2013 et l'adresse mail mentionnée sur son profil correspondait à celle laissée sur le forum.

À toutes fins utiles, il avait pris contact avec le laboratoire pharmaceutique où elle était censée travailler. Il savait qu'il dérogeait à ses sacro-saints principes en se faisant passer pour un employé de l'Office national de sécurité sociale, mais l'enjeu le justifiait. Le département des ressources humaines lui avait confirmé qu'Axelle Lefèvre occupait la fonction de déléguée médicale dans la région liégeoise depuis janvier 2015.

Le premier doute était levé : Axelle Lefèvre n'était pas un *fake*.

Vint la deuxième inconnue : pourquoi se serait-elle amusée à inventer cette histoire de rencontre ?

Le forum ne manquait pas de mythomanes, mais son expérience lui permettait de les repérer rapidement. Ils s'enferraient dans leurs mensonges, se contredisaient, multipliaient les échappatoires. Une fois démasqués, ils fustigeaient les membres et se désinscrivaient.

Rien de tel la concernant.

Il s'était penché sur la révélation qu'elle avait faite à Emily.

Selon ses dires, Éric Deguide aurait déjeuné avec Didier Gusteau au casino de Namur le 12 novembre 2014, soit deux jours avant la disparition du premier, et neuf jours avant celle du second.

La coïncidence était pour le moins troublante.

Au moment des faits, il s'était intéressé à l'assassinat de Didier Gusteau et avait étudié la biographie du personnage.

Divorcé, 46 ans, Didier Gusteau avait été porté disparu le 21 novembre 2014. Son corps avait été retrouvé près d'un an plus tard dans la région de Charleroi. L'autopsie avait révélé qu'il avait été abattu d'une balle dans la nuque. À ce jour, le meurtre n'avait pas été élucidé.

L'homme était connu dans les milieux liégeois pour son goût de l'argent, son attirance pour les femmes et sa collection de voitures de luxe. Dans les années 1990, il avait été condamné pour plusieurs faillites frauduleuses.

Aussi rusé que malhonnête, il renaissait chaque fois de ses cendres.

Selon *Le Soir*, il avait délaissé les feux des projecteurs dans les années 2000 pour exploiter son carnet d'adresses et œuvrer dans l'ombre.

À plusieurs reprises, il avait servi d'intermédiaire dans des ventes ou des rachats d'entreprises dans la région de Liège. Les commissions qu'il empochait lui auraient permis de financer son train de vie.

En 2010, son nom avait été cité lors de l'attribution d'un marché public visant la construction d'un incinérateur de déchets au bord de la Meuse. Il avait été suspecté d'avoir favorisé une procédure négociée entre l'intercommunale et une société française en distribuant de plantureux pots-de-vin. L'investissement de 300 millions lui aurait rapporté une enveloppe de 720 000 euros.

Interrogé par le fisc à propos de cette somme d'argent, il avait déclaré jouer au poker et avoir gagné ce pactole en France.

Ces aspects pris en compte, venaient les questions-clés.

Si la rencontre entre Deguide et Gusteau avait effectivement eu lieu, donnée restant à prouver, lequel avait pris contact avec l'autre ? Et pour quelle raison ?

Gusteau avait trempé dans de nombreuses affaires. Dans ce genre de commerce, il avait à coup sûr croisé bon nombre d'individus peu recommandables. *A fortiori*, il devait en savoir long sur eux et certains auraient eu intérêt à le voir réduit au silence.

Envisageait-il de régler le compte d'un de ses adversaires en divulguant une information sensible à Deguide ?

D'un autre côté, Deguide aimait ruer dans les brancards et remuer la fange. Avait-il eu vent d'une manœuvre douteuse impliquant Gusteau ? Voulait-il le rencontrer dans le but de lui tirer les vers du nez ?

Quoi qu'il en soit, les deux hommes avaient disparu à quelques jours d'intervalle et l'un d'eux avait été exécuté.

Les faits analysés, il avait procédé par déduction.

À ce jour, hormis Axelle, seuls Emily et lui étaient susceptibles d'établir un rapport entre les deux affaires. Si elles étaient liées, les assassins de Gusteau étaient en toute vraisemblance également mêlés à la disparition d'Éric Deguide.

Quand Emily sortirait de son déni, elle aboutirait à la même conclusion. Ce n'était qu'une question de temps. Quelques jours, quelques semaines au mieux.

Tant que rien ne viendrait étayer ce raisonnement, il devait temporiser, trouver de nouvelles pistes et entretenir l'espoir.

Après réflexion, il avait effacé les messages d'Axelle Lefèvre et l'avait retirée du forum.

Le nettoyage terminé, il avait contacté Gérard Kaisin.

— Ma mère est obsédée par les courants d'air. À l'entendre, c'est pire que le virus Ebola. Fais attention au vent dehors, tu as fermé la porte ? Je n'ai pas envie d'attraper un rhume. Parfois, elle s'arrête au milieu d'une phrase et se met à humer l'air comme un chien de chasse. Regarde si une fenêtre n'est pas ouverte.

— ...

— Qu'est-ce que vous faites ?

— Voulez-vous que je ferme la porte, Emily ?

— Vous vous moquez de moi ?

— Pas du tout.

— Vous devriez. J'aimerais vous voir sourire un jour. Vous êtes toujours tellement sérieux. Si vous me parliez un peu de vous ? À part ce que Letizia m'a dit, je ne sais rien de votre vie.

— Ce n'est pas le but de nos rencontres.

— On peut changer les règles, pour autant qu'il y en ait.

— Je ne suis pas là pour vous parler de moi.

— Alors, racontez-moi l'histoire de votre famille. Que fait votre père ? Comment est votre mère ? Toutes ont des lubies. Quelle est celle de votre mère ?

— ...

— J'ai dit quelque chose que je n'aurais pas dû dire ?

— Peut-être vous en parlerai-je un jour.

— Ça me fait beaucoup de bien de me confier à vous, sans masque. Vous pourriez en faire autant. J'aimerais mieux vous connaître, votre parcours, vos joies, vos peines.

— Ma vie n'a rien d'intéressant, je vous assure. Quant à mes peines, je les confie à Dieu.

— Justement, parlons-en de Dieu.

16

La vérité se cache ailleurs

28 août. Éric fête ses 36 ans.

J'attrape un marqueur, guette une surface vierge. Cela fait un an, neuf mois et quatorze jours qu'il ne s'est plus manifesté. Si je tiens compte des deux semaines précédant notre première étreinte, 819 jours se sont écoulés entre le jour de notre rencontre et celui de son départ.

Il y a 39 jours, l'espoir renaissait. Pour une courte durée.

Il m'a fallu quelques jours pour refaire surface et saisir les motivations obscures d'Axelle Lefèvre.

Comme bon nombre de déséquilibrés fréquentant le forum, je l'imagine friande de conspirations et de théories du complot. Elle connaissait la fin brutale de Didier Gusteau. Au cours de ses pérégrinations virtuelles, elle a découvert le cas d'Éric. Les dates de leur disparition étaient proches. Elle s'est mis en tête de lier les deux affaires.

La rencontre au casino était une fumisterie, tout comme l'était la supposée apparition d'Éric à la station-service de Barchon.

J'ai bien failli me faire avoir.

À présent, je suis persuadée que les deux cas n'ont rien à voir.

Michel abonde en mon sens.

Pour lever tout doute, il a lancé une de ses connaissances sur la piste. Les choses suivent leur cours.

De mon côté, je ne baisse pas les bras, je cherche de nouveaux indices, entre mes traductions, mes sorties avec Shargi, mes visites chez Martha, mes tête-à-tête avec Massimo et mon travail avec Letizia.

Je fais le poisson, j'ouvre ma cage thoracique, je relâche mon périnée. Chanter est la manière la plus digne de crier sa détresse.

Elle aimerait me présenter à un de ses élèves – *di grande talento* –, un ténor dont la voix d'or se marierait *meravigliosamente* à la mienne. Nous pourrions interpréter des duos, le répertoire en contient de splendides.

Elle n'a pas manqué de préciser qu'elle parlait du répertoire italien.

— Les opéras italiens sont faits d'arias plus belles les unes que les autres, avec un début et une fin. Avec Wagner, tu sais quand ça commence, tu ne sais jamais quand ça finit. Enfin si, cinq ou six heures plus tard.

Je tergiverse, invente des excuses, déclare que je ne suis pas prête.

Comme souvent, la vérité se cache ailleurs.

En janvier 2015, j'ai participé à une série de concerts avec un groupe vocal *a cappella*. Je m'étais engagée avant le départ d'Éric et je ne voulais pas mettre l'organisateur dans l'embarras.

À l'exception du chef de chœur, un professeur d'académie, les membres étaient de simples amateurs, comme moi, mais la qualité était au rendez-vous. Le programme s'articulait autour de compositeurs du XXe siècle, Whitacre, Tavener, Gjeilo, Bruckner.

À l'issue d'une des représentations, un spectateur est venu me communiquer son enthousiasme.

— Votre interprétation de *Lully* était très émouvante. Vos voix semblaient s'amalgamer dans la voûte de l'église et scintiller au firmament. Mais la vôtre est un cadeau des dieux. J'en avais la chair de poule.

Lully, Lulla, Lullay de Philip Stopford est un bijou musical.

Le chant évoque le massacre des Innocents, lorsque Hérode ordonna le meurtre de tous les garçons de moins de 2 ans. Les paroles expriment le chagrin d'une mère pour son enfant assassiné.

Le chef de chœur l'avait mis en relief avec brio. Nous quittions la scène et nous éparpillions dans la salle pour permettre au public d'apprécier la richesse de la polyphonie. Vers la fin de la pièce, j'exécutais le solo de la cinquième voix en m'avançant dans l'allée centrale.

Je l'ai remercié pour ses compliments et lui ai promis de les transmettre aux autres choristes.

Il a souri et a continué à me scruter. Son visage ne m'était pas inconnu. Voyant mon air interrogatif, il m'a rafraîchi la mémoire. Il était l'un des élèves d'Éric.

Je me suis souvenue de lui. Il chantait ténor dans un groupe. J'avais eu l'occasion de l'écouter lors d'un concert à l'université où j'avais été impressionnée par sa voix chaude et virile. Il devait avoir 24 ou 25 ans, mais en paraissait dix de plus. Les gens n'avaient d'yeux que pour lui. Par sa taille et sa virtuosité, il éclipsait les autres choristes.

Grand, des cheveux noir jais, la barbe au carré, il dégageait une puissance et un charisme particuliers.

Il s'est penché vers moi.

— J'aimerais vous soumettre une idée.

Il projetait d'intervenir lors du mariage d'une de ses amies et cherchait une soprano pour le seconder. Il voulait chanter *Barcelona*, le duo kitsch formé par Freddie Mercury et Montserrat Caballé.

Le leader de Queen, grand amateur d'opéra, vouait une admiration sans bornes à la célèbre cantatrice. Selon la légende, la rencontre des deux monstres sacrés s'était soldée par une nuit torride.

La proposition était originale, le garçon talentueux. J'ai accepté. De plus, j'entrevoyais la perspective de me rapprocher d'Éric par ce biais. À coup sûr, il me parlerait de lui, de son expérience d'étudiant, de ce qu'il avait appris à son contact.

Nous nous sommes donné rendez-vous pour répéter le morceau. Prétextant qu'il louait une chambre exiguë, il m'a suggéré de venir chez moi.

Il a débarqué le samedi après-midi, décontracté, habillé comme un prince, parfumé à souhait. Il a gardé ma main dans la sienne quelques secondes de trop.

J'ai préparé du thé et nous nous sommes installés dans les fauteuils pour déchiffrer la partition. Peu à peu, nous avons commencé à fredonner quelques passages. Entre deux, il me dévisageait avec intensité.

À un moment, il s'est levé. Il a haussé la voix et s'est mis à déambuler devant moi, sa taille à hauteur de mes yeux. Malgré moi, mon regard se focalisait dans cette direction. Je devinais ses formes, dessinées par la toile de son pantalon.

J'étais en manque d'amour et d'attentions, mais mon corps réclamait autre chose. Mes caresses ne me suffisaient plus. J'avais envie de toucher, de sentir, de goûter.

Une onde de chaleur s'est répandue dans mon ventre.

J'ai commencé à bredouiller, incapable de lui donner la réplique.

Il a perçu mon trouble et semblait s'en réjouir.

Il m'a tendu la main.

— Lève-toi, tu seras plus à l'aise pour chanter.

J'ai quitté le fauteuil. Je me trouvais face à lui, nos visages, nos bouches se frôlaient.

Une onde de désir m'a parcourue. Je frissonnais jusqu'à la moelle. Sans un mot, il m'a contournée et m'a prise par la taille. J'aurais dû refouler mes pulsions, le gifler, l'insulter, le jeter dehors.

Il a glissé sa tête dans mon cou, m'a embrassée dans la nuque, a mordillé le lobe de mon oreille.

Sa barbe piquait, ses dents s'enfonçaient dans ma chair, son odeur m'envoûtait.

J'avais envie de hurler, mais j'étais incapable de me soustraire aux délices de ses caresses.

Vaincue, je me suis laissée aller.

Il a ouvert mon chemisier, a dégrafé ma jupe. Ses doigts m'ont envahie. Il les a enfouis dans sa bouche avant de les glisser dans la mienne. J'ai passé une main derrière mon dos pour le libérer. Son sexe palpitait dans ma main. J'étais folle d'excitation.

Il m'a murmuré à l'oreille.

— Je suis sûr que tu baises aussi bien que tu chantes.

J'étais survoltée.

Il était insatiable.

Vers minuit, nous avons plongé sous la douche. Il m'a prise une dernière fois dans la salle de bains avant de se rhabiller et de s'enfuir, me laissant repue, épuisée, confuse.

Les premiers remords n'ont surgi que le lendemain, au réveil. Son odeur imprégnait mes draps, mon corps. Je le sentais encore en moi.

Je m'en voulais d'avoir cédé à mes pulsions.

Quelques jours plus tard, j'ai appris qu'il en avait fait grand cas. Je figurais dans son palmarès. L'université au grand complet était au courant de son exploit.

Honteuse de m'être laissé piéger, j'ai décidé de partir à Ranco.

Depuis, j'expie ma faute.

À ma façon.

— Si ma mémoire est bonne, Dieu aurait créé l'homme à son image.

— En effet.

— Il a donc les mêmes faiblesses que nous ?

— Les mêmes qualités aussi.

— Je n'en doute pas. Dans une prière, vous lui demandez de ne pas nous soumettre à la tentation. Pourquoi la tentation ? Pourquoi pas l'injustice, la maladie, la famine, la guerre ? Ou l'oisiveté, mère de tous les vices ?

— ...

— Vous n'avez pas de réponse ?

— Dans le Jardin des Oliviers, Jésus a été soumis à la tentation. Il a réveillé ses disciples et leur a dit : *Veillez et priez, pour ne pas entrer en tentation. L'esprit est ardent, mais la chair est faible.*

— Jésus a tenu bon, moi pas.

— Dieu nous pardonne nos péchés.

— Dieu, peut-être, mais pas les hommes. Ni moi.

— Où voulez-vous en venir, Emily ?

— Vous le savez. Je vous ai raconté mon histoire.

— Je vous ai écoutée.

— Sans me donner votre opinion.

— Mon rôle n'est pas de juger vos actes.

— Vous pensez qu'il est possible de reconstruire ce qu'on a détruit ?

— Bien sûr, Emily. Il ne tient qu'à vous. N'importe qui peut réduire une maison en cendres, mais seul un architecte est capable de la rebâtir.

17

Les vertus du silence

Gérard Kaisin avait la réputation d'être l'un des plus redoutables pénalistes du royaume. Fier de sa notoriété, il lançait sa question favorite à la cantonade.

— À votre avis, qui connaît le mieux un criminel : sa femme, son frère, sa mère ou ses complices ?

Venant de lui, la réponse coulait de source, mais il n'attendait pas que son interlocuteur la formule.

— Son avocat.

Depuis la mort de son associé, emporté par une chute accidentelle en montagne trois ans auparavant, il avait repris les rênes du cabinet bruxellois qu'ils avaient fondé ensemble.

Perspicace, opiniâtre, habile, il aimait s'investir dans des affaires médiatisées susceptibles de renforcer son image de ténor du barreau.

En début d'année, lors du procès retentissant impliquant l'Église de Scientologie, il avait remporté un combat incertain en adoptant une ligne de défense astucieuse. Avec un aplomb déconcertant, il avait accusé le parquet fédéral de vouloir faire le procès d'une idéologie. L'argument avait porté et le tribunal correctionnel avait déclaré les plaintes irrecevables.

Auréolé par ses nombreux succès, il prenait soin d'analyser les dossiers qu'on lui présentait, en refusait bon nombre, déléguait les cas de moindre importance à ses collaborateurs et se réservait la meilleure part du gâteau.

Gérard Kaisin connaissait Michel Lambert depuis plus de trente ans, mais le parcours scolaire qu'ils avaient suivi dans le même établissement n'était pas la raison de leur bonne entente.

Comme ce dernier, la femme de Kaisin souffrait d'une insuffisance rénale et subissait un traitement identique à la clinique. Les deux hommes avaient renoué le contact à cette occasion. Depuis, ils profitaient de leurs rencontres pour discuter de leur passion commune : les grandes affaires criminelles.

Fin juillet, Michel Lambert lui avait fait part de sa demande.

Au nom de leur amitié et de leur convergence d'idées, l'avocat s'était engagé, avec réserves, à aborder le sujet si l'opportunité se présentait.

En son for intérieur, il envisageait la chose sous un angle différent. En règle générale, les avocats aiment échanger sur leurs dossiers, d'autant s'ils sont adversaires dans une affaire, mais il en va autrement s'il s'agit de récolter une information sensible. Dans le cas présent, il était hors de question qu'il quémande une entrevue à ce modeste confrère liégeois. S'ils pratiquaient la même discipline, ils évoluaient dans des divisions distinctes.

Le hasard voulut qu'il rencontre Robert Dodeigne,

l'homme concerné, fin août, à la faveur d'un barbecue organisé par la Région wallonne.

Il attendit que l'avocat ait levé le coude en quantité suffisante pour l'aborder.

Après avoir évoqué la météo favorable, la qualité de l'accueil et la renommée des crus, Gérard Kaisin l'approcha par une voie détournée.

— Un de mes meilleurs clients s'est tapé un infarctus. Mort sur le coup. Quelle perte !

Il lui adressa un clin d'œil avant d'ajouter.

— Je parle des honoraires.

Le Liégeois mordit à l'hameçon.

— Je connais. J'ai eu le même coup. Mais c'était une balle dans la nuque.

Kaisin fit mine de réfléchir.

— Gusteau ?

L'autre acquiesça.

— Lui-même. Une vache à lait.

— J'imagine. Il t'a laissé une ardoise ?

— Longue comme mon bras.

— Pas de chance. Où en est l'enquête ?

— Nulle part.

Ils parlèrent quelques minutes des lenteurs de la police, des juges d'instruction débordés, des délais de comparution sans cesse reportés.

Le sujet épuisé, Kaisin décida de jouer son va-tout. Au final, il n'avait rien à perdre, si ce n'est de déclarer à Lambert qu'il n'avait rien obtenu.

Il avala son verre et prit l'air détaché.

— À quoi marchait-il, ton Gusteau ?

Trop content de pouvoir rouler des mécaniques devant son illustre confrère, l'homme se laissa aller à la confidence.

— Faux et usage de faux, usurpation d'identité, corruption de fonctionnaires, trafic d'influence, abus de droits sociaux, détournements de fonds, et j'en passe. Le Code pénal sur pattes.

— La belle affaire !

— Sans doute, mais il a fini par y laisser sa peau.

Kaisin connaissait la nature humaine et les vertus du silence. Il esquissa une moue désabusée et se tut.

Comme il s'y attendait, le Liégeois reprit sur sa lancée.

— À mon avis, il s'est attaqué à un trop gros morceau. Je ne sais pas ce qu'il mijotait, mais les mois avant sa mort, il se rendait souvent à l'étranger. Istanbul, Londres, Dakar. Lors de notre dernière rencontre, il rentrait d'Ottawa et s'apprêtait à aller à Riyad. Qu'est-ce qu'on peut bien aller faire dans un bled comme Riyad ?

Kaisin haussa les épaules.

— Acheter des loukoums ?

18

À la dernière minute

En prévision de la pluie, Martha a pendu son linge dans la salle à manger. Draps, chemisiers, jupes, pantalons. La pièce ressemble à un éventaire de marché. Côté dessous, je trouve qu'elle manque de fantaisie.

Elle gigote dans son tablier vintage.

— Tu devrais les voir. Elles débarquent avec le rouleau de tissu qu'elles ont acheté en solde et le *Vogue* ou le *Grazia.* Elles ouvrent le magazine, me montrent la photo d'un top model anorexique dans une tenue extravagante et me disent : c'est celle-là que je veux.

La saison touche à sa fin, il ne lui reste que quelques réservations en septembre, d'autres pour les fêtes. Pendant l'hiver, elle se livre à une autre occupation, la confection sur mesure. Elle a aussi testé la coiffure, mais les résultats se sont révélés peu concluants.

Elle continue son histoire en sortant sa tarte du four.

— Le plus marrant, c'est à l'essayage. Elles trouvent que ça ne va pas tout à fait, il y a des plis ou des bosses, là et là, ce n'est pas comme sur la photo. Pas facile de leur expliquer que le problème n'est pas la robe.

— Elles feraient mieux d'aller chez Benetton, ça leur coûterait moins cher.

Une odeur de pommes caramélisées se répand dans la pièce.

Elle m'adresse un clin d'œil.

— Elles n'osent pas. Le curé est un de mes clients. Il leur a dit de ne jamais acheter dans ces magasins, les vêtements sont fabriqués en Inde ou au Bangladesh par des gosses à peine payés.

Elle admire son œuvre et se débarrasse de son tablier.

— Tu es allée au concert hier soir ?

— Non, j'étais fatiguée. J'ai lu quelques pages et je suis allée dormir.

L'ensemble de saxophones de Varèse se produisait au village. J'avais envie d'y assister, mais j'ai préféré passer la soirée à étudier le globe terrestre.

Michel semblait déçu par les informations qu'il avait récoltées auprès de son contact. Il s'est excusé de ne pas avoir réussi à en tirer davantage.

Pour ma part, j'ai trouvé que ce qu'il avait obtenu était digne d'intérêt, en particulier les détails concernant les derniers voyages de Didier Gusteau, au Canada et en Arabie Saoudite.

À vol d'oiseau, la distance entre Liège et Ottawa est de 5 800 km. De Liège à Riyad, 4 600 km. Si j'additionne les deux, j'obtiens 10 400 km, soit la distance entre Ottawa et Riyad.

J'ai conservé une copie de l'agenda d'Éric dans mon ordinateur. Il partait régulièrement. Comme pour le reste, il me prévenait à la dernière minute. Il me disait où il allait, je ne lui demandais pas de précisions.

Quelques semaines avant sa disparition, il a fait un aller-retour au Canada pour assister à une conférence humanitaire.

Il se trouvait à Ottawa du 14 au 17 octobre 2014. Il a bloqué les quatre jours et a inscrit un rendez-vous en date du 16 octobre, à 10 h 30. Deux lettres. DT. Je suppose qu'il avait planifié une rencontre avec quelqu'un, mais je n'ai trouvé personne portant ces initiales dans son carnet d'adresses.

J'ai fait des recherches sur Internet. À ces dates, seul un congrès sur les espèces envahissantes était organisé à Ottawa. La CHC, la Conférence humanitaire canadienne a bien eu lieu, mais en décembre.

Pourquoi a-t-il avancé ce prétexte ?

Qu'est-il allé faire à Ottawa ?

Je ne connais pas les dates des voyages de Gusteau, mais Ottawa ne me paraît pas être une destination courante pour un Belge.

J'en ai eu le sommeil agité. Je me suis réveillée avec le goût d'un cauchemar qui paraissait réel. Les services secrets saoudiens l'avaient enlevé. Il croupissait dans une prison en attendant son procès. Il risquait la peine de mort.

D'autre part, il projetait d'aller à Riyad avec François Maertens en novembre. De mémoire, il voulait discuter avec un de ses collègues de l'université de Riyad.

En fin de soirée, j'ai tenté de joindre François Maertens, sans succès. Il est venu plusieurs fois chez nous. Il vouait une grande admiration à Éric, mais je n'avais pas d'affinités avec lui. Un petit homme rondouillard, la cinquantaine. Je le trouvais pédant, imbu de lui-même. Il cherchait sans cesse des synonymes pompeux, des métaphores ou des constructions alambiquées pour embellir ses phrases.

Parler à quelqu'un se transformait en *prendre langue*, une voiture se disait un *véhicule automoteur,* de la drogue des *substances*, le tout à l'avenant. Sans compter les proverbes qu'il citait à tout bout de champ.

J'ai fait une nouvelle tentative ce matin. Je suis tombée sur son répondeur. J'ai laissé un message lui demandant de me rappeler.

Martha coupe sa tarte en tirant la langue comme une élève appliquée.

— Je te sers un morceau?

— Non merci, je dois y aller. J'ai rendez-vous chez le médecin, à Ispra.

— Mon père était responsable du marketing dans une boîte de produits de luxe. Il me parlait souvent de son métier. D'après lui, le *zéro défaut* n'existe pas. Ce qui compte n'est pas la qualité réelle, mais la qualité perçue.

— Pourquoi me parlez-vous de cela ?

— Il en va de même dans la vie. Les gens croient ce qu'on leur dit et ce qu'ils voient. Il suffit de soigner les apparences.

— Il existe cependant une personne que vous ne pouvez pas tromper, Emily.

— Moi-même, je sais.

19

L'amitié implique une dose d'hypocrisie

Après avoir raccroché, François Maertens se rendit compte qu'il avait été expéditif, à la limite de la grossièreté.

Il lui avait donné des réponses tranchées, sans commenter ni entrer dans les détails.

En effet, Éric projetait de se rendre à Riyad avec lui pour rencontrer un alter ego. Non, il ne savait pas quel objectif Éric poursuivait à Ottawa. Comment dites-vous ? Il n'y avait pas de conférence humanitaire à ces dates-là ? Vous m'en voyez navré.

Malgré le temps, elle n'avait pas compris qui était Éric.

L'amour est aveugle. Le proverbe était rebattu, mais il se vérifiait tous les jours.

Ce n'est pas en jouant à Sherlock Holmes dans son lieu de villégiature qu'elle allait le retrouver. Si elle pensait faire avancer l'enquête en passant au peigne fin l'emploi du temps d'Éric, elle se trompait.

Pendant plus d'un an, par devoir, il avait affiché un optimisme candide, clamant qu'Éric était vivant, qu'il défendait une cause noble quelque part dans le monde et allait réapparaître d'un jour à l'autre.

C'est ce qu'on attendait de lui.

Dans certaines circonstances, l'amitié implique une dose d'hypocrisie. D'autant que leur relation s'était refroidie après leur aventure au Maroc.

Au départ, le but du voyage était de demander aux autorités marocaines de respecter les droits de l'homme. Ils visaient les condamnations des Sahraouis qui avaient manifesté contre l'occupation du Sahara occidental.

À peine arrivés à l'hôtel, des policiers avaient débarqué et les avaient sommés de leur remettre leur passeport ainsi que leur téléphone portable. Au lieu d'obtempérer, Éric avait refusé d'obéir et les avait nargués. L'air hautain, il les avait défiés en les insultant à mots couverts.

Il avait tenté de le raisonner, mais Éric semblait s'amuser de la situation.

Quel égoïsme !

Qu'il joue au don Quichotte si ça lui chante, mais qu'il n'entraîne pas ses confrères dans sa folie. Contrairement à lui, il avait une femme qu'il aimait, des enfants qu'il aimait, une famille qu'il aimait.

L'incident avait dégénéré. Les policiers les avaient arrêtés et les avaient emmenés *manu militari* dans un immeuble hors de la ville. Ils les avaient enfermés dans un local aveugle sans leur donner à boire ou à manger.

Après deux heures d'angoisse, un gradé les avait interrogés. Ils étaient suspectés de vouloir provoquer le chaos et déstabiliser la sécurité intérieure.

Il avait eu la peur de sa vie. Il n'avait aucune envie de se retrouver dans une prison marocaine sous une fausse inculpation. Ou pire, dans un fossé avec une balle dans la tête, meurtre que l'on mettrait sur le dos de djihadistes ou autres extrémistes.

Les nerfs à vif, il avait usé de diplomatie, calmé les esprits, parlementé, présenté ses excuses.

De son côté, Éric jubilait comme un gamin. On allait encore parler de lui dans les journaux. Son mépris du danger et son narcissisme l'avaient ulcéré.

S'ils étaient rentrés sains et saufs, c'était grâce à lui et seulement à lui.

À leur retour, il s'était juré de prendre de la distance.

À trop vouloir s'approcher du feu, on finit par se brûler les ailes.

Quant au voyage en Arabie Saoudite, il ne s'était pas engagé de manière formelle. Il comptait avancer une excuse en dernière minute.

Au final, ce n'étaient pas ces questions d'agenda qui l'avaient poussé à abréger la conversation. Emily lui avait demandé si les lettres D et T associées à un éventuel rendez-vous à Ottawa lui disaient quelque chose.

Il en avait eu le souffle coupé.

Partagé entre colère et panique, il avait répondu par la négative.

La page était tournée.

— De l’avis de certains, l’état passionnel dure entre six mois et deux ans. Après, tout change, la réalité de l’autre finit par s’imposer à nos yeux.

— …

— Parfois, je me dis que j’aurais aimé connaître ce basculement. Il m’a fait découvrir des émotions dont j’ignorais l’intensité. Elles vibrent encore en moi. Je me demande si elles arrêteront de prendre le dessus sur ma raison. Rien n’est plus déchirant qu’une passion inachevée.

— Rien n’est plus beau non plus, Emily.

20

Un sac de vieux vêtements

Le dimanche 30 octobre, José et Ariette Lerminiaux participèrent à la marche organisée par l'ADEPS.

Grands randonneurs, cet encadrement leur permettait de découvrir de nouveaux circuits sans devoir préparer leur périple ou s'équiper de cartes de la région. Les itinéraires étaient choisis avec soin, alternant les passages dans les sous-bois et les traversées de champs.

La balade du jour débutait dans la Cité ardente, au pied du pont de Fragnée et du pont de Fétinne. Elle se poursuivait dans la vallée de l'Ourthe, le long du quai du Condroz.

À hauteur d'Embourg, Arlette fut prise d'un besoin naturel. Comme elle souhaitait se dérober aux regards des promeneurs, elle quitta le chemin et s'enfonça dans la forêt.

Elle franchit une dizaine de mètres dans le sous-bois et aperçut au pied d'un arbre ce qu'elle crut être un sac de vieux vêtements.

Saisie par le doute, elle revint sur ses pas et appela son mari. Celui-ci vint la rejoindre, prit la direction qu'elle lui indiqua et se pencha sur le ballot.

Médecin urgentiste de profession, une brève inspection de l'amas lui permit d'identifier des restes humains.

La police fut aussitôt alertée. Les agents analysèrent la découverte et confirmèrent qu'il s'agissait d'un cadavre.

Ils établirent un périmètre de sécurité et appelèrent du renfort. Comme la procédure l'exigeait, ils prirent contact avec la Cellule des personnes disparues.

L'officier de police judiciaire se rendit sur place, suivi par le magistrat de garde. Considérant la suspicion de meurtre, ce dernier mit l'affaire à l'instruction et commanda la descente du labo pour relever les traces.

Au vu de l'état de décomposition du cadavre, le DVI de la police fédérale fut appelé pour identifier la victime.

En début de soirée, le corps fut enlevé pour être examiné de manière approfondie par le médecin légiste afin de déterminer les causes du décès.

Le rapport *post mortem* fut aussitôt envoyé aux enquêteurs de la Cellule des personnes disparues pour être comparé aux données *ante mortem* des dossiers en cours.

Ceux-ci dressèrent la *short list* des victimes potentielles. La mise en regard des documents indiqua qu'il s'agissait d'un Bruxellois porté disparu depuis près de deux ans. Le résultat fut ensuite confirmé par les différentes analyses.

Le lundi 31 octobre, en fin de matinée, le chef d'enquête fut chargé de téléphoner à la compagne de la victime.

21

La croyance à une nouvelle vie

Les marronniers ont revêtu leur parure d'automne.

Demain, octobre cédera sa place à novembre. Le village se recroqueville sous les nuages. Les cloches de l'église sonnent le glas toutes les heures.

Je ne me sens pas prête à affronter l'hiver à Ranco.

Bruxelles, sa pluie froide, ses cafés bruyants et mes balades en forêt avec Shargi me manquent.

Je n'ai pas vu Dany depuis des mois. Ni personne. Ma mère m'a écrit. Une lettre, dans une enveloppe, avec un timbre, à l'ancienne. Elle aimerait que je passe Noël avec elle.

Je n'ai pas répondu. Peut-être devrais-je arrêter de lui faire endosser un crime qu'elle n'a pas commis. Le délai de prescription est arrivé à échéance.

Katelyn me dit qu'elle vieillit, qu'elle est triste, qu'elle parle souvent de moi.

Je jette un coup d'œil à la photo de mon père.

Il disait que j'étais née pour chanter. Dieu m'avait offert un don, j'allais devenir une diva.

Ma virtuosité précoce portait ombrage à ma sœur. Hormis la résolution d'équations à x inconnues, elle n'avait aucune prédisposition artistique. Ma mère avait tenté de l'intégrer à sa chorale paroissiale, mais l'expérience s'était soldée par un échec.

Mon père visait plus haut. Il m'a inscrite à l'académie. Par la suite, il m'a offert des cours particuliers. Sans s'être consultés, mes profs étaient du même avis. J'avais du talent, je devais poursuivre. À force de travail, je pouvais devenir une brillante soprano.

Je n'étais pas convaincue. Je savais ce qu'une telle prétention exigeait. Je tenais à ce que le plaisir l'emporte sur la souffrance. Mon père n'a pas insisté. Mon bonheur comptait davantage que ses ambitions.

Je regarde autour de moi.

L'appartement semble rapetisser. Je ne me sens plus chez moi dans cet endroit.

J'hésite à poursuivre *Guerre et Paix*. Chaque relecture me mine le moral.

> Nous ne pouvons progresser qu'au milieu des luttes de la vie, par la connaissance de nous-mêmes, où l'on peut parvenir à la comparaison. Il ne faut point oublier non plus la vertu principale, l'amour de la mort. Les vicissitudes peuvent seules nous en démontrer toute la vanité et contribuer à nourrir en nous cet amour, c'est-à-dire la croyance à une nouvelle vie.

J'attrape la laisse de Shargi. Hormis ses sorties chronométrées, elle dort à longueur de journée. Le cliquetis familier la réveille. Elle saute du fauteuil, s'agite en poussant de petits aboiements.

Nous descendons, arrivons sur le seuil de la porte. J'en ai assez de compter mes pas, je connais le parcours par cœur, je ne dépasserai pas la limite.

La rue est déserte. Un vent frais me caresse le visage.

Mathéo apparaît au détour de l'église, mime la surprise et m'adresse un signe de la main. Mathéo est le cousin de Maria, le petit bout de femme qui gère la marina. Il est arrivé au début de la semaine pour l'aider à mettre les bateaux en cale sèche. Depuis, il semble épier mes allées et venues.

35 ans, les traits pâteux, une moustache des années 1980. Son seul atout est son prénom, le pendant italien de Mathieu, mon tout premier.

J'avais 15 ans et n'avais pas encore franchi le pas. De son côté, Dany en était à sa neuvième ou dixième aventure et m'attendait pour partager nos expériences.

C'était l'été à Sainte-Maxime. Il faisait doux ce soir-là.

J'avais bu quelques verres de rosé, je me sentais bien. Nous avons dansé une série de slows et échangé quelques baisers. Il m'a proposé de prendre l'air. Nous sommes sortis. Il a saisi ma main et m'a emmenée dans sa petite Renault garée dans une rue adjacente. Je connaissais la suite. J'étais nerveuse, mais j'avais hâte.

Je fais partie des filles qui ont perdu leur vertu sur la banquette arrière d'une voiture. La majorité des femmes qui ont connu cette péripétie pensent qu'elles le regretteront jusqu'à leur dernier souffle.

Pour ma part, j'aimerais la revivre. J'en garde un souvenir réjouissant.

Mathieu ignorait que j'étais vierge. Après m'avoir déshabillée, il est entré en moi. J'ai ressenti une légère douleur à laquelle un sentiment de bien-être a succédé. Euphorique, je me suis laissée aller. Je soupirais, gémissais, poussais de petits cris d'une voix qui m'était inconnue.

Quand j'ai repris mes esprits, j'ai senti une présence menaçante. Katelyn se tenait devant la voiture, le nez collé contre la vitre. J'ignorais depuis combien de temps elle était plantée là et à quelle partie du spectacle elle avait assisté. Elle nous observait, les lèvres pincées, le regard fixe, avec la tête de Carrie dans la scène finale.

Depuis, j'ai connu d'autres hommes. Quelques-uns. Beaucoup selon les mauvaises langues. À part Éric, aucun n'est parvenu à m'inspirer l'envie de partager ma vie avec lui.

J'arrive à hauteur de mon soupirant.

La sonnerie de mon portable retentit. Je fouille à l'aveuglette dans mon sac, consulte l'écran. Indicatif Belgique, numéro masqué.

Mathéo se précipite, la moustache frémissante.

Je lui fais signe de patienter, colle mon téléphone à l'oreille et prends un ton enjoué.

— Bonjour.

Je capte quelques mots, tente de les assembler.

Mon portable s'écrase à mes pieds. Des nuages traversent le ciel. Un rideau pourpre me voile le visage.

ACTE II

1

Une journée de merde se voit dès le matin

Frédéric Peeters pestait.

Une pluie froide s'abattait sur Bruxelles. Comme chaque matin, l'avenue Louise était saturée. Les voitures avançaient par saccades, pare-chocs contre pare-chocs. Il n'avait parcouru qu'une centaine de mètres en un quart d'heure.

Il jeta un coup d'œil au tableau de bord. L'horloge indiquait 8 h 10. Alain Lallemand, son patron, l'attendait depuis dix minutes. Pour ajouter à son agacement, l'aiguille de la jauge d'essence frôlait le zéro. La panne le guettait.

Il jura entre ses dents.

D'une main, il connecta son iPhone au système audio, sélectionna le dernier single de Rival Sons et monta le volume au maximum. Le riff de « Thundering Voices » vibra dans l'habitacle. Les haut-parleurs crachèrent leurs décibels, faisant trembler les vitres.

Il secoua la tête et chanta à tue-tête.

— *Oh the pain of letting you know.*

Les conducteurs lui lancèrent des regards réprobateurs.

Le pont de la Toussaint n'avait pas amélioré leur

état d'excitation. Ils n'appréciaient ni les bouchons ni cet énergumène qui jouait de la batterie sur son volant en faisant voltiger ses cheveux.

Le témoin lumineux de la jauge s'affola. Il ne lui restait que quelques centilitres de carburant. Il renonça à poursuivre son récital et évalua les options. Tomber en panne sèche au milieu du tunnel équivaudrait à un lynchage. Se garer à proximité et continuer son chemin sous la pluie ne le motivait pas davantage.

Si la chance lui souriait, le moteur tiendrait jusqu'à la station-service Q8 du boulevard de Waterloo, pour autant qu'il emprunte les petites rues.

Il actionna son clignotant, déboîta et s'infiltra dans la file de droite. La manœuvre fut saluée par une cacophonie d'avertisseurs à laquelle il répondit par un geste dénué de toute équivoque.

La sonnerie de son téléphone se manifesta au moment où il s'engageait dans la bretelle de sortie.

Il consulta l'écran, baissa le son.

— Salut, Jeremy.

— Salut, Fred. Mets-moi 150 sur Socks.

— Gagnant ou placé ?

— Gagnant.

— C'est noté.

Il raccrocha et déboucha au pas d'homme sur la place Stéphanie. Un sexagénaire à vélo le doubla, l'air pincé.

La voiture émit un hoquet inquiétant.

Il jura une nouvelle fois et explora les alentours. Les artères étaient engorgées de toutes parts. Il n'arriverait jamais jusqu'à la station Q8, à moins de remonter la rue de Stassart et de redescendre par la rue Crespel et la rue des Drapiers. La première était à sens unique, mais il ne devrait la parcourir que sur une cinquantaine de mètres.

Il se pencha en avant, plissa les yeux comme un myope et traversa au ralenti entre deux voitures. Les klaxons ponctuèrent sa manœuvre. Il s'engagea dans la rue de Stassart, se redressa et enfonça l'accélérateur.

Une Volvo dégringola dans sa direction en lançant des appels de phares. Il grimpa sur le trottoir, adressa un signe d'excuse au conducteur et vira dans la rue Crespel.

Nouvelle sonnerie.

Le nom de Camille apparut sur l'écran.

— Tu es où ?

— J'arrive au bureau.

— Tu n'as rien oublié ?

L'amusement transparaissait dans sa voix.

Malgré les efforts qu'il déployait, sa distraction et sa désorganisation étaient notoires. Elles en réjouissaient certains, en horripilaient d'autres.

Il réfléchit à toute vitesse.

— J'ai sorti les poubelles.

— J'ai remarqué. Bonne initiative, mais les poubelles, c'est le vendredi.

— Je me suis dit qu'avec le jour de congé…

— Ils allaient venir quarante-huit heures plus tôt. Non. Essaie encore.

— Mon briquet ?

— Tu ne fumes plus, que je sache.

Le moteur marqua ses premiers signes d'agonie.

— Je t'ai embrassée.

— Tu as même fait plus que ça.

Il se prit au jeu.

— J'ai mis un caleçon, mes clés sont sur le contact, mon téléphone sur mes genoux, mon ordinateur sur le siège passager. Je ne vois pas.

— Si tu cherches ton portefeuille, il est sur le frigo.

Il soupira et lâcha une des expressions favorites de sa mère.

— *Una giornata di merda si vede dal mattino.*

2

Des perspectives engageantes

Ce n'est que le 2 novembre, sur le coup de 8 heures, que Michel Lambert apprit par la radio la découverte du corps d'Éric Deguide.

Le premier moment de stupeur passé, il dut admettre qu'il s'attendait à cette nouvelle. Malgré les propos rassurants qu'il avait tenus jour après jour à Emily, il n'avait jamais cru que l'affaire connaîtrait une issue favorable.

Les disparus étaient pour la plupart des récidivistes, des déments, des malades mentaux ou des vieillards gâteux. Dès qu'il s'agissait d'un journaliste, d'un avocat ou d'un homme en vue, le pire était à craindre. Le cas de Didier Gusteau en était une preuve tangible.

L'espace d'un instant, aveuglé par l'inébranlable conviction d'Emily, il en était arrivé à penser que Deguide avait suivi l'exemple des évaporés du Japon, ces quelque 90 000 hommes et femmes qui choisissent chaque année de s'évanouir dans la nature pour fuir la honte ou le déshonneur. Des personnes délaissées, meurtries, criblées de dettes ou ayant perdu leur emploi. Elles se volatilisent du jour au lendemain pour refaire leur vie ailleurs.

L'annonce digérée, il éprouva un certain malaise.

Pourquoi Emily ne l'avait-elle pas prévenu ?

Elle aurait dû l'appeler le jour même. Depuis leur rencontre en décembre 2014 et le début de leur relation, il avait toujours été à ses côtés pour l'écouter, la rasséréner, lui redonner confiance, lui suggérer de nouvelles pistes.

À force d'échanger par téléphone, de s'envoyer des mails et des SMS, il avait fini par se considérer comme un allié fidèle, un ami proche, son confesseur.

Grâce à lui, l'espoir avait ressurgi lorsqu'il l'avait mise en contact avec Axelle Lefèvre. Il avait transgressé ses propres règles et avait effacé les traces des messages sur le forum dans le but de la protéger. Au mépris de ses principes, il avait incité Gérard Kaisin à tenter d'en savoir plus sur Didier Gusteau.

Il se débarrassa de ces pensées torturantes, se raisonna et mit le mutisme d'Emily sur le compte du choc, de la consternation et de l'émotion.

Il songea ensuite à l'évolution de la situation. Dans un premier temps, Emily devrait surmonter son chagrin, calmer sa douleur, organiser les funérailles, répondre aux questions de la police, fuir les journalistes.

Il sera là pour l'épauler.

De ce qu'il savait, hormis sa sœur et une amie d'enfance, il était le seul homme avec qui elle avait gardé des contacts. Elle avait envoyé au diable ses anciennes connaissances, égocentriques et indifférentes à son malheur.

Dans les prochaines semaines, elle entamerait son processus de deuil.

Il sera là pour la soutenir.

Peu à peu, elle ouvrirait les yeux et se rapprocherait de lui, l'ami, le fidèle, l'intime qui l'avait accompagnée sans relâche durant son long calvaire. Elle verrait en lui quelqu'un d'autre qu'un simple webmaster pointilleux. Elle découvrirait un homme intègre, prévenant, une promesse de futur.

Cette pensée lui mit du baume au cœur.

Il hésita à l'appeler, mais se ravisa. Il devait lui démontrer qu'il acceptait son silence. Ne pas la brusquer, ne pas la déranger, la sécuriser par une absence respectueuse.

D'une certaine manière, la mort de Deguide marquait la fin d'une période d'incertitude et ouvrait des perspectives engageantes.

Du doigt, il caressa la photo d'Emily qui ne le quittait pas.

— Bientôt, Emily, bientôt.

3

Coureur de fond

La rédaction du *Soir* était plongée dans le silence. Les journalistes semblaient happés par leur écran. Des images muettes défilaient sur les téléviseurs suspendus.

Alain Lallemand jeta un coup d'œil à l'horloge murale.

8 h 45.

Il s'apprêtait à appeler Fred quand ce dernier fit irruption à l'entrée du plateau, apparemment essoufflé.

Impassible, il suivit du regard son rituel matinal.

Comme à l'accoutumée, il traversa la salle à grandes enjambées pour saluer ses anciens collègues. Fred travaillait pour lui depuis plus d'un an, mais gardait le sentiment de faire partie de l'équipe du *Soir* en ligne.

Arrivé devant Alfredo, il tourna sur lui-même comme un mannequin.

— *God bless America.*

La semaine précédente, Fred avait organisé une soirée chez lui pour célébrer ses 30 ans. À cette occasion, les membres du Web lui avaient offert une chemise rouge et des baskets criblées d'étoiles blanches sur fond bleu en prévision des élections américaines.

Peu attiré par les débordements festifs, Alain avait décliné l'invitation.

Alfredo lança d'un ton cassant.

— Arrête ton show, Fred et va nous chercher du café.

Ce dernier l'avait remplacé comme responsable d'équipe après que Fred avait défendu sa candidature auprès du rédacteur en chef. Depuis, sous ses dehors bourrus, il lui vouait une reconnaissance sans borne.

Fred saisit l'opportunité.

— Justement, tu pourrais me prêter 100 euros ?

— 100 euros? Pour quatre cafés ? Tu plaisantes ?

— Je t'expliquerai.

Après un ultime soubresaut, il avait abandonné sa voiture en panne sèche à une cinquantaine de mètres de la station-service.

En partie garée sur le trottoir, il avait enclenché les feux de détresse et continué à pied. Privé de portefeuille, il devait trouver une âme charitable pour lui permettre d'acheter un bidon d'essence, de payer l'amende pour stationnement interdit et de régler la facture de la fourrière où il devrait vraisemblablement aller récupérer son véhicule.

Alfredo secoua la tête et jeta deux billets de 50 euros sur la table.

— Merci, je te les rends demain.

Fred empocha l'argent et se dirigea vers son poste de travail.

Alain attendit qu'il soit proche et l'apostropha sans quitter des yeux son écran.

— Bon après-midi, Fred.

Alain ne ménageait pas son poulain, mais sa démarche se voulait constructive. Malgré son relatif manque d'expérience, son étourderie et sa désorganisation, il avait choisi Fred pour le seconder. Depuis, il s'appliquait à lui inculquer la rigueur et la discipline qui lui faisaient défaut.

Grand reporter, journaliste d'investigation, correspondant de guerre, Alain Lallemand coordonnait la participation du *Soir* à l'EIC, l'*European Investigative Collaborations*, le réseau européen qui menait des enquêtes en profondeur.

La charte de l'association exigeait de jouer la transparence entre les rédactions. Les journalistes communiquaient au quotidien dans le but d'agencer la publication de leurs révélations. Main dans la main, ils construisaient des puzzles. Chaque pièce devait être analysée et retournée en tous sens avant de rejoindre l'assemblage.

Par la force des choses, Fred était passé de sprinteur à coureur de fond.

Au *Soir* en ligne, il travaillait en temps réel. Vitesse et réactivité étaient les maîtres mots. Dans son job actuel, il consacrait ses journées à tisser des liens entre les infos, à les recouper, à en chercher les tenants et les aboutissants et à échanger avec ses partenaires du *Spiegel*, de *Falter,* d'*El Mundo* et de *Mediapart*.

En mars 2016, l'EIC avait publié une enquête sur les filières d'armes des terroristes actifs en Europe de l'Ouest. La parution avait fait grand bruit. Ils y expliquaient de quelle manière les terroristes s'étaient procuré quantité d'armes avec une facilité dérisoire en profitant des failles de la législation européenne et de la faiblesse du contrôle de certains pouvoirs publics.

À présent, plusieurs chantiers étaient ouverts, dont les *Malta Files* et les meurtres d'État.

Fred négligea d'évoquer ses problèmes mécaniques, Alain s'en fichait et les justifications ne faisaient pas partie de son mode de fonctionnement.

— Bonjour, Alain.

Debout devant le bureau, il démarra son PC, lança la messagerie et contempla la cascade de mails qui dégringolaient dans la boîte de réception.

La plupart s'avéreraient insignifiants, mais il ne pouvait en négliger aucun.

Son ordinateur et son téléphone professionnel étaient cryptés. Malgré cela, pour des raisons de sécurité, les échanges de données sensibles se faisaient par vidéoconférences via Jitsi ou Skype, des applications dont les clés de chiffrement rendaient l'écoute par autrui impossible.

La cinquantaine de journalistes qui composaient le réseau se réunissait une fois par mois dans l'une des rédactions, à Bruxelles, Belgrade, Paris, Lisbonne ou Amsterdam. C'est lors de celles-ci que les enquêtes se peaufinaient.

Fred expédia une ou deux réponses et s'adressa à Alain.

— Café ?

Alain maugréa, les yeux rivés sur son texte.

— En vitesse. Après ça, je dois te parler.

Fred descendit à la réception, demanda à l'hôtesse de lui faire le change de 50 euros et se rendit au sous-sol où se trouvait la machine à café.

Auparavant, il saisissait cette occasion pour aller fumer une cigarette. Quand il avait emménagé avec Camille, il lui avait lancé le défi.

— Tu paries que j'arrête de fumer et de parier ?

Elle avait joué la surprise.

— Tenu.

Il avait respecté le premier engagement et quelque peu aménagé le second.

Quelques minutes plus tard, Alain le vit réapparaître, les mains chargées de cafés.

La distribution auprès de ses anciens acolytes terminée, il posa deux gobelets sur le bureau et s'assit.

— Tu voulais me parler ?

Alain ôta ses lunettes, se cala dans son fauteuil et plongea son regard dans le sien.

— Éric Deguide, ça te dit quelque chose ?

4

Il est des adversaires qu'on ne peut vaincre

François Maertens remercia son assistante et lui demanda de refermer la porte du bureau.

Il resta immobile dans son fauteuil, le sang figé, la nuque crispée. Ce qu'elle venait de lui annoncer réveillait en lui les pires craintes.

Un vertige le prit. Il attrapa son verre et avala une gorgée d'eau. Elle lui parut saumâtre, croupie, fétide, chargée de rancœur et de remords.

Le cauchemar se matérialisait. Il avait espéré qu'on ne parlerait plus de cette affaire, que l'angoisse arrêterait de le tarauder, que ses appréhensions s'évanouiraient peu à peu, comme les peurs enfantines qui s'estompent avec le temps.

Le cadavre d'Éric retrouvé dans un bois.

Il se mit à trembler.

Qu'aurait-il pu faire de plus ? Ce n'était pas faute de l'avoir prévenu.

Il n'avait jamais compris pourquoi Éric investissait tant d'énergie dans ce combat. Le plus sage aurait été d'abandonner la partie. Mieux, de ne jamais la commencer. Il est des adversaires que l'on ne peut vaincre.

Maintenant, les questions allaient revenir. Ses proches, la police, les journalistes. Que savait-il ? Que lui avait confié Éric ? Sur quel dossier travaillait-il ?

À force de fouiller, ils finiraient par trouver.

5

Brillant

Fred se souvenait de l'annonce de la disparition d'Éric Deguide. C'est lui qui avait mis le titre en ligne en novembre 2014.

Comme souvent, le cas avait rapidement été occulté par d'autres sujets. Au final, ce n'était qu'une disparition comme il y en a tous les jours, un banal fait divers sorti de l'anonymat pour la seule raison qu'il s'agissait d'un homme quelque peu en vue.

D'après le rapport d'autopsie, Deguide avait été abattu d'une balle dans la tête avant que son corps soit abandonné dans un bois près d'Embourg, dans la région liégeoise.

Après l'énoncé des faits, Alain lui avait brossé le portrait du personnage.

En plus de sa fonction au *Soir*, Alain Lallemand était maître de conférences à l'Université catholique de Louvain où il enseignait le journalisme d'enquête. Par ce biais, il avait eu l'occasion de rencontrer Éric Deguide.

Brillant.

Le mot était revenu plusieurs fois dans sa description.

Le milieu de la trentaine, grand, séduisant, doté d'une intelligence supérieure, Éric Deguide avait survolé avec décontraction ses études à l'ULB avant de se spécialiser dans le droit international.

Grâce à sa connaissance approfondie de la question, il avait été nommé chargé de cours alors qu'il avait à peine quelques années de plus que ses ouailles.

Alain s'était enthousiasmé.

— Ce type avait un charisme extraordinaire. J'ai assisté à certains de ses exposés. Quand il ouvrait la bouche, plus personne ne bronchait. Les gars étaient subjugués, les filles suspendues à ses lèvres. Dieu sait si la matière est rébarbative, mais il arrivait à la rendre passionnante. Tu aurais dû le voir, un véritable one-man-show. Il marquait des pauses, faisait monter la tension, détendait l'atmosphère par un trait d'humour.

Deguide ne s'était pas arrêté là.

Fort de son aura, il s'était lancé dans divers combats. Le respect des droits de l'homme était sa priorité, mais il ne se limitait pas à ce cadre. Contrairement à d'autres, il ne faisait pas de l'humanitaire de façade en paradant dans les cocktails ou en s'offusquant sur les réseaux sociaux. Il se rendait sur le terrain, mettait les mains dans le cambouis.

À plusieurs reprises, *Le Soir* lui avait réservé de l'espace pour lui permettre de s'exprimer.

— Lis ses lettres ouvertes, surtout les premières, pleines d'à-propos et de formules percutantes.

À part le fait qu'il le connaissait vaguement, Fred ne voyait pas dans quel but il lui retraçait cette biographie.

Alain avait devancé sa question.

— Tu te demandes pourquoi je te parle de ce cas?
— J'allais te poser la question.
— Pour deux raisons.
La première était qu'il avait de l'estime pour Deguide.
Il était parti dans une envolée onirique, encensant les réalisations de l'homme, sa bravoure, son abnégation.
Fred avait rapidement compris que le véritable mobile allait suivre.
— La deuxième?
— Les derniers temps, il avait changé. Son humour avait fait place à du cynisme et à de l'amertume. Son ton et son discours étaient de plus en plus agressifs. Son comportement aussi. J'ai mis ça sur le compte du découragement. Malgré quelques avancées, ses requêtes restaient sans suite. Les gens abondaient dans son sens, s'indignaient, l'applaudissaient, mais gardaient les bras croisés.
— Qu'est-ce qu'il espérait?
Alain avait avalé son café d'un trait.
— C'était un idéaliste. Petit à petit, il est devenu intolérant. Un soir, j'assistais à un gala de bienfaisance où il était présent. À un moment, je l'ai vu discuter avec un type. Le ton est monté, Deguide s'est emporté et a bousculé le gars. En retour, le bonhomme lui a flanqué son poing dans la figure. Le service d'ordre est intervenu. Comme tout le monde, j'étais abasourdi. Une telle réaction de sa part était incompréhensible. Il s'est relevé et a baragouiné une phrase philosophique pour se donner une contenance. L'affaire s'est terminée devant un verre. Il était en instance de divorce à ce moment-là, sans doute une

circonstance atténuante, mais il n'aurait jamais fait une chose pareille avant.

Cette histoire avait rappelé un épisode récent à Fred.

Tout en écoutant d'une oreille, ses pensées étaient parties dans cette direction.

Quelques semaines après que Camille avait quitté son mari pour venir vivre avec lui, l'individu lui avait téléphoné.

Il rentrait de Chine pour quelques jours et souhaitait le rencontrer pour *mettre certaines choses au point avant de mettre les poings sur certaines choses.*

Fred avait salué l'élégance de la formule et accepté le rendez-vous.

Camille lui avait parlé plusieurs fois de son ex-mari et de son changement d'attitude. Obnubilé par sa réussite professionnelle, il s'était métamorphosé en l'espace de quelques années.

La rencontre avait eu lieu en milieu d'après-midi, au Bier Circus, à deux pas du *Soir.*

L'ex avait débarqué avec un quart d'heure de retard. Fred ne l'avait jamais vu auparavant, pas même en photo, mais il l'avait reconnu au premier coup d'œil.

L'homme s'était assis en face de lui.

— Je voulais voir avec *quoi* ma femme était partie.

Il s'attendait à ce que Fred baisse les yeux ou s'empêtre dans des excuses.

Fred était resté silencieux, un sourire aux lèvres. Pendant des années, prendre des risques avait été son oxygène. Il pariait sur sa vie pour impressionner ses amis et leur soutirer de l'argent.

Face à son mutisme, l'ex avait insisté.

— Alors ? Tu as quelque chose à dire ?

Fred s'était penché vers lui.

— Oui. Ta femme t'a quitté parce que tu es un connard.

Piqué au vif, il avait bondi de sa chaise, le corps tremblant de rage.

Fred pensait qu'il allait lui décocher un coup de poing. Au lieu de le tabasser, le bonhomme avait fauché sa tasse de café d'un revers avant de tourner les talons et de sortir du bistrot.

Fred avait souri en revoyant la scène.

Le geste n'avait pas échappé à Alain.

— Tu vas moins te marrer dans deux minutes.

Fred avait remballé son sourire.

— Désolé, je pensais à autre chose.

Alain avait passé une main dans sa barbe, geste familier qui traduisait l'impatience.

— Lors de sa disparition, plusieurs scénarios ont circulé. Je n'ai jamais cru qu'elle était volontaire, même si le type était chaotique et imprévisible. J'étais certain que ça allait se terminer en tragédie.

L'intuition dont Alain faisait preuve l'avait plus d'une fois stupéfié. Il était doté d'un sixième sens, il *sentait* les choses.

Il savait où fourrer son nez, quelles pistes méritaient d'être exploitées, dans quelle direction aller.

Fred entrevoyait où il voulait en venir.

— Sur quelles bases ?

— Quelques semaines avant sa disparition, je l'ai croisé dans le bois de la Cambre. Il se promenait avec son chien, seul. Il parlait à mi-voix. Il a mis un moment à me reconnaître. On a discuté de choses et d'autres. Je le trouvais aigri, sombre, absent. Avant de repartir, il m'a demandé si j'étais prêt à publier un article pour lequel il me garantissait l'exclusivité. Je ne me suis pas engagé, le rédac-chef avait refusé ses derniers pamphlets qu'il jugeait trop violents. J'ai insisté pour qu'il m'en dise plus, mais il est resté évasif et m'a répondu que je le saurais très bientôt.

Alain s'était arrêté, avait essuyé ses lunettes avec un pan de sa chemise et l'avait fixé dans les yeux.

— En deux mots, j'aimerais que tu creuses l'affaire.

Le Soir
Rédaction en ligne
Mise en ligne le 2 novembre 2016, 16 h 52

L'autopsie du corps d'Éric Deguide retrouvé à Embourg confirme une mort violente

Les premières conclusions de l'autopsie effectuée sur le cadavre d'Éric Deguide retrouvé dimanche dans un sous-bois près d'Embourg confirment l'hypothèse d'une mort violente. La victime aurait été exécutée d'une balle dans la tête.

Le parquet a indiqué qu'une instruction était ouverte pour meurtre. Aucune interpellation n'a pour l'heure eu lieu dans ce dossier.

6

Les gens qui existent

Fred lança le départ.

Les greyhounds jaillirent de leur boîte et s'élancèrent comme des boulets de canon. Tycoon prit l'avantage. Speed Demon le talonnait de près, Socks se profilait en troisième position. Les autres étaient à la traîne.

Illan et Arthur se déchaînèrent. Debout sur sa chaise, Jeremy s'égosillait, les mains en porte-voix.

— Allez, Socks !

Tycoon négocia le virage à la corde. Speed Demon le passa à l'extérieur tandis que Socks se rapprochait à grandes enjambées.

Illan scanda à tue-tête.

— Tycoon, Tycoon, Tycoon !

Lancé à 90 km/h, Speed Demon se détacha dans la ligne droite et amorça le second virage en tête. Tycoon s'essoufflait. Socks accéléra, se hissa à sa hauteur, le doubla.

À dix mètres de l'arrivée, Socks fournit un effort héroïque et franchit le poteau devant Speed Demon sous les hurlements hystériques et les coussins qui volaient dans les airs.

Fred s'époumona pour couvrir le vacarme.

— Socks gagnant, Speed Demon deuxième, Tycoon trois.

Une course de lévriers durait moins d'une minute. Quarante secondes d'une intensité éprouvante. Fred et ses amis en ressortaient vidés, exténués d'avoir hurlé à s'en exploser le larynx.

Triomphant, Jeremy déboutonna sa chemise et tambourina sur sa poitrine.

— À moi la cagnotte.

Dans les courses de chevaux, le facteur humain entre en ligne de compte, le résultat dépend en partie du jockey et du vétérinaire. Pour les lévriers, il en va autrement, le sort est entre leurs pattes.

Game over.

Fred éteignit la console, l'écran de la télé vira au bleu.

Dans une compétition virtuelle, le dénouement est purement aléatoire. Le logiciel décide.

Malgré cela, Jeremy passait des heures à spéculer. Il analysait les épreuves précédentes, calculait les écarts, évaluait les probabilités, élaborait des algorithmes. Au final, il ne gagnait pas plus souvent que ceux qui misaient au hasard.

Fred fit les comptes, piocha les billets dans la cagnotte et lui remit sa part.

Leurs rencontres du mercredi leur servaient de défouloir.

Ils se réunissaient chez Illan en fin d'après-midi et avalaient deux ou trois canettes d'Eristoff pour se mettre dans l'ambiance.

C'est l'une des rares choses que Fred avait *oublié* de dire à Camille. Mensonge par omission, selon lui.

Il respectait son engagement et ne pariait jamais. Il se contentait de jouer le bookmaker, tâche qui ne l'empêchait pas de hurler en chœur avec la bande.

Les photos de leurs délires étaient affichées sur Facebook et Instagram, mais Camille se moquait des réseaux sociaux. D'après elle, les gens qui existent n'ont pas besoin de dire qu'ils existent.

De temps à autre, Fred se demandait si elle était en retard ou en avance sur son temps. Un pied dans chaque siècle, sans doute, comme son parcours de vie.

Camille suivait l'actualité et était curieuse de tout, mais son ordinateur et son téléphone portable dataient de la préhistoire. Elle lisait le journal et les livres sur du papier, écoutait sa musique au moyen de CD et visionnait des films sur DVD. De plus, elle avait toujours à portée de main un agenda papier et un cahier dans lequel elle rédigeait des notes au crayon.

Fred avait maintes fois tenté de la convaincre de rejoindre le XXIe siècle. Il lui vantait les avantages des nouvelles technologies et les bienfaits qu'elle pourrait en tirer.

Ses arguments la faisaient rire. Elle répondait que les gens confondent plaisir et bonheur. Ils perdent leur temps à courir après quelques moments de satisfaction et passent à côté de l'essentiel. Le vrai bonheur se trouve dans l'art, la littérature, la nature, les émotions, l'amour.

Illan sonna la fin des hostilités.

Retour à la vraie vie.

Au début de l'année, Fred et Camille avaient emménagé dans un rez-de-chaussée avec jardin, à Ixelles, à proximité de la place du Châtelain, un endroit qui conciliait la soif d'animation de l'un et le besoin de calme de l'autre.

En effervescence dès le réveil, Camille se levait de bonne humeur tous les matins, trouvait du positif en toute situation et ne se plaignait jamais. Elle défendait l'idée que tout problème a sa solution et qu'il ne faut pas craindre l'adversité parce qu'on a la force de la surmonter. La façon dont les gens voient leur vie dicte leur manière d'être et leur manière d'être détermine le cours de leur vie.

Sa façon de boucler la boucle.

Dans un premier temps, Fred avait pensé qu'elle cherchait à se donner un genre en prônant une philosophie un peu naïve qui ne tiendrait pas la distance. À présent, il savait que ses convictions étaient à l'origine de l'énergie qui l'animait.

Il l'avait rencontrée trois ans auparavant, en octobre 2013, en entrant par hasard dans la librairie où elle travaillait, à la recherche d'un livre de recettes faciles à réaliser.

Il furetait dans les rayons quand elle s'était approchée pour le conseiller. Elle était à l'opposé de la vieille bouquiniste hautaine qu'il craignait de déranger.

La trentaine, grande, brune, une bouche sensuelle, une fossette au menton, des yeux pétillants, il en avait perdu tous ses moyens.

D'habitude sûr de lui, il s'était mis à bredouiller, à fourrager dans ses cheveux comme un gamin passant un oral. Il s'était senti maladroit, diminué.

Dans les films, les acteurs trouvent toujours la bonne réplique, le mot juste, la pointe d'humour salvatrice.

Il était resté muet.

Le choix arrêté – celui de la libraire –, il l'avait suivie à la caisse, les yeux rivés sur sa démarche ondulante.

Le sourire amusé, elle lui avait proposé la carte de fidélité de la maison. Docile, il avait dicté ses coordonnées avant de s'enfuir.

Quelques jours plus tard, elle lui avait envoyé un SMS pour évaluer le niveau de satisfaction de son achat. Conscient que la pratique n'avait rien d'officiel, il avait répondu avec désinvolture.

Un message en amenant un autre, ils avaient entamé un flirt épistolaire fait d'espièglerie et de légèreté. Le confort de l'écrit autorise toutes les audaces. L'imagination et le sens de l'humour dont elle faisait preuve le fascinaient. Il guettait l'arrivée de ses mots et préparait les siens. Il n'avait ni sa repartie ni sa finesse d'esprit, mais elle le relançait sans cesse et s'amusait de ses pitreries.

Malgré une attirance réciproque, Fred n'aurait jamais pensé que leurs échanges iraient au-delà d'un badinage innocent. Il avait appris qu'elle était plus âgée que lui, qu'elle était mariée et vivait dans un quartier huppé de la capitale.

Il remonta la rue du Bailli à la recherche d'une place de parking.

Comme il le craignait, sa voiture avait été enlevée. Il avait dû se rendre à la police pour payer l'amende avant de la récupérer chez le dépanneur. Un malheur ne venant jamais seul, sa batterie était à plat. Le responsable de la fourrière lui avait demandé 20 euros pour qu'il puisse utiliser ses câbles.

Il se gara à l'autre bout du monde, revint au pas de course et entra chez lui.

Il était 21 heures. Une symphonie jouait en sourdine. Camille était assise dans le fauteuil, pieds sur la table, absorbée dans sa lecture.

Elle leva les yeux.

— Bonsoir, *darling*, qu'est-ce qu'on mange ?

Fred l'avait prévenue qu'il rentrerait tard et lui avait promis de ramener des plats de chez le traiteur.

Il écarta les bras, triomphant.

— Ce que tu veux, je t'emmène au resto.

Elle souleva un sourcil.

— Comment as-tu deviné que je mourais d'envie d'un thaï en tête à tête avec toi ?

— Intuition journalistique.

— Je vois. Tu as l'air fatigué.

— Journée de merde, je t'expliquerai.

— Ton *Kazakhgate* ?

Elle évoquait une des enquêtes en cours.

L'ancien président du Sénat était suspecté d'avoir fait pression auprès du ministre de la Justice pour tenter d'influer sur le sort judiciaire d'un milliardaire kazakh naturalisé belge.

L'affaire aurait été pilotée en 2011 par des proches de Nicolas Sarkozy pour permettre la vente de quarante-cinq hélicoptères par la France au Kazakhstan. L'homme clamait son innocence, criait à la machination, mais l'étau se resserrait sur lui.

— Entre autres. En plus, Alain me refile une affaire de second plan. Un de ses alter ego s'est perdu dans la forêt et je suis censé le retrouver.

Elle posa son livre, se leva et le prit dans ses bras.

— Quelle coïncidence ! En ce qui me concerne, j'ai une affaire de premier plan à te proposer.

— Levez les bras. Ce n'est pas trop chaud ?

— Non, c'est parfait.

— Et alors ?

— Ça m'a pris d'un coup. J'attendais dans la file. L'embarquement avait commencé. L'angoisse. Je ne voulais plus partir avec lui. C'était comme dans les comédies hollywoodiennes où la mariée dit non au dernier moment, quand elle se trouve devant le prêtre.

— Et après ?

— J'ai tout lâché. J'ai annoncé à mon mari que j'aimais un autre homme, que je ne voulais plus aller en Chine avec lui et je me suis enfuie au pas de course.

— C'est dingue. Il vous a couru derrière ?

— Pas du tout. Il est monté dans l'avion. Sa carrière était plus importante. En quelque sorte, c'était la preuve que j'avais pris la bonne décision.

— Elle est incroyable, votre histoire !

— Je n'avais plus de boulot, la maison était louée, les voitures vendues, nos meubles partis dans des containers. La plupart de mes vêtements aussi. Les rares que j'avais gardés se trouvaient dans la soute de l'avion. Il me restait mon sac, ma brosse à dents et mon portefeuille, quasi vide.

— Voilà, c'est terminé, Camille. Et ensuite, qu'est-ce que vous avez fait ?

— J'ai appelé Fred. Il était en Allemagne. Il est rentré dare-dare à Bruxelles et on s'est donné rendez-vous à son appartement.

— Vous n'aviez pas l'impression d'avoir fait la plus grosse bêtise de votre vie ?

— Pas du tout. Je n'avais plus rien, mais je me sentais libre. J'allais retrouver l'homme que j'aimais. J'étais la femme la plus heureuse du monde.

7

La magie de l'instant

Alain marqua des signes d'impatience. Fred semblait ignorer que les enterrements commencent à l'heure.

Il lui avait envoyé un message au saut du lit.

Bonjour, Fred. Je t'attends à l'abbaye de la Cambre, à 10 heures pile. Ta mission : observer.

Que l'on soit samedi n'était pas une excuse pour se défiler. Quand on a la prétention de réussir dans ce métier, la notion de week-end n'est qu'un concept flou.

Par chance, l'église était comble, son arrivée passerait inaperçue. Quelques chaises restaient libres, mais bon nombre avaient préféré se masser dans les allées. D'autres s'étaient agglutinés dans le fond, près de la sortie.

Comme souvent en de telles circonstances, ils saisiraient la première occasion pour se défiler après s'être assurés d'avoir été remarqués.

Il jeta un coup d'œil dans le chœur. Le cercueil trônait au pied des marches. La famille occupait les premières rangées. Au passage, il identifia quelques têtes connues : des politiques, des artistes, quelques confrères.

10 h 20.

Fred remonta l'allée centrale sans chercher à se faire discret.

Il repéra Alain et se faufila entre les participants.

Ce dernier lui désigna la chaise voisine et indiqua sa tenue du menton.

— Tu aurais pu faire un effort.

Le moment des discours arriva.

Un homme se leva, avança vers le pupitre. La cinquantaine bedonnante, sûr de lui. Il tenta de fermer le bouton de son costume, mais n'y parvint pas.

Il posa un papier devant lui et se présenta comme l'un des confrères du disparu. Il ajouta qu'Éric était plus qu'un simple collègue, un intime, un ami, un exemple.

Il se lança ensuite dans une longue oraison déroulée sans chaleur dans un jargon prétentieux, vantant la noblesse, l'abnégation, l'humilité et les mérites du défunt.

Alain accordait peu de crédit aux éloges posthumes.

Les morts avaient tendance à se bonifier une fois leur dernier souffle rendu. Ils retrouvaient soudain leur virginité et regorgeaient de vertus. Leurs défauts notoires devenaient des qualités. Les emmerdeurs se transformaient en passionnés, les faux jetons en diplomates, les fainéants en contemplatifs.

Ce discours le fatiguait.

L'éminent professeur avait dû le rédiger avec le dictionnaire des synonymes sur les genoux.

De son côté, Fred méditait le projet de Camille. Il n'en dormait plus depuis trois nuits.

Le père d'Éric Deguide prit la relève.

Ému aux larmes, il s'adressa à son fils, retraça son enfance, les moments de bonheur vécus ensemble, sa fierté, son amour, sa tristesse.

Au contraire du premier intervenant, il parlait vrai.

L'assistance ne s'y trompa pas, les mouchoirs firent leur apparition.

Fred pensa à son père, ce père absent. Que ferait-il s'il venait à mourir ? Daignerait-il venir à ses funérailles ou resterait-il chez lui, assis devant son aquarium, à regarder batifoler ses poissons exotiques ?

Le prêtre se dressa devant l'autel, brandit une hostie et invita les fidèles à le rejoindre.

Alain profita du mouvement de foule pour se pencher vers Fred.

— Tu as vu les titres ?

— Bien sûr. À la une. Ça en jette.

L'offensive contre l'ex-ministre était lancée. Le *Kazakhgate* prenait son envol.

Après mûres réflexions, ils avaient décidé de publier le dossier en feuilleton. Un rebondissement hebdomadaire, pour captiver le lectorat. Fred n'avait pas joué un rôle de figurant dans l'affaire. Il avait réussi à mettre la main sur un mail qui confirmait l'implication du personnage et prouvait qu'il avait été le sous-marin de l'Élysée dans l'opération.

La semaine à venir, ils feraient une pause pour se concentrer sur les élections américaines. Une fois Clinton présidente, ils relanceraient la mécanique.

La cérémonie touchait à sa fin.

Une femme assise au premier rang se leva, se dirigea d'un pas lent vers le fond de l'église et monta au jubé où se trouvait l'orgue monumental.

Les gens la suivirent du regard.

Alain consulta son téléphone. Il était temps que ça se termine. Deux appels en absence, trois messages, quinze mails.

Après quelques mesures majestueuses, la voix de la femme s'éleva dans la voûte.

Fred se figea.

Il avait entendu l'*Ave Maria* des dizaines de fois. Amateur de rock dur, il trouvait cette pièce soporifique, mais l'interprétation de cette femme le prit aux tripes.

Comme lui, les gens semblaient statufiés, comme dans un arrêt sur image. En quelques secondes, l'émotion submergea l'assemblée. Les visages se décomposèrent, les regards se brouillèrent.

Fred ferma les yeux et pensa à Camille.

Il aurait aimé qu'elle soit à ses côtés pour partager ce moment. Elle aurait cherché sa main, l'aurait serrée dans la sienne.

Un long silence suivit l'accord final.

Seuls quelques toussotements gênés vinrent troubler la magie de l'instant.

La femme redescendit, l'air digne. Les gens s'écartèrent sur son passage.

Fred prit le temps de la détailler.

Élancée, solennelle, éblouissante malgré le chagrin.

Elle rejoignit sa place. Son voisin, un barbu d'une cinquantaine d'années, lui glissa quelques mots à l'oreille. Elle se laissa aller contre lui, effondrée de douleur.

Fred attendit que la boule coincée dans sa gorge se désagrège et se pencha vers Alain.

— Qui est-ce ?

Alain s'essuya les yeux et déglutit.

— Emily Danjoux, sa dernière compagne. L'homme, je ne sais pas.

8

Un pincement de jalousie

L'émotion que Michel Lambert avait ressentie durant *l'Ave Maria* se volatilisa en une fraction de seconde. La brève scène à laquelle il venait d'assister lui donna l'impression que sa poitrine se déchirait.

Qui était cet homme ?

Aucun nom masculin ne figurait sur le faire-part. Pourquoi Emily ne lui avait-elle jamais parlé de ce type ?

Il éprouva un pincement de jalousie, plissa les yeux, tenta de se persuader que sa vue l'avait trahi.

L'homme paradait à ses côtés, assis à la place d'honneur, comme son conjoint ou son plus proche parent, la place qu'il aurait dû occuper.

Avec ses allures de dilettante mal rasé, il l'imaginait au volant d'une voiture de sport, sifflant les femmes au passage.

Qui était ce playboy arrogant ?

Elle s'était laissée aller contre lui dans un moment d'intimité. Il n'était pas dupe, c'était davantage qu'un contact amical. Une sorte de connivence tacite, un lien profond. Au vu et au su de tous ! Un tel sans-gêne était inadmissible.

Il était arrivé plus d'une heure avant le début de la messe. Il projetait d'attendre la fin de la cérémonie, d'observer le défilé des accolades avant de se manifester. Il se serait présenté en dernier.

Il l'aurait serrée dans ses bras, lui aurait murmuré les mots qu'il avait préparés avec soin.

Avait-elle vu la gerbe de fleurs qu'il lui avait envoyée ?

Avait-elle lu le billet qui l'accompagnait ?

Il se sentit bafoué, trompé, relégué au rang de vulgaire cocu.

Cet homme était son amant. Cela ne faisait aucun doute. Que pourrait-il être d'autre ? Depuis combien de temps durait cette histoire ? L'avait-elle rencontré à Ranco ou était-ce une relation plus ancienne ?

Cette femme l'avait mené en bateau durant tout ce temps.

Une sensation de brûlure lui envahit les entrailles.

Il bouscula un couple, bredouilla une vague excuse et sortit de l'église en chancelant.

Ispra, le 7 novembre 2016

Emily,

Votre chemin de croix est arrivé à son terme, vous voilà face à votre deuil. Votre courage lors des funérailles fut exemplaire. Je vous suis reconnaissant de m'y avoir convié.

Votre place se trouve désormais auprès des vôtres. ils vous aideront à surmonter votre chagrin et vous guideront vers l'apaisement.

Dieu a voulu que votre destinée croise la mienne. Je Lui en fais grâce. Vous rencontrer fut pour moi un privilège. Votre apport me fut inestimable, vous quitter m'est douloureux. En certaines circonstances, le confesseur tire plus grand profit que le fidèle qui se livre à lui.

Je ne sais si je vous reverrai un jour. Cette part d'inconnu m'incite à confier au papier les mots que ma bouche n'a pu exprimer. Malgré vos tentatives répétées, vous ne savez de moi que l'un et l'autre propos rapportés.

Le temps est venu d'inverser les rôles.

J'ai posé votre tasse sur la table, face à la mienne. Je me sens prêt à m'ouvrir à vous.

Je n'entends pas vous retracer mon cheminement spirituel, mon existence recluse ne justifie pas de s'y pencher outre mesure. Je me limiterai à en extraire les événements significatifs.

Mes courriers vous parviendront au fil de mes souvenirs, certains vivaces, d'autres enfouis dans les tréfonds de ma mémoire.

L'éloignement et l'affection que je vous porte me permettront de vous les dévoiler. Certains vous troubleront. Je sais d'ores et déjà que vous ne me jugerez pas.

Parcourez mes lettres si vous le souhaitez, ignorez-les si tel est votre désir, elles n'attendent pas de réponse de votre part.

Je vous envoie mes tendres pensées,

Massimo

9

L'emmerdeur

Trump. Le choc.

Tel était le titre du *Soir*, publié à la une, accompagné d'une photo du nouveau président, le poing tendu, la crinière jaunâtre flottant à l'arrière-plan.

Comme beaucoup, Alain et Fred avaient passé la nuit à la rédaction.

Cafés, surprise, stupeur.

L'aube pointait sur Bruxelles et les journalistes avaient la gueule de bois.

Personne n'en revenait, même si certains connaissaient les liens de Trump avec les mafias russe et turque et estimaient que l'élection risquait d'être biaisée.

Ce n'était pas qu'une défaite pour Clinton. Ce retournement virait au fiasco pour les instituts de sondage et les médias qui perdaient leurs derniers lambeaux de crédibilité.

Désormais, chaque annonce deviendrait sujette à caution. Aux yeux du public, la presse ne serait plus un vecteur d'information, mais un émetteur de probabilités.

Alain ôta ses lunettes.

— C'est bon, Fred, tu peux y aller.

Fred referma son portable.

— Merci, chef.

Camille avait pris congé. Il lui apporterait quelques croissants et des pains au chocolat pour amortir le coup.

Il se leva, enfila sa veste et s'apprêta à partir.

Alain le héla tout en frottant ses lunettes.

— Où en es-tu avec Deguide ?

Un moment, Fred avait pensé qu'il allait tirer une croix sur l'affaire.

Entre deux estimations de résultats, il avait pris le temps de consulter les archives du journal et parcouru les articles signés Éric Deguide. Celui-ci en avait publié une douzaine, entre 2008 et 2013.

— J'ai lu pas mal de trucs. Maintenant, je compte rencontrer sa compagne et le type qui a débité le discours-fleuve à l'enterrement. Je verrai son père dans un deuxième temps. Et son ex-femme, si nécessaire.

— OK, fais ça.

Fred soupira.

— Je sais que tu l'appréciais et qu'il t'avait parlé d'un article à venir, mais ça date de deux ans. Je ne risque pas de perdre mon temps ?

À titre de réponse, Alain actionna le mécanisme de son stylo à bille à plusieurs reprises.

Fred ne se laissa pas démonter.

— Ton intuition ?

Alain secoua la tête.

— Non. Les faits. Deguide a été froidement exécuté et son cadavre retrouvé deux ans plus tard dans un bois. Si je me base sur mon expérience, un homme seul ne bute pas un type d'une balle dans la nuque.

Dans la tête ou dans la poitrine, oui, dans la nuque, non. En plus, il n'a pas été abattu dans ce bois, mais avant, dans un autre endroit, ce qui implique le transport du corps. J'en déduis que les assassins étaient au moins deux.

Ça exclut le scénario du crime passionnel, du règlement de comptes personnel ou de l'homicide involontaire. Son élimination a été décidée, planifiée et exécutée par des pros. J'en conclus que l'enjeu était important.

Fred n'insista pas.

Alain en connaissait un bout sur la question, et davantage qu'en qualité de simple observateur.

Dix ans auparavant, il avait publié une série de billets sur la mafia russe. À la suite de cette parution, un contrat avait été mis sur sa tête.

Pendant trois mois, il avait déserté son domicile pour loger dans différents hôtels. Il se rendait au bureau équipé d'un gilet pare-balles et dissimulé sous une couverture à l'arrière de la voiture d'un collègue différent chaque jour.

Le tueur à gages avait été identifié et arrêté à temps, mais sa principale source avait été abattue de sept balles dans le corps.

À la lecture des textes de Deguide, Fred avait conclu qu'à l'instar d'Alain, le prof n'avait pas froid aux yeux. Il attaquait ses cibles de front et ne s'embarrassait pas de précautions oratoires.

Il affirmait, accusait, jugeait, condamnait. Si ses premiers articles étaient empreints d'un certain humour, les derniers se montraient plus virulents.

Fred prit la direction des ascenseurs et jeta un coup

d'œil vers le bureau de Christophe, le rédacteur en chef, en discussion animée avec Alfredo.

Au contraire de ce dernier, dont la fatigue se lisait sur le visage, Christophe semblait sortir de neuf heures de sommeil, le teint frais, la voix claire, la gestuelle nerveuse.

Il attendit la fin de l'entretien et entra dans la pièce.

Durant quelques minutes, ils commentèrent le résultat de l'élection. Christophe lui fit parcourir son édito dont le titre était explosif : *Un monde s'écroule.*

L'échange terminé, il lui fit part de l'intérêt qu'Alain portait au meurtre de Deguide et sollicita son avis sur le personnage.

Christophe siffla entre ses dents.

— Deguide ? L'emmerdeur ?

Il reprit à peu de chose près les propos d'Alain, d'excellents éditoriaux au début, des brûlots haineux à la fin.

Il conclut de manière lapidaire.

— Je l'ai rencontré deux ou trois fois. Si je l'écoutais, j'aurais dû le publier tous les jours. Tout était bon, pour autant qu'on parle de lui. Sous ses dehors altruistes, c'est la seule chose qui l'intéressait vraiment. Quelques mois avant sa disparition, en juillet, il m'a suggéré de faire paraître un pamphlet sur la déification des joueurs de foot, leurs salaires exorbitants, les matches truqués et les montagnes de fric claqué alors que le Brésil crevait de faim. Tu imagines ? On était en pleine Coupe du monde et la Belgique venait d'accéder aux quarts de finale. Ce genre d'article nous aurait fait perdre la moitié de nos lecteurs. Je l'ai envoyé balader.

Il s'arrêta, réfléchit quelques instants.

— Alain t'a demandé de creuser l'affaire ?

— Oui. Enfin, entre deux.

Christophe hocha la tête.

— Réduire au silence les journalistes et les leaders d'opinion est très tendance. En Ukraine, on les tue, en Turquie, on les enferme. En général, on sait pourquoi, on connaît leurs positions. Ici, pas. Je n'aimais pas trop ce type, mais Alain a raison. Continue à fouiller.

10

De vaines chimères

La femme escorta Fred dans le couloir, ouvrit la porte du bureau et lui fit signe d'entrer.

— Installez-vous. M. Maertens vous rejoindra dans une dizaine de minutes, dès que son cours sera terminé.

Fred sourit. Si le professeur enseignait le droit comme il ânonnait ses discours, les étudiants devaient dormir à poings fermés.

Il négligea l'un des fauteuils réservés aux visiteurs et inspecta la pièce.

Le Mac posé sur le bureau patiné par les ans semblait anachronique. Une bibliothèque vitrée remplie de volumes poussiéreux occupait le mur du fond. Les diplômes du propriétaire en garnissaient un autre, entourés de photos de lui paradant avec des célébrités, poignée de main en évidence.

Parmi elles, il repéra un instantané de son mariage. À cette époque, il parvenait encore à fermer son veston.

Il se dirigea vers la fenêtre et jeta un coup d'œil à sa Golf garée sur un des emplacements réservés aux professeurs. Trouver une place dans le quartier relevait de l'utopie.

François Maertens fit irruption et s'arrêta net, déconcerté par l'allure de Fred.

— Vous êtes monsieur Peeters ?

Sans doute s'attendait-il à rencontrer un journaliste tiré à quatre épingles, un carton *Presse* glissé dans le ruban de son chapeau.

Fred lui tendit la main.

— Lui-même. Je suis très heureux de faire votre connaissance.

Maertens lui rendit une poignée de main sans chaleur.

— Enchanté. Je n'ai pas beaucoup de temps à vous consacrer. Que puis-je faire pour vous ?

Fred n'avait pas précisé le but de sa visite à sa secrétaire.

— J'aimerais vous poser quelques questions sur votre ancien collègue, Éric Deguide.

Maertens remua la tête avec fatalisme.

— Une bien triste affaire. Je ne sais au juste ce que vous attendez de moi. La police est déjà venue m'interroger. Je leur ai fait part de ce que je détenais, à vrai dire peu d'éléments.

Fred comptait l'amadouer en lui déclarant qu'il avait suivi ses études en ces murs, mais une autre idée lui vint.

— J'étais présent aux funérailles, samedi dernier. J'ai beaucoup apprécié votre allocution et l'hommage que vous lui avez rendu.

Le compliment lui arracha un sourire.

— Je vous remercie.

Il prit place derrière son bureau, invita Fred à s'asseoir et reprit le fil.

— J'ai parlé avec le cœur. L'annonce de sa mort a été pour moi un choc effroyable. Jusqu'au bout, j'avais gardé l'espoir de le revoir en vie.

— Vous le connaissiez bien, il me semble ?

Il soupira.

— Depuis son entrée à l'université, à 18 ans. Je l'ai suivi jusqu'à son doctorat. J'ai été l'inspirateur de son attrait pour le droit international. Un homme remarquable.

Comme Fred le craignait, il lui resservit quelques superlatifs tirés de son homélie : son intelligence supérieure, son altruisme, son humanité. Dans le menu, il le gratifia d'un inédit, son oblativité.

Il ajouta par ailleurs qu'il avait été témoin à son mariage.

Fred acquiesça et recentra le débat.

— J'ai lu que vous l'aviez épaulé dans plusieurs de ses combats. J'ai parcouru avec intérêt le résumé de votre aventure à Rabat.

Maertens apprécia l'allusion.

— De fait, nous avons bravé les autorités marocaines. J'ai dû batailler ferme pour obtenir notre libération. Les négociations furent ardues, mais j'ai eu gain de cause. Ils nous ont relâchés et les médias ont relayé l'affaire.

Fred accueillit le fait d'armes avec admiration.

— C'était courageux de votre part.

Maertens en profita pour relater d'autres prouesses : la Libye, le printemps arabe, le Yémen, la pollution environnementale. À l'entendre, il avait joué un rôle de premier plan dans chaque histoire, Deguide n'étant somme toute que son porteur de valises.

Le récit de ses exploits bouclé, Fred embraya.

— En tout cas, son dernier combat lui a été fatal.

Il suivait les conseils d'Alain.

Quand tu abordes un sujet sensible avec quelqu'un, laisse penser que tu en sais autant que lui. Avance les faits comme une vérité acquise et observe sa réaction.

Maertens haussa les sourcils.

— De quoi voulez-vous parler ?

— M. Deguide nous a contactés peu avant sa disparition pour nous proposer un article. Nous attendions un supplément d'informations pour le publier.

Ses yeux filèrent vers le bas.

Il épousseta sa veste pour se donner une contenance.

— Je l'ignorais. Quel en était l'objet ?

Fred fit mine d'être embarrassé.

— Je ne suis pas autorisé à vous en dire plus. Je pensais qu'il vous avait parlé de ce projet.

Maertens balaya l'air d'un geste.

— Pas à ma connaissance. Éric entreprenait de nombreuses luttes, souvent sans me consulter. Certaines étaient justifiées, d'autres relevaient davantage de son imagination. Plus d'une fois, j'ai dû le raisonner pour l'empêcher de courir après de vaines chimères.

Fred hocha la tête.

— En effet, son attaque contre les joueurs de foot n'était pas très habile. À ce propos, nous avons constaté un changement dans son attitude, vers 2011. Il était devenu moins conciliant, plus belliqueux, cela se ressentait dans ses textes.

Maertens manifesta des signes d'impatience.

— Je n'ai rien remarqué de tel.

— C'est étrange, vous étiez pourtant proches.

Il jeta un coup d'œil à sa montre.

— Je suis désolé, monsieur Peeters, je dois vous laisser, un rendez-vous m'attend à l'extérieur.

Il se leva pour signifier la fin de l'entretien.

Fred accompagna le mouvement.

— Une dernière question, si vous le permettez. Vous connaissez Emily Danjoux, sa compagne ?

Il soupira.

— Je ne l'ai vue que quelques fois, chez lui. Cette femme n'était pas très sociable. Elle ne se mêlait jamais de nos conversations. Il lui arrivait de quitter ostensiblement la pièce pour manifester son agacement. Je pense qu'elle est quelque peu instable.

— Où pourrais-je la joindre ?

Il haussa les épaules.

— Je n'en sais rien. Je l'ai croisée à l'enterrement, mais je n'avais plus de nouvelles d'elle depuis la disparition d'Éric. Il me semble qu'elle était partie vivre à l'étranger après les événements. Si j'étais vous, je n'octroierais pas grand crédit à ses propos.

Pour un journaliste, une dernière question n'est jamais une dernière question.

— Qui était l'homme qui l'accompagnait ?

Maertens lui indiqua la porte.

— Au revoir, monsieur.

Ispra, le 15 novembre 2016

Emily,

Ce matin, le lac était enveloppé de cette brume qui apeurait votre chien.

Vos visites me manquent. Nos rencontres me comblaient d'un bien-être jusqu'alors ignoré. Je vous revois, vous agitant sur votre chaise, passant du rire aux larmes, vous moquant avec attendrissement de mes silences, bousculant sans le savoir mes plus intimes convictions.

Vous vous disiez attachée à votre père. Il en fut de même pour moi. Sa disparition, il y a trois ans, m'a plongé dans une grande tristesse. Cet événement dont je mésestimais les retentissements m'a poussé à me questionner sur les fondements de mes choix de vie. Je reviendrai plus tard sur les circonstances qui les ont dictés.

Comme lui, je suis né à Florence. Nous vivions dans l'aisance tranquille de la bourgeoisie. Notre maison se trouvait aux abords de la ville, aux portes de la campagne. De notre jardin, nous pouvions admirer le cours sinueux de l'Arno et les paysages vallonnés de Toscane.

Nous jouissions en outre d'une bâtisse léguée par nos ancêtres dans la commune de Buti, sur les hauteurs de Pise. Nous y passions une partie de l'été. Mes yeux d'enfant la voyaient tel un château des Mille et Une Nuits. Je ne sais combien de pièces elle contenait, je ne suis jamais parvenu à toutes les visiter.

Mon père était artisan du cuir, une pratique qu'il avait acquise de mon grand-père. Son commerce était situé au centre de Florence, non loin de la piazza San Lorenzo. De par son expertise, il s'était forgé une réputation qui dépassait les frontières de la péninsule. Certains clients venaient de France, d'Angleterre ou d'Allemagne pour se procurer sacs, mallettes et autres articles de maroquinerie estampillés de son sceau à la feuille étoilée.

Aux côtés de Vincenze, mon frère cadet, j'étais pressenti pour pérenniser son savoir-faire. Dès mon plus jeune âge, il m'emmenait dans son atelier. Je le regardais à l'œuvre en me repaissant de l'odeur enivrante du cuir. J'aimais promener mes mains sur les peaux, en découvrir le grain régulier, en palper la souplesse. Mon père disait que reconnaître un cuir de qualité est avant tout une question de sensation. Il se fournissait chez les meilleurs producteurs. La plupart des peaux qu'il utilisait provenaient de Scandinavie, une région où les bêtes passent la majeure partie de leur vie à l'intérieur pour se soustraire aux intempéries.

Il travaillait en particulier le veau, à la fleur apparente et au toucher inimitable. Pour satisfaire certaines demandes, il lui arrivait de manier des cuirs exotiques, tels l'autruche d'Afrique du Sud ou le crocodile de Louisiane. Ses créations étaient de véritables œuvres d'art.

Vincenze et moi fréquentions les meilleures écoles. En plus de la matière académique, je prenais des cours de violon et pratiquais le tennis.

Au-delà de l'enseignement traditionnel, je suivais l'un des desseins de mon père. À mes 6 ans, il m'a encouragé à entreprendre mon apprentissage à l'escrime. Descendant d'une longue lignée de tireurs, il ambitionnait de me voir défendre les couleurs de l'Italie aux Jeux olympiques.

Je me suis essayé aux trois disciplines, le fleuret, l'épée et le sabre. Bien vite, je me suis passionné pour la première. Non seulement l'Italie était la nation souveraine en cette discipline, mais le fleuret représentait pour moi l'approche la plus aboutie, celle qui exigeait le plus de créativité et de technique. Il fallait parer, feinter, esquiver avant de toucher. De plus, c'était la seule arme qui, à l'origine, n'était pas destinée à tuer, ce qui obéissait à mes convenances.

Ainsi, mon avenir était tracé et mon enfance aurait pu être des plus heureuses si Dieu ne m'avait soumis à ce déchirement qui me hante encore au quotidien.

Pouvons-nous vivre sans amour ?

Je m'arrête sur ces mots. Je vous en ai confié plus que je ne le souhaitais.

Je vous envoie mes sentiments affectueux,

Massimo

— Magali m'a tuée, je suis morte.

— Pas mieux.

— Tu as besoin du sèche-cheveux ?

— Non, vas-y, je le ferai à la maison.

— Tu rentres déjà ? Tu ne manges pas un petit bout avec nous ?

— Pas cette fois, mon homme m'attend, on a prévu d'aller au cinéma.

— Il organise toujours ses courses de lévriers sur ordinateur ?

— Tous les mercredis, mais il pense que je ne le sais pas.

— Les mecs sont naïfs.

— C'est ce que j'aime chez lui, sa spontanéité, sa fantaisie, ses coups de tête. Avec lui, aucun jour ne ressemble à la veille. Il est capable de me surprendre, de me réserver des surprises auxquelles je ne m'attends pas.

— Tu as de la chance. Moi, c'est routine tous les jours.

11

Une enveloppe brune

Kazakhgate : le parquet général sur la sellette

Une semaine après les révélations sur l'affaire Chodiev, *Le Soir* et *Mediapart* poursuivent l'enquête

Lundi 14 novembre 2016.

L'article s'étalait à la une du *Soir.* Après avoir digéré la victoire de Donald Trump, la Belgique s'emballait pour cette nouvelle affaire.

Malgré les pressions, les démentis, les appels à la modération, Fred savait qu'Alain ne plierait pas. Il irait jusqu'au bout pour établir la vérité. Alain faisait partie de la race des pitbulls. Quand il plantait ses crocs dans une proie, il ne la lâchait plus.

En outre, ils détenaient quelques révélations qu'ils dévoileraient au moment opportun, pour relancer la dynamique. Entre autres, un volet financier : l'ex-ministre avait *oublié* de déclarer 80 000 euros au fisc.

Un autre sujet se profilait à l'horizon. Ils comptaient l'offrir en cadeau de fin d'année à leurs abonnés. Nom de code : *Football Leaks*, un dossier explosif sur les transactions douteuses du monde du football professionnel et les agissements délictueux des joueurs pour échapper à l'impôt.

Deguide ne s'était pas trompé en s'attaquant aux stars du ballon rond, mais il avait mal choisi le moment.

Comme s'il lisait dans ses pensées, Alain l'interpella.

— Tu as vu Maertens ?

Fred acquiesça.

— Hier, il a expédié l'entretien en dix minutes.

Fred lui retraça la rencontre et les maigres éléments qu'il avait obtenus. En deux mots, Maertens ne savait rien, n'avait rien remarqué et avait tout dit à la police.

Alain fit glisser ses lunettes sur le bout de son nez.

— Qu'en as-tu conclu ?

— Je n'ai pas cru un mot de son histoire.

Il esquissa un sourire.

— C'est bien.

Alain était un adepte du *fact-checking.*

Il ne prenait jamais pour argent comptant une information sans en avoir vérifié et validé l'exactitude, quelle qu'en soit sa provenance. Il parvenait à contrôler les données fournies par les agences de renseignements, pourtant réputées incontrôlables. D'après lui, certains fonctionnaires étaient payés pour transmettre de faux communiqués.

La pratique systématique du *fact-checking* était enseignée dans toutes les écoles de journalisme, mais certains médias, désireux de devancer leurs concurrents, piétinaient la règle et relayaient des nouvelles sans s'assurer de leur authenticité.

— Il a également prétendu ne pas savoir qui était le type qui accompagnait Emily. Je vais la contacter.

Alain tritura sa barbe.

— Laisse-moi faire. Elle est en pétard avec les journalistes. Les gars des infos générales ont essayé de la joindre quand le corps de Deguide a été découvert et elle les a envoyés bouler. Comme j'ai connu son homme, j'ai plus de chances qu'elle accepte de me parler.

Il ouvrit son tiroir et lui tendit une enveloppe brune.

— En attendant, jette un coup d'œil là-dedans ce soir, quand tu as dix minutes.

Ce soir.

Quand tu as dix minutes.

Il avait prévu d'aller au cinéma avec Camille.

Avant cela, il comptait lui communiquer sa décision. Depuis deux semaines, il tergiversait, jouait à l'avocat du diable, pesait le pour et le contre, se projetait dans un futur incertain.

Camille ne reviendrait pas sur la question, elle était trop fine pour insister. La balle était dans son camp, elle attendait le verdict.

L'après-midi touchait à sa fin. Il était 17 h 30 et la nuit était déjà tombée. Alfredo passa à hauteur de son bureau et lui fit signe de le suivre, l'air soucieux. Ils descendirent tous deux au sous-sol.

Alfredo lui offrit un café et alla droit au but.

— Ma nana est dans la merde.

Sa femme travaillait dans une grande banque. Elle venait d'hériter d'un nouveau manager qui lui menait une vie d'enfer. Il la bombardait de reproches, traquait la moindre faille et lui envoyait des mails incendiaires à toute heure du jour et de la nuit, week-ends compris.

Les soirées d'Alfredo tournaient en séances de psychanalyse.

— Elle commence à me téléphoner pendant la journée. Elle n'en peut plus. Je ne sais plus quoi faire. Pas question qu'elle donne sa démission, on vient d'acheter une baraque.

Fred imagina le personnage. L'ex-mari de Camille s'inscrivait dans cette lignée. Les entreprises regorgent d'individus dans ce genre. Ils dressent avec fierté l'inventaire des gens qu'ils ont licenciés comme d'autres taillent des encoches dans la crosse de leur revolver.

Sur le moment, Fred ne voyait pas de quelle manière il pouvait l'aider, mais comptait sur sa créativité pour trouver une solution.

— Arrange-nous un sandwich avec elle un de ces midis.

Alfredo parut soulagé.

— Merci, c'est sympa, Fred.

Il remonta à l'étage, salua l'assemblée et prit la route du retour.

Les dieux étaient avec lui, une place de stationnement l'attendait devant la maison.

Un lampadaire anorexique, quelques cartons de vêtements et ses multiples paires de baskets traînaient dans le couloir depuis des mois. Les voisins s'en plaignaient. Ils prétendaient que ces objets gênaient leur passage s'ils devaient se rendre à la cave.

L'intérieur de l'appartement était au diapason. Seul le salon était rangé, les autres pièces en attente de l'être. Hormis deux ou trois ustensiles rapportés par Fred, ils avaient tout racheté, au meilleur prix.

Camille s'en chargeait. Elle visitait Les Petits Riens,

écumait les brocantes, fouillait les vide-greniers, piochait de-ci de-là les pièces qui l'inspiraient.

Le résultat était à leur image.

Des piles de bouquins garnissaient les étagères et les appuis de fenêtre. Un plaid multicolore dissimulait la vétusté du canapé. Six chaises en osier dépareillées entouraient une table ovale qui avait survécu aux deux guerres. Des CD, des DVD, des objets disparates et des photos étaient disséminés un peu partout.

Un Post-it collé sur le frigo lui rappela que Camille était à son cours de zumba. Il n'avait jamais saisi les subtilités de cette discipline, une pratique majoritairement féminine qui oscillait entre le merengue et la danse du ventre. Selon Camille, le nirvana.

Fred n'était pas adepte d'exercices physiques. À l'instar de Churchill, il estimait que le secret de la longévité est le sport. Ne jamais faire de sport.

Il brancha son iPhone sur l'ampli et envoya une *playlist* des Stones. Dans quelques jours leur nouvel album sortirait.

Little Baby.

Le titre était de circonstance.

Il ébaucha un pas de danse et ouvrit l'enveloppe qu'Alain lui avait remise. Il y préleva des photocopies grossières de documents administratifs. À sa surprise, il s'agissait des procès-verbaux relatifs à la disparition d'Éric Deguide survenue deux ans auparavant, jour pour jour.

Comment avait-il réussi à les obtenir ? Il se posait cette même question chaque fois qu'Alain débarquait avec des informations semblant tombées du ciel.

En plus de trente ans de journalisme, il s'était créé un réseau d'indicateurs aussi performants qu'éclectiques. Détectives privés, policiers, avocats, chauffeurs de taxi, coiffeurs, masseuses, tenanciers de bar.

La plupart du temps, il ne devait pas se donner la peine de les contacter, les renseignements lui étaient remis spontanément.

Tout était là.

Les déclarations d'Emily Danjoux et des autres témoins, les procès-verbaux de l'enquête de voisinage, les auditions des proches, le rapport de téléphonie, les comptes rendus des réunions du parquet.

Une note émanant de la Cellule des personnes disparues reprenait les *actes d'enquête* et la *liste des recherches potentielles.*

Il y apprit la différence entre le PLS et la LKP. Le PLS, *Point Last Seen*, était l'endroit où la personne avait été vue avec certitude pour la dernière fois. Dans le cas présent, le hall de l'immeuble où habitait Emily. Une locataire affirmait avoir croisé Éric Deguide le 14 novembre 2014, vers 8 h 35. Emily avait quant à elle déclaré qu'il avait quitté l'appartement à 8 h 30.

La LKP, *Last Known Position*, était l'endroit où l'on supposait que la personne s'était trouvée en dernier lieu. En l'occurrence, l'aéroport de Zaventem où son véhicule avait été retrouvé cinq jours plus tard, le 19 novembre 2014.

On savait à présent que le cadavre de Deguide avait été découvert dans un bois non loin de Liège. Ce qui suggérait trois hypothèses : la première, qu'il avait été abattu à Embourg et sa voiture rapatriée à Zaventem, la deuxième qu'il avait été tué à Zaventem et son corps transporté à Embourg, la troisième qu'il avait été abattu à un autre endroit, sa voiture transférée à Zaventem, puis son corps amené à Embourg.

Il eut l'impression d'entendre Alain murmurer dans son dos.

Ne tire pas de conclusions hâtives si elles ne sont pas appuyées par des faits.

Les trois cas de figure tendaient à valider sa thèse, l'intervention d'au moins deux personnes.

En fin de liasse, d'autres PV relataient la découverte de la voiture et l'audition des témoins. Y étaient annexés le rapport du labo et les différents éléments constatés.

Un relevé des empreintes palmaires prélevées sur le véhicule précisait que certaines n'avaient pu être identifiées. Suivaient les conclusions factuelles.

Une phrase attira son attention.

La manière dont le véhicule est entré dans le parking reste inexpliquée.

Il ignorait cet épisode. Il surfa sur Internet. Google lui proposa plusieurs résultats. Il sélectionna le premier, une page issue de la DH en ligne, un média qui affectionnait les titres à sensation.

Mystère autour de la disparition d'Éric Deguide.

L'article, daté du 22 novembre 2014, revenait sur le cabriolet Saab retrouvé dans le sous-sol de l'aéroport de Zaventem.

Il parcourut d'autres pages et accéda à un forum d'affaires criminelles qui s'était penché sur le cas. Les commentaires partaient dans tous les sens, mais personne ne s'était réellement penché sur l'énigme de la voiture.

L'arrivée de Camille mit fin à sa lecture.

Elle soupira.

— Je suis morte.

Ses cheveux étaient humides, ses joues rosies par le froid.

Il replia les documents et les remit dans l'enveloppe.

— Il pleut ?

— Non. J'étais pressée de rentrer.

Il ne put attendre.

— Bon, j'ai réfléchi. C'est oui.

Elle s'arrêta net et laissa tomber son sac à ses pieds. Son regard s'illumina, elle battit des paupières.

Elle s'approcha, le prit dans ses bras.

— Tu es sûr ?

— Certain.

Elle se lova contre lui.

D'une main, elle dégrafa sa ceinture.

— Dans ce cas, autant commencer tout de suite.

12

Les opposés s'attirent

Fred fut surpris de découvrir la femme d'Alfredo. À force de le fréquenter, il la voyait comme une copie de son mari. Autant Alfredo était volubile et enjoué, autant Anita était taciturne et effacée. Selon un dicton, les opposés s'attirent.

Alfredo s'efforça de lui tirer les vers du nez.

— Raconte-lui son plantage au CoDir, *querida.*

Anita reposa son sandwich, s'essuya la bouche avec soin et lui retraça l'épisode. Malgré le bruit qui régnait dans le bistrot, elle parlait à voix basse en jetant de fréquents coups d'œil autour d'elle.

Son supérieur l'avait chargée de concocter une présentation PowerPoint. Elle avait travaillé pendant toute la nuit pour obtenir le meilleur résultat. Mal préparé, son boss avait essuyé un échec lors de son passage et le comité de direction l'avait remballé.

Au lieu de se remettre en question, il avait rejeté la faute sur elle.

— Ce salaud m'avait filé de mauvaises instructions.

Elle faisait pitié avec sa mine blafarde et ses yeux cernés.

Une idée prit forme dans l'esprit de Fred.

— Donne-moi d'autres exemples.

Elle en rajouta : remarques désobligeantes, mises à l'écart, informations incomplètes, absence d'écoute. Elle était au bord des larmes.

Fred saisit l'opportunité et prit une photo d'elle avec son iPhone.

Alfredo le dévisagea d'un air ahuri.

— Qu'est-ce que tu fous ?

— Je t'expliquerai.

Ce qu'il s'empressa de faire dès qu'Anita les eut quittés.

Alfredo éclata de rire.

— Tu es complètement dingue.

Il n'était pas le seul à le penser, même si les membres de son ancienne équipe ignoraient tout des frasques qui avaient émaillé sa vie avant l'apparition de Camille.

À cette époque, il participait à des concours d'apnée, roulait à contresens sur le Ring, s'allongeait sur les voies ferrées. Ses admirateurs payaient pour assister à ses exploits. La plupart imaginaient que ces excentricités lui servaient à arrondir ses fins de mois. L'argent ne l'intéressait pas. Fred avait besoin de défier la mort pour se sentir vivant.

De retour au bureau, il jeta un coup d'œil au fil d'actualité. Rien de probant hormis la disparition de Sharon Jones, la diva de la soul qui venait de décéder des suites d'un cancer du pancréas.

Alain le rejoignit quelques minutes plus tard, la mine renfrognée.

— J'ai finalement réussi à contacter Emily Danjoux. Elle ne m'a pas laissé le temps de terminer ma phrase et m'a raccroché au nez. Je ferai une nouvelle tentative demain.

Un autre que lui se serait découragé. Les difficultés le galvanisaient. Si on le jetait dehors par la porte, il revenait par la fenêtre.

— J'allais t'en parler.

— Tu as lu les PV ?

Fred lui fit un compte rendu des recherches qu'il avait effectuées en terminant par la Saab.

Alain soupira.

— L'explication n'est pas technique, mais humaine.

— C'est-à-dire ?

— Les flics étaient persuadés d'être en présence d'une disparition volontaire. Ils ont fait le minimum, puis ont abandonné l'enquête. Ils se fichaient de savoir comment cette voiture était entrée dans le parking.

— Sauf qu'à présent, il s'agit d'un meurtre.

Alain acquiesça.

— Ce qui signifie que la découverte de la voiture était préméditée. C'était un leurre pour accréditer la thèse du départ en avion. Maintenant, les gars de la PJ vont prendre l'affaire en mains, rouvrir le dossier et se bouger le cul.

Fred croisa les bras.

— Dans ce cas, attendons leurs conclusions.

Alain haussa les sourcils, dubitatif.

— C'est une option. Une autre est que nous trouvions avant eux.

13

La trahison d'Emily

Le téléphone vibra sur la table.

Michel Lambert se redressa dans le lit.

Le nom d'Emily s'affichait sur l'écran. Il ressentit une douleur sourde dans la poitrine. Le souffle court, le corps raidi, il observa les soubresauts de l'appareil. Chaque tressaillement exacerbait sa colère.

Elle en avait mis du temps pour se rappeler son existence.

Qu'espérait-elle, après trois semaines de silence ? Qu'il réponde à ses avances ? Qu'il lui dise que tout allait bien ? Qu'il était content d'avoir de ses nouvelles ?

Son état de santé empirait. Il buvait plus que de raison, ne se privait pas de consommer des sodas et du café soluble, se gavait de fruits secs, de noix, de dattes et autres aliments que son régime lui proscrivait.

Son attitude était suicidaire, il en était conscient et en imputait la faute à Emily.

L'infirmière passa à sa hauteur.

— Vous ne prenez pas l'appel, monsieur Lambert ?

Il ignora la question et attendit la fin du signal. Il

patienta quelques minutes, mais aucune notification n'annonça la réception d'un message.

Il se recoucha et fixa le plafond.

Il ne supportait plus ses longues séances de dialyse. Il en avait marre de son statut de grabataire, de l'insolence de ses élèves, des errements sentimentaux de sa fille, de sa solitude affective.

Ses dernières raisons de livrer bataille s'étaient effondrées avec la trahison d'Emily.

Il ne parvenait pas à chasser les images qui le hantaient. Il la voyait, le bassin offert, les jambes écartées, les mains de l'homme accrochées à sa taille. Elle ondulait au rythme des coups de reins qu'il lui assénait. Il l'entendait soupirer, encourager son amant par des mots crus. Il percevait l'odeur nauséeuse de leurs corps.

Il se releva, agrippa le téléphone et le fracassa contre le sol.

14

La beauté froide et triste

Fred se souda à elle. Un raz-de-marée l'emporta. Il s'abandonna à son plaisir, puis retomba, inerte, le pouls battant dans les tempes. Camille lui souffla à l'oreille.

— Synchro.

— À la seconde.

Elle lui mordilla l'épaule.

— Alchimie amoureuse.

Ils restèrent allongés, silencieux, collés l'un à l'autre. Petit à petit, les bruits familiers réinvestirent les lieux. Un téléphone sonna au loin, une porte claqua, une voiture passa dans la rue.

Fred glissa une main dans ses cheveux.

— Douche ou bain ?

— Bain. Avec deux tonnes de mousse. Fais-le couler, j'arrive. Il se dégagea à contrecœur et se leva en titubant. Camille tendit les jambes à la verticale et les posa contre le mur.

Fred s'étonna.

— Qu'est-ce que tu fais ?

— J'encourage la rencontre. J'ai lu ça dans un magazine féminin.

— Ne crois pas ce que disent les journaux, surtout ceux-là.

Le moment venu, elle devrait annoncer la bonne nouvelle à ses parents.

Ces derniers avaient parcouru le cycle complet quand ils avaient appris qu'elle quittait son mari : déni, *ce n'est pas possible*, colère, *tu as perdu la tête,* tristesse, *vous alliez si bien ensemble*, résignation, *c'est ta vie après tout.*

Quant à Fred, ils avaient agi comme s'il n'existait pas. Selon eux, cette histoire n'était qu'une passade. Camille finirait par ouvrir les yeux et se rendrait compte de son erreur.

Convaincus du bien-fondé de ce scénario, ils avaient sans cesse repoussé l'idée de le rencontrer, malgré les requêtes insistantes de Camille. Quand le divorce fut prononcé, ils durent se rendre à l'évidence, leur fille ne reviendrait pas en arrière. En désespoir de cause, ils avaient accepté de faire sa connaissance.

Les jours qui avaient précédé le face-à-face, Camille l'avait briefé comme un entraîneur de boxe à la veille d'un combat décisif.

Elle lui avait brossé le tableau d'une mère affable et d'un père ascétique. Ce dernier, *self-made-man*, dirigeant d'entreprise, appréciait son ex-gendre avec lequel il parlait des tendances du marché et de l'économie mondiale. De plus, il était amateur de musique classique.

Pour Fred, la musique avait commencé dans les années 1950, avec l'arrivée de Chuck Berry et des autres rockers. Les œuvres composées avant cette période n'étaient que des balbutiements exploratoires.

Malgré ces perspectives pessimistes, il ne voulait

pas rater son entrée et décevoir Camille. Il s'était préparé à l'affrontement.

— Dois-je leur cacher mes origines italiennes ?

Elle s'était esclaffée.

— Pas du tout, ma mère adore la corrida.

Avant le départ, elle avait passé du gel dans ses cheveux pour les empêcher de tomber dans son assiette.

L'accueil avait été glacial.

La mère s'était révélée moins décontractée, le père plus guindé. Fred s'était assis du bout des fesses dans le canapé et avait siroté son kir en contemplant les efforts que Camille déployait pour meubler la conversation.

Le round d'observation avait duré jusqu'au passage à table. Pendant l'entrée, il avait essuyé une première salve de questions de la part de la mère : sa vie, son enfance, sa famille, ses études, son métier.

Elle s'était quelque peu radoucie quand Fred avait évoqué la disparition de Greg, son frère aîné, décédé alors qu'il n'avait que 12 ans. Il s'était néanmoins abstenu de préciser les circonstances du drame.

Le père avait embrayé sur son parcours journalistique, l'interrogeant sur ses sujets de prédilection et ses convictions politiques.

L'examen terminé, il s'était levé pour insérer un CD.

Le moment attendu était arrivé. Camille avait écouté les premières mesures. L'air dégagé, elle avait pris un mouchoir dans son sac et lui avait glissé un mot à l'oreille.

Liszt.

Fred avait attendu que le père se rasseye et s'était arrêté de manger, interrogatif.

— Liszt ?

Le père avait tiqué.

— Vous aimez la musique classique ?

— Beaucoup.

— Quelle période ? Baroque ? Romantique ?

Fred avait étudié le sujet.

— Un peu de tout. En particulier le répertoire du XIXe.

Il venait d'engranger quelques points et entendait surenchérir.

— Il paraît que Liszt a écrit ses dernières sonates quand il était totalement sourd.

Le visage du père s'était aussitôt refermé.

— Liszt n'a composé qu'une seule sonate. Vous confondez avec Beethoven.

Camille le héla du fond de la chambre.

— Notre bain est prêt ?

— Il ne manque que toi.

Fred se glissa dans la baignoire et enfouit la tête dans la mousse. La chaleur l'assoupit, ses muscles se détendirent. Camille le rejoignit. Ils rêvassèrent un long moment. De temps à autre, elle rajoutait de l'eau pour ajuster la température.

Elle sortit de sa léthargie.

— Tu as faim ?

Il ouvrit un œil.

— Tu as prévu quelque chose ?

— Tu me connais. Avec quelques restes, j'invente des plats gastronomiques. Tu as avoué à tes camarades ce qu'ils ont mangé à ton anniversaire ?

— Pas encore.

À cette occasion, les membres de l'équipe Web avaient rencontré Camille pour la première fois.

Fred avait redouté un contact réservé, mais quelques minutes avaient suffi pour balayer ses craintes. Son humour et son charme les avaient d'emblée séduits.

Pour le dîner, elle leur avait servi un plat dont elle avait le secret. Personne ne s'était douté de ce qu'il avait mangé.

Elle lui adressa un sourire de connivence.

— Ça vaut mieux. Tes enquêtes ?

— Suivent leur cours.

— *Mister* Kazakh et les footballeurs ?

— *Yes.* Et l'affaire Deguide.

Elle se redressa.

— Deguide ? Le prof qui a disparu l'année passée et qu'on a retrouvé mort fin octobre ?

Il prit conscience qu'il lui avait parlé de l'affaire sans jamais citer le nom de la victime.

— Oui, c'est l'affaire qu'Alain m'a refourguée. Pourquoi ? Tu le connaissais ?

Elle s'anima.

— Connaître est un grand mot. Je l'ai vu quelques fois, en coup de vent.

Fred se releva d'un coup. Son mouvement fit déborder la baignoire.

— Comment ? Où ? Quand ?

— Son ex est cliente à la librairie.

— Emily Danjoux ?

— Non, Ariane Deguide. Depuis leur divorce, elle a repris son nom de jeune fille, Ariane Demey, une femme secrète, à la beauté froide et triste.

15

Un dilemme insoluble

Axelle Lefèvre jeta un coup d'œil aux patients qui somnolaient dans la salle d'attente surchauffée. Un couple entre deux âges et deux vieilles femmes.

Elle soupira.

Certains médecins la recevaient entre deux consultations, d'autres n'avaient aucun scrupule à la faire poireauter pendant une heure, estimant que les délégués pharmaceutiques étaient un mal nécessaire.

Résignée, elle prit place, fouilla dans son sac et avala un comprimé. Depuis près d'un mois, elle absorbait des tranquillisants en dose excessive. Elle les avait obtenus d'une consœur bienveillante, après une brève négociation. L'échange d'échantillons médicaux était proscrit, mais la pratique était courante dans la profession.

Malgré cela, elle ne parvenait pas à soulager ses angoisses. Vincent avait eu raison. Elle n'aurait pas dû se mêler de cette affaire.

Elle aurait mieux fait de se casser une jambe le jour où elle avait eu l'idée stupide de poster ce message sur ce forum. Jamais elle n'aurait dû prendre contact avec cette femme pour lui dire ce qu'elle savait. Encore moins solliciter son ancienne collègue du casino pour lui soutirer des renseignements confidentiels.

À présent, cette histoire lui empoisonnait la vie.

Les meurtres de Didier Gusteau et d'Éric Deguide étaient liés, cela ne faisait aucun doute.

Qui était au courant, hormis Emily et l'administrateur du forum ? S'ils en avaient parlé à la police, les flics ne tarderaient pas à venir l'interroger.

Que risquait-elle ?

Elle détenait des informations qui, d'une manière ou d'une autre, reliaient deux affaires criminelles. Allait-elle être poursuivie en justice pour ne pas les avoir communiquées ? Emily avait-elle gardé le silence ? Avait-elle respecté la promesse qu'elle lui avait faite ?

Elle avait tenté de la joindre à plusieurs reprises, mais celle-ci ne répondait ni à ses appels ni aux messages qu'elle lui avait laissés.

Elle risquait de la mettre dans l'embarras si elle prenait l'initiative de contacter la police. De plus, elle ne serait pas la seule à devoir rendre des comptes. Stéphanie, son ex-collègue, serait également passible de sanctions pour avoir enfreint le règlement du casino.

Sans compter Vincent à qui elle devrait expliquer ce qu'elle avait fait.

Elle était confrontée à un dilemme insoluble. Elle avait envisagé plusieurs hypothèses et analysé leurs conséquences. Toutes se voulaient pessimistes. La pire étant que les assassins apprennent qu'elle détenait ces informations et la choisissent comme prochaine cible.

Elle prit un magazine et le feuilleta d'une main fiévreuse. Une ébauche de solution lui vint en survolant un article.

> Un avocat du barreau de Bruxelles inculpé pour violation du secret professionnel.

16

À prendre avec des pincettes

Fred avança vers l'hôtesse d'accueil et s'accouda au comptoir avec nonchalance.

— Bonjour madame, je souhaite parler à M. Morin.

La réceptionniste le dévisagea d'un air perplexe et jeta un coup d'œil derrière lui. Un bonnet enfoncé jusqu'aux oreilles, Alfredo sautillait d'un pied sur l'autre dans le hall, un volumineux appareil photo autour du cou.

— Vous avez rendez-vous ?

— Non.

Jean-Claude Morin était le directeur général de la banque où travaillait l'épouse d'Alfredo.

Une fois de plus, Fred avait suivi les conseils d'Alain.

Tape toujours au sommet. Contrairement à ce qu'on pense, il est plus facile de rencontrer un ministre qu'un sous-fifre. Au pire, il t'ouvrira les portes du type en dessous de lui et tu seras reçu comme un prince.

La femme plissa les lèvres.

— De quoi s'agit-il ?

— Je m'appelle Frédéric Peeters. Je suis journaliste au *Soir*.

Nous préparons un dossier sur le stress, le *burn-out* et l'abus de pouvoir en entreprise.

Elle força un sourire.

Journaliste signifiait danger.

— Dans ce cas, je pense qu'il est préférable de rencontrer notre responsable des ressources humaines.

Fred haussa les sourcils.

— C'est vous qui voyez. Nous comptons publier le témoignage d'un membre de votre personnel victime de harcèlement moral.

Les épaules de la femme s'affaissèrent.

— Asseyez-vous, je me renseigne.

Fred s'installa dans le canapé et attrapa une brochure.

Alfredo le rejoignit, l'air inquiet.

— Ça ne marchera jamais. Foutons le camp.

— Attends.

La réceptionniste échangea quelques mots au téléphone, raccrocha et l'interpella.

— M. Morin va vous recevoir.

Une secrétaire en tailleur strict apparut et les guida, vers l'ascenseur. Parvenus au dernier étage, elle les introduisit dans un vaste bureau orné de boiseries. Une longue baie vitrée donnait sur le parc de Bruxelles.

Jean-Claude Morin, la cinquantaine élégante, les accueillit en souriant.

— Bonjour messieurs.

Fred et lui échangèrent leurs cartes de visite.

— Prenez place. En quoi puis-je vous aider ?

— Nous préparons un dossier sur la démotivation au travail due à la pression managériale. Nous avons recueilli plusieurs témoignages dont un qui indique des dysfonctionnements dans votre banque.

Morin mordit à l'hameçon.

— Je suis surpris. L'une de nos valeurs encourage le respect, l'écoute et l'empathie. Vous êtes sûr que la personne interrogée est employée chez nous ?

— Aux dernières nouvelles, oui.

— Puis-je vous demander de qui il s'agit ? En toute confidentialité, bien entendu.

Fred sortit une liasse de son sac et fit mine de fouiller dans ses papiers.

— En toute confidentialité, Mme Anita Noriega.

Dubitatif, Morin se leva, consulta son ordinateur et revint s'asseoir.

— Je vois de qui il s'agit. Une femme charmante.

— D'après son témoignage, on ne peut pas en dire autant de son manager.

Fred s'empara d'un des feuillets et lui cita quelques faits.

Morin parut embarrassé.

— Croyez bien que je déplore cette situation. Elle en a parlé à notre responsable des ressources humaines ?

— D'après ce qu'elle nous a dit, elle a peur des représailles.

— Je vais parler à Mme Noriega. Je tiens à être informé de ce qui se passe dans ce département. Si ses propos se confirment, et je ne vois pas pourquoi elle mentirait, je prendrai les mesures qui s'imposent. Ce qui ne vous empêche nullement de relayer son témoignage.

Fred apprécia sa réaction. Il craignait que Morin mette en avant son statut d'annonceur dans *Le Soir* pour le dissuader de citer la banque. Par chance, l'homme connaissait la différence entre un journaliste et un vendeur d'espace.

Pour justifier sa présence, Alfredo s'empara de son appareil photo.

— Je fais une photo ?

Fred freina son mouvement.

— Inutile, M. Morin prendra les mesures qui s'imposent.

Fred se retourna vers le P.-D.G.

— Bien entendu, s'il s'agit d'un cas isolé, Mme Noriega garde la faculté de retirer son témoignage. La date de sortie du dossier n'est pas encore fixée.

Morin hocha la tête.

— Je vous remercie de votre visite, messieurs. Je vais éclaircir cette affaire. Cela dit, Mme Noriega est libre de s'exprimer si elle le souhaite. Elle vous communiquera sa décision le cas échéant.

Ils reprirent l'ascenseur, à nouveau pilotés par l'assistante de Morin.

Une fois sur le trottoir, Alfredo explosa.

— Merde, Fred. Et s'il vire Anita ?

— Avec un article qui lui pend au nez ? Aucune chance.

— Il verra bien qu'aucun dossier ne sort.

— Je n'ai pas donné de date. Le problème sera réglé avant. Il va l'appeler, l'interroger et s'occuper du macho.

Alfredo le serra dans ses bras.

— Tu es complètement dingue, mais je t'aime.

Ils s'offrirent une bière avant de retourner au bureau.

Alfredo rejoua la scène dans le bistrot. Il se tortilla, grimaça, prit tour à tour le rôle de Fred et la réaction de Morin en imitant sa voix.

— Je vais éclaircir la situation. Je prendrai les mesures qui s'imposent. Mme Noriega est libre de s'exprimer si elle le souhaite. Purée, j'ai failli mourir.

Ils débarquèrent d'humeur joyeuse à la rédaction. Alain observa leur arrivée, tassé dans son fauteuil, les bras croisés.

— Ça va, Fred ? Tu as passé un bon week-end ?

— J'ai du nouveau sur Deguide.

Il resta imperturbable.

— Moi aussi. Je t'écoute.

— Je ne sais pas ce que ça vaut, mais tu m'as dit qu'il fallait explorer toutes les pistes.

— Accouche.

— Ariane Demey, l'ex-épouse de Deguide, est cliente à la libraire de Camille. Elle débarque deux fois par mois et achète des dizaines de bouquins. Elle semble porter le poids du monde sur ses épaules. À part bonjour et au revoir, elle ne prononce pas un mot.

Alain souleva un sourcil.

— Et ?

— En 2011, en plus de ses lectures habituelles, elle s'est procuré un tas de livres sur les mômes ; j'élève mon enfant, je joue avec mon enfant, je soigne mon enfant, tu vois le genre ? Puis, plus rien. Elle a laissé tomber le sujet pour revenir à la littérature barbante.

— Qu'est-ce que tu en déduis ?

— Qu'elle était enceinte ou souhaitait l'être et que le projet n'a pas abouti. Pour mémoire, le comportement de Deguide a changé aux alentours de cette période.

Alain attrapa son stylo et se mit à jouer avec le mécanisme.

— Déduction hâtive, mais qui a le mérite d'exister.

Il pivota ensuite vers son écran et consulta un fichier.

— Un an après, en août 2012, Éric Deguide rencontre Emily Danjoux. Quelques mois plus tard, il quitte sa femme. En septembre 2013, il demande le divorce. Il sera prononcé en avril 2014, par consentement mutuel.

— Tu penses que c'est lié ?

Alain resta évasif.

— C'est maigre. Elle aurait pu acheter ces bouquins pour en faire cadeau à quelqu'un.

Fred se découragea.

— C'est possible. Et toi, qu'est-ce que tu as trouvé ?

Alain retira ses lunettes et se recula dans son fauteuil.

— Samedi soir, j'ai rencontré un de ses étudiants, par hasard. Il était à moitié bourré. Ce qu'il m'a dit est donc à prendre avec des pincettes. D'après lui, Deguide était une bête de sexe. Son tableau de chasse serait impressionnant. En plus, il semble qu'il ne se gênait pas pour piocher dans les rangs de ses admiratrices.

— Ses étudiantes ?

— Majeures et consentantes, mais sur le plan éthique, c'est discutable.

Il marqua un temps.

— Selon ce mec, il aurait mis l'une d'elles enceinte.

— Rien que ça ?

— Il n'a pas reconnu l'enfant et rien ne prouve qu'il est de lui, mais curieusement, le bébé s'appelle Erika.

— J'adore le mois de décembre, les avenues illuminées, les vitrines décorées, les gens souriants, l'animation.

— Quand tu étais petite, tu restais des heures devant le sapin à regarder les guirlandes lumineuses.

— À ce propos, qu'est-ce qu'on fait le 24 ?

— Comment ça, qu'est-ce qu'on fait le 24 ?

— Je parle de Fred.

— Enfin, Camille, Noël se fête en famille. Fred ira chez ses parents, je suppose.

— Non, il est en pétard avec son père.

— Ah bon ! Pourquoi ?

— C'est une vieille histoire. Le frère de Fred est mort après avoir été fauché par une voiture. Fred était avec lui au moment de l'accident. Ils faisaient les imbéciles et jouaient à se faire peur en traversant devant les voitures. Fred s'en est tiré, son frère pas.

— Mon Dieu ! Quelle horreur !

— D'après son père, Fred est responsable. Il ne lui parle plus depuis. Vingt ans sans un mot. S'il avait quelque chose à dire, il passait par sa mère. Fred lui a claqué la porte au nez. Il ne le voit plus depuis deux ans.

— Et sa mère, comment est-elle ?

— Adorable. Je l'ai rencontrée, la vraie *mamma* italienne. La pauvre est prise entre deux feux. Fred la voit quand son père est absent.

— Il en est sorti indemne ?

— Pas vraiment. La blessure reste ouverte, mais il n'en parle jamais. Fred est intelligent, il a du charme, il est drôle, il paraît sûr de lui, mais j'ai tout de suite senti cette fêlure en lui, cette part de désespoir, sa fragilité. C'est aussi ce qui m'a attirée chez lui.

— Je te connais, Camille, tu t'es dit que tu étais la seule femme au monde capable de l'aider à surmonter sa douleur.

— C'est vrai, je l'avoue.

— Bon. Pour le 24, je vais en parler à ton père, mais je ne te promets rien.

— Je t'adore, maman.

17

Élémentaire

Fred avait horreur du mois de décembre.

Il maudissait la météo capricieuse, le froid persistant, les jours trop courts et les nuits interminables.

De plus, l'approche de Noël le rendait cafardeux. Avant qu'il rompe les ponts avec son père, il célébrait le réveillon chez ses parents. Sa mère préparait des charcuteries, des tortellinis et un rôti de veau. Le repas se terminait par le traditionnel panettone.

Son père saisissait l'occasion pour disposer de vieilles photos au pied du sapin, du temps où ils étaient quatre. Sa façon de retourner le couteau dans la plaie.

Camille lui avait proposé de passer la veillée de Noël dans sa famille, mais il avait refusé. Après le fiasco de sa première visite, il n'en était pas question.

Roger se redressa, s'empara de sa crosse et se pencha vers lui.

— Prépare-toi, ils vont ouvrir les portes.

Roger était le responsable technique du *Soir*.

Le jour prescrit, il se déguisait en saint Nicolas pour accueillir les enfants du personnel. Jusqu'alors, un employé administratif lui servait de Père Fouettard, mais celui-ci était parti en retraite.

L'organisatrice de l'événement avait pensé à Fred pour le remplacer.

— Tu ne dois rien faire. Tu te postes à côté de Roger, tu ne bouges pas et tu ne prends pas l'air trop féroce. Et surtout, tu ne prononces pas un mot.

Elle avait omis de préciser qu'il allait devoir porter des guenilles et se passer le visage au cirage.

La fête se déroulait dans la cafétéria, au sous-sol. Le trône de Roger, une chaise recouverte d'un drap rouge, se trouvait à côté de la machine à café. Une table dressée le long du mur était chargée de boissons, de friandises et de gâteaux.

Les portes à peine ouvertes, les enfants se précipitèrent en criant à pleins poumons, se bousculant, se chamaillant, courant en tous sens.

Roger marmonna dans sa barbe.

— Putain.

Fred observa le raz-de-marée.

Certains parents avaient emmené leurs nouveau-nés, des bébés qui braillaient en agitant leur grosse tête congestionnée. L'idée de prendre une de ces choses dans ses bras lui inspirait la panique.

Depuis qu'il avait exaucé le vœu de maternité de Camille, il avait le sentiment d'être en sursis. Il vivait ses derniers mois d'homme libre avant son entrée au purgatoire. Bientôt, c'en serait terminé des matinées paresseuses, des dîners en tête à tête et des sorties improvisées.

Prisonnier de ses contraintes, il vieillirait de vingt ans en quelques semaines, se nécroserait, perdrait son individualité et ses rêves de conquête.

Roger entama la distribution des cadeaux. Désireux d'en finir au plus vite, il bafouait la consigne et remettait les paquets aux gamins sans leur demander s'ils avaient été sages.

De son côté, Fred respectait son scénario à la lettre. Il se tenait à l'écart et contemplait le désastre. Les gosses le guettaient avec crainte. De temps à autre, il écarquillait les yeux pour terroriser ceux qui osaient le défier.

Après le goûter, ils eurent droit à un spectacle de magie. Le meneur de jeu n'était pas une bête de scène. Son pantalon était rapiécé et son matériel tombait en ruines. Il se contentait d'exécuter les classiques du répertoire : les balles qui se dédoublent, les anneaux chinois, les foulards qui se nouent, le verre d'eau qui disparaît.

Le sourire en coin, Fred se dit qu'il lui restait du chemin à parcourir pour rivaliser avec David Copperfield, le célèbre prestidigitateur.

Côté affaires, l'enquête sur le meurtre de Deguide était au point mort. En un mois, ils avaient appris que son ex-femme avait acheté quelques bouquins sur l'enfance et que le prof aurait été une bête de sexe, confidences aléatoires livrées sous l'emprise de l'alcool. C'était à peu près tout. Des informations hasardeuses, sans rapport avec le papier supposé explosif évoqué peu avant sa disparition.

La semaine précédente, Alain avait pris contact avec son informateur au sein de la police. Officiellement, l'enquête suivait son cours. Officieusement, ils n'étaient nulle part. Aucun élément probant n'était apparu depuis la découverte du corps.

Le magicien fit sortir un pigeon de son chapeau.

Les gosses exultèrent et applaudirent à tout rompre. De l'endroit où il se trouvait, Fred captait le subterfuge. L'homme attirait l'attention du public sur une de ses mains et s'emparait du volatile dissimulé dans sa veste de l'autre. Élémentaire.

Son cœur fit un bond dans sa poitrine.

Main gauche, main droite.

Il retourna le raisonnement dans sa tête et se pencha vers Roger.

— J'ai une urgence.

Il n'attendit pas son assentiment et sortit de la salle en rasant les murs. Il déboula au deuxième et traversa la rédaction au pas de course, en haillons, le visage noir charbon.

Le cerveau en ébullition, il s'assit à son bureau, ouvrit le tiroir et en extirpa l'enveloppe qui contenait les PV de la disparition de Deguide.

Impassible, Alain ne le quittait pas des yeux.

— Tout va bien, Fred ?

Fred leva une main.

— Attends.

Il parcourut avec empressement les documents : l'avis de recherche, les différentes dépositions, les rapports de police, le protocole du labo.

Il souligna au crayon les données pertinentes.

Élémentaire.

Alain soupira.

— Je peux savoir ?

Fred marqua un silence et le dévisagea d'un air satisfait.

— La bonne question n'est pas comment, mais quand ?

18

Good job

Alain gara sa voiture et continua à pied en maugréant.

Fred avait préféré aller au bout de son raisonnement avant de lui livrer son analyse. Il lui avait proposé de le rejoindre chez lui, le temps de reprendre figure humaine et de se mettre au point.

Malgré ses réticences, Alain avait accepté.

De manière générale, il n'aimait pas mélanger vie professionnelle et vie privée. Lui-même ne s'exprimait jamais à ce sujet. Ce qu'il faisait en dehors des heures de travail ne regardait que lui.

Il traversa la place du Châtelain, continua dans la rue de l'Amazone et s'arrêta devant la maison de Fred. Son nom ne figurait pas sur la sonnette, mais il avait précisé qu'il habitait au rez-de-chaussée.

Il bougonna dès que Fred lui ouvrit la porte.

— Il faut se lever tôt pour trouver une place dans ton bled.

— Samedi soir, quartier branché. Sois le bienvenu, je te montre le chemin.

Il le suivit dans le couloir et trébucha sur un tas de paires de baskets.

— Quelle idée de laisser traîner ses chaussures partout !

Fred se défendit.

— Je les ai sorties hier, on repeint la chambre.

Il fit son entrée dans le salon où Camille l'accueillit, tout sourire.

— Bonsoir, Alain, je suis ravie de faire enfin votre connaissance.

Il se décrispa et lui serra la main.

— Tout le plaisir est pour moi.

Elle lui dressa l'inventaire des boissons disponibles.

Il choisit une bière et la remercia. Dès qu'elle eut le dos tourné, il lança un regard admiratif à Fred.

— Charmante, ta femme.

Fred débarrassa le fauteuil pour lui permettre de s'asseoir.

Il ôta son manteau et prit place.

— Je t'écoute.

Fred ouvrit les hostilités.

— Emily Danjoux ment.

Il leva un sourcil.

— Bon début.

Fred s'empara d'un des papiers.

— Je m'explique. Le 15 novembre 2014, Emily Danjoux se rend le matin à la police d'Ixelles pour signaler la disparition d'Éric Deguide. Elle déclare que Deguide a quitté son appartement la veille à 8 h 30 pour assister à une réunion en un lieu indéterminé à 10 heures. Elle dit n'avoir plus de nouvelles de lui depuis. Plus loin, elle ajoute que le lieu de la réunion devait par conséquent se trouver à une heure et demie de route.

Alain tiqua.

— Et ?

— Pourquoi cette déduction catégorique ? Si je quitte le bureau à 18 heures et que je débarque chez moi à 19 h 30, ça ne signifie pas nécessairement que j'ai passé une heure trente en voiture.

Camille approcha avec les boissons et murmura à mi-voix.

— Surtout si on est mercredi.

Alain ne saisit pas l'allusion.

Fred attendit qu'elle s'éloigne pour poursuivre.

— Elle mentionne dans la foulée que la secrétaire de Deguide l'a informée par téléphone que *la Saab était déjà partie à 9 heures.* Dans sa déposition, la femme en question déclare que *la Saab ne se trouvait pas à son emplacement habituel quand elle est arrivée, vers 9 heures.* Nuances subtiles, mais révélatrices.

— Continue.

— Emily explique ensuite qu'elle a sillonné Bruxelles à la recherche de la Saab dans la soirée du 14. La police en a déduit, hâtivement, que Deguide a pris sa voiture ce matin-là.

Fred saisit l'avis de recherche.

— Je cite : *M. Deguide circulait à bord d'un véhicule de marque SAAB, immatriculé FBG. 454.* Lu de telle manière, tout laisse à penser qu'il roulait dans la Saab. Si on s'en tient aux faits, la seule donnée irréfutable est que Deguide était propriétaire de cette voiture, point. Rien n'atteste qu'il l'a prise le 14 novembre.

— Bonne analyse. Où veux-tu en venir ?

Camille s'approcha, posa une assiette d'amuse-gueules sur la table et s'adressa à Alain.

— Vous mangez avec nous ?

Il déclina, l'air contrit.

— Vous êtes gentille, Camille, mais je suis attendu. Une prochaine fois, avec plaisir.

— Je compte sur vous. Fixez une date avec Fred.

Elle fit demi-tour et se retira.

Il attrapa une tranche de salami.

— Après ?

— Emily a suivi le mode opératoire des illusionnistes, attirer l'attention sur une main pour cacher ce que l'autre fait. À force de canaliser les regards sur cette voiture, les flics ont fini par être persuadés que Deguide était à son volant le 14 et personne n'a compris comment elle était entrée dans le parking.

Il vit où Fred voulait en venir.

— Alors que la Saab est entrée à Zaventem avant le 14. C'est ça ?

— Exactement, reste à savoir qui l'y a fait entrer. On pourrait prouver ce que j'avance en visionnant les vidéos enregistrées, mais ils ne les conservent pas plus de trois mois. Je continue. Le soir du 13, Deguide a quitté l'unif vers 17 heures. Il ne prenait sa voiture que pour aller à ses rendez-vous. Le reste du temps, il la laissait devant le bâtiment de la fac. L'appartement d'Emily Danjoux se trouve à trois cents mètres, square des Latins, endroit pire qu'ici pour se garer. Il parcourait le trajet à pied, matin et soir. Bizarrement, le matin du 14, personne ne l'a vu.

Alain attrapa la liasse et en retira un document.

— Objection. Une locataire affirme l'avoir croisé dans le hall de l'immeuble le 14, vers 8 h 35.

Fred semblait s'attendre à cette réaction.

— Je sais. Curieusement, c'est le seul témoin qui prétend l'avoir vu ce matin-là.

— Pourquoi curieusement ? Cette femme aurait menti ?

— Ou se serait trompée. Elle a 73 ans. À part elle, aucun étudiant, passant ou chien errant n'a déclaré l'avoir aperçu, en pleine heure d'affluence.

Il plissa les yeux.

— À creuser. Pour être certain de ce que tu avances, il faudrait prouver que sa voiture ne se trouvait pas à son emplacement entre le 13 à 17 heures et le 14 avant 9 heures.

— Bonne chance. En revanche, plusieurs témoins affirment que Deguide est arrivé chez Emily le 13 vers 17 h 30.

— Soit, continue.

Fred saisit un autre PV.

— Plus troublant. Le 19 novembre, la police prend contact avec Emily, l'informe de la découverte de la Saab à l'aéroport de Zaventem et lui donne rendez-vous pour identifier d'éventuels objets.

— Conforme.

— Quand les flics se pointent, Emily est déjà sur place. Même s'ils lui ont précisé que la Saab se trouvait dans le Parking 2, bonne chance pour tomber dessus. J'ai vérifié, ce parking peut loger 3 600 voitures, mais Emily sait tout de suite où elle est garée.

— Intéressant.

— Elle signale aux flics que le siège conducteur est avancé. Si je brode, on peut imaginer qu'elle avait un double des clés et en a profité pour décaler le siège histoire de brouiller les pistes. Après ça, donner un petit coup de torchon sur le volant et les poignées de porte.

— Extrapolations abusives. Reste factuel.

— Objection acceptée. Du fait de cette découverte, les flics concluent que Deguide s'est envolé vers d'autres cieux. Il s'agit donc d'une disparition volontaire. Comme ils ont d'autres chats à fouetter, ils relèguent l'enquête aux oubliettes.

Alain hocha la tête.

— En deux mots, tu crois qu'Emily a joué un rôle dans l'affaire ?

— Je suis en tout cas persuadé qu'elle en sait plus qu'elle ne prétend.

Alain esquissa un rictus de satisfaction. C'est le genre d'exploration méthodique qu'il attendait de Fred. Le métier entrait et il s'en félicitait.

Malgré cela, il se fit l'avocat du diable.

— Admettons qu'elle ait voulu brouiller les pistes en mettant l'accent sur la Saab et le matin du 14. Pourquoi aurait-elle manigancé cela ? Que cherchait-elle à cacher ?

Fred triompha.

— Pour ne pas qu'on sache que Deguide a disparu pendant la nuit du 13 au 14 novembre 2014. Pourquoi ? Comment ? Je ne sais pas. Du moins, pas encore.

Alain croisa les mains derrière la nuque, s'allongea dans le fauteuil et ferma les yeux.

Fred attendait sa réaction, visiblement tendu.

Il rouvrit les yeux et bascula vers l'avant.

— *Good job*, Fred. Qu'est-ce que tu proposes ?

Ispra, le 4 décembre 2016

Emily,

J'ai longuement hésité à vous adresser cette lettre.

Je l'ai rédigée maintes fois avant de la détruire aussitôt. Cela fait tant d'années que je tais cet événement qu'en reconstituer le déroulement, tel un témoin muet, me bouleverse.

Letizia, dont l'amitié m'est précieuse, sait peu de mon passé, pas davantage des circonstances qui vous ont menée à Ranco. Néanmoins, guidée par une heureuse inspiration, elle nous a mis en relation. Vous avancerez des chiffres, prétexterez l'alignement des astres ou y verrez une troublante coïncidence. J'invoquerai la volonté de Dieu.

Je vous ai parlé de mon père, je souhaite à présent retracer le destin de ma mère.

Je garde d'elle l'image d'une femme distante. Je la voyais peu. Elle voyageait beaucoup, rencontrait ses amis, courait d'expositions en cocktails, déléguant à notre gouvernante la charge de notre éducation.

Je ne sais quel fut le germe de son union avec mon père. En aucun temps, je n'ai assisté aux gestes d'affection qui témoignent d'un amour partagé.

Leurs disputes étaient fréquentes. Les propos virulents qu'ils échangeaient me terrorisaient. Pour échapper à leurs éclats de voix, je me réfugiais dans ma chambre, me pelotonnais dans mon lit et enfouissais ma tête dans l'oreiller.

Lorsque l'altercation prenait fin, ma mère venait me trouver, séchait mes pleurs et me berçait sans un mot. De mémoire, ce furent les seuls moments durant lesquels j'ai ressenti des marques de tendresse de sa part.

Sans doute m'estimerez-vous injuste à son égard. Ne vous méprenez pas, je l'aimais d'un amour infini. Au fil du temps, j'ai occulté les souvenirs des instants de joie, des rires et des élans du cœur passés à ses côtés. Les circonstances qui entourent sa fin m'ont contraint à cette censure.

J'avais 6 ans, le soir de l'An, lorsqu'elle est apparue à mon chevet après un affrontement des plus violents avec mon père.

Elle chancelait, des larmes noyaient son visage.

Elle m'a serré un long moment contre sa poitrine.

Ces effusions étaient à ce point inhabituelles que mes larmes se sont mêlées aux siennes.

Elle a murmuré quelques mots que je n'ai pas compris, ou n'ai voulu comprendre, m'a couvert de baisers puis s'en est allée. Avant de refermer la porte, elle s'est retournée et m'a adressé un signe de la main.

Je ne l'ai plus revue depuis.

Que Dieu vous garde,

Massimo

19

Loin des yeux, loin du cœur

Fred n'avait jamais rencontré Raoul Lagasse.

Ex-policier, détective privé auprès de plusieurs compagnies d'assurances, Raoul Lagasse était l'ami intime et l'un des sous-traitants privilégiés d'Alain.

Entre eux, ils l'appelaient NSA. Il suffisait de lui donner un nom et une adresse. En quelques jours, il était capable de fournir le *curriculum vitae* détaillé de la personne, depuis ses premières dents jusqu'à ses préférences sexuelles.

Il ne mettait jamais les pieds au *Soir*, recevait rarement chez lui et ne facturait pas ses interventions à Alain.

Leurs tête-à-tête se déroulaient en soirée, dans différents bistrots de la capitale. Un pacte faustien semblait unir les deux hommes.

Ils étaient tous deux attablés quand Fred débarqua au bar du Gaspi, un café situé à Schaerbeek, au pied de l'église Saint-Servais.

Fred masqua sa surprise en découvrant Lagasse.

Le personnage ne collait pas à l'image qu'il s'en faisait, effacé et discret. Il cultivait une ressemblance troublante avec Elvis Presley. Ses cheveux gominés et sa moue lippue le donneraient favori dans un concours de sosies.

Fred approcha.

— Bonsoir, monsieur, je suis ravi de faire votre connaissance. Alain m'a beaucoup parlé de vous.

Lagasse ignora la main tendue et tira un coin de sa bouche en guise de réponse.

Alain commanda trois bières et reprit sa discussion.

Lagasse avait l'accent rocailleux et la gestuelle expressive des vieux Bruxellois. De temps à autre, il frappait sur la table pour ponctuer son discours.

— Zulte Waregem sera en finale, je te parie tout ce que tu veux. Et ils ne feront qu'une bouchée d'Ostende.

Ils poursuivirent l'échange pendant quelques minutes. Les pronostics de foot épuisés, Alain embraya sur l'objet de leur rencontre.

— Alors, qu'as-tu trouvé sur Emily Danjoux ?

Lagasse se baissa, posa un vieux cartable craquelé sur ses genoux et en sortit quelques feuillets.

— Je te donne les grandes lignes, les détails sont dans le rapport.

Il commença par énoncer les données personnelles du *sujet* : date et lieu de naissance, adresse, profession. Autant d'informations déjà relevées par Fred dans les différents PV.

Il leur apprit que sa mère était d'origine irlandaise. Son père était mort d'un cancer en 2010. Côté études, Emily avait été une bonne élève, mais rebelle. Douée pour le chant, elle avait suivi des cours à l'académie avant de bénéficier de leçons particulières.

Il s'empara d'un deuxième papier.

— Elle a une sœur aînée, Katelyn, analyste financière.

Elle est passée de psy en psy pendant son adolescence et a fait une tentative de suicide. Elle vit seule, fréquente une bande de fêlés et s'intéresse aux sciences occultes. Le contact entre elles n'a pas l'air d'être au beau fixe.

Il fit une pause, vida sa bière et rajusta son brushing d'un mouvement de tête.

— À première vue, les frangines sont aussi dérangées l'une que l'autre.

Il guetta leur réaction.

Fred intervint.

— C'est-à-dire ?

— En mai 2005, Emily Danjoux s'est fait arrêter pour excès de vitesse. Comme elle avait l'air d'être en état d'ébriété, mes ex-confrères lui ont demandé de souffler dans le ballon, ce qu'elle a refusé. Ils ont voulu l'embarquer, mais ça a viré en pugilat. Elle a mordu la main d'un des flics et a été emmenée de force au poste.

L'anecdote fit sourire Fred.

Il avait plus d'une fois vécu une situation analogue. Sans morsure, il est vrai.

Lagasse poursuivit.

— Les flics d'Ixelles chez qui elle a déclaré la disparition de Deguide la décrivent comme instable, emportée, colérique, limite hystérique, comportement confirmé par les gardiens du parking de Zaventem. Elle leur a joué une scène d'opéra quand ils lui ont demandé de signer les papiers de sortie de la voiture.

Alain se manifesta.

— Je l'ai eue brièvement au téléphone l'autre jour. Elle ne m'a pas laissé le temps de terminer ma phrase.

Lagasse soupira.

— Tu connais mon avis sur les femmes, c'est

comme les restaurants chinois, on sait que ça existe, mais mieux vaut éviter d'y mettre les pieds.

Fred esquissa un sourire poli.

Lagasse s'affala dans sa chaise et se tourna vers lui.

— En plus, ton Emily a fait les quatre cents coups avec une de ses copines, Danielle Lambert. Pendant quelques années, en plus de se soûler et de chaparder dans les magasins, elles étaient connues pour avoir chaud au derrière. Elles draguaient des types et se les échangeaient. Parfois, ça se terminait à trois ou quatre dans le plumard.

Il avait lancé l'information d'un ton accusateur, comme si Fred était responsable des errements de jeunesse d'Emily.

Ce faux Elvis commençait à lui taper sur les nerfs. Il était censé rapporter des faits, non les juger.

Fred haussa les épaules.

— À cet âge, quel est le crime ?

Lagasse grimaça.

— À cet âge ? En janvier 2015, deux mois après la disparition de son grand amour, elle s'est envoyée en l'air avec un de ses étudiants. Loin des yeux, loin du cœur.

Fred accusa le coup.

Comment était-il parvenu à dénicher de telles indiscrétions en une huitaine de jours ?

Alain s'interposa.

— Elle a eu des relations stables avant Deguide ?

Lagasse haussa les épaules.

— Si pour toi, trois mois, c'est stable, alors oui. Mais jamais un type n'a emménagé chez elle avant Deguide. Et pas une fois, elle n'est allée vivre chez une de ses conquêtes. Tu trouveras la liste dans le dossier. J'en ai sans doute loupé.

— Qu'est-ce que tu as sur son histoire avec Deguide.

— Elle lui a mis le grappin dessus en août 2012. Le pauvre a perdu la boule et a quitté sa femme. À cause de ça, il s'est engueulé avec ses confrères, sa famille et ses amis. Déjà qu'il se prenait pour Jésus-Christ Superstar contre le monde entier.

Ulcéré par son cynisme, Fred s'apprêtait à intervenir quand Alain l'apaisa d'un geste.

— On va en rester là pour ce soir. Je te remercie, Raoul. Je vais parcourir ton rapport et je te rappelle.

Lagasse leva une main autoritaire et indiqua Fred du pouce.

— J'ai encore un truc à dire au gamin.

Fred le toisa.

— Je vous écoute.

Lagasse plongea son regard dans le sien.

— Elle t'a embobiné, pas vrai ?

Fred railla.

— Où êtes-vous allé chercher ça ? Je ne lui ai jamais parlé. Je l'ai aperçue une fois, en coup de vent, pendant l'enterrement de Deguide.

Il plissa les yeux.

— Méfie-toi. Cette femme est une séductrice, une manipulatrice et une mythomane, crois-en mon expérience.

Alain intervint.

— Où habite-t-elle pour l'instant ?

— Elle a sous-loué son appart, elle crèche chez sa mère. Je suppose qu'elle va bientôt retourner au lac Majeur.

— Tu as trouvé quelque chose sur son séjour là-bas ?

Il secoua la tête.

— *Black-out.* Le seul truc est qu'elle a passé quelques jours là-bas avec Deguide, dans une maison d'hôte, en juin 2013. Si tu veux en savoir plus, je devrais faire un tour dans le coin, mais je ne parle pas italien.

Alain se tourna vers Fred.

— Je me trompe ou ta mère est italienne ?

20

Sans laisser de traces de doigts

Le 14 décembre, Axelle Lefèvre se rendit au cabinet de Robert Dodeigne, situé au premier étage d'une maison bourgeoise sur le quai du Condroz.

Il ne lui avait fallu qu'une dizaine de minutes pour trouver le nom de l'avocat qui avait servi les intérêts de Didier Gusteau par le passé.

Elle savait que tout avocat, aussi modeste soit-il, était tenu au secret professionnel, mais le fait de se confier à celui qui avait défendu le Liégeois assassiné lui semblait opportun. Elle était convaincue que le rapprochement entre le meurtre de Didier Gusteau et celui d'Éric Deguide lui garantirait une discrétion absolue.

Ignorant l'objet de sa visite, Robert Dodeigne l'accueillit avec bienveillance, la fit entrer dans la salle de réunion et lui indiqua un siège.

À peine assise, Axelle s'effondra en pleurs.

Entre deux sanglots, elle lui retraça l'histoire qu'elle avait vécue, depuis le message qu'elle avait laissé sur le forum jusqu'aux échanges qu'elle avait eus avec Emily Danjoux, en passant par le silence que cette dernière observait depuis.

Dans un premier temps, Dodeigne tenta de l'apaiser. Il prit un ton rassurant, lui proposa une boisson et lui posa quelques questions générales sur son métier et sa vie privée.

Quand elle eut retrouvé son calme, il approfondit le sujet et lui demanda des détails.

Il récapitula ensuite les données, réfléchit un moment et lui exprima son point de vue.

En résumé, elle ne risquait rien si elle ne divulguait pas les informations qu'elle détenait. Celles-ci étaient connues d'Emily Danjoux, première concernée dans l'affaire. C'était en priorité à elle à les transmettre à la police.

Peut-être d'ailleurs l'avait-elle fait ?

Si, au contraire, elle avait jugé bon de s'abstenir, il s'agissait certes d'un cas de conscience, mais c'était son problème. Quant à son mutisme, il le mettait sur le compte du choc qu'elle avait subi en apprenant la mort de son conjoint.

Axelle avait insisté.

Quelle devait être sa réaction si la police venait lui rendre visite ?

Dodeigne avait évacué ses craintes d'un revers de main.

D'une part, elle n'était pas censée suivre l'actualité et être au courant de la mort d'Éric Deguide. De l'autre, si elle avait vu ce dernier au casino en compagnie de son client, il en allait de même pour toute personne présente ce jour-là.

Étaient-elles pour autant punissables de ne pas avoir alerté les autorités ?

Enfin, le fait qu'elle ait cru apercevoir Deguide à

Barchon le jour de sa disparition ne l'impliquait pas davantage.

Avant de clore l'entretien, il lui conseilla de ne plus prendre contact avec Emily Danjoux et d'oublier cette affaire. Pour répondre à ses derniers signes d'inquiétude, il précisa que le contenu de leurs échanges ne sortirait pas de ces murs.

Rassurée, Axelle quitta le cabinet.

Durant plusieurs jours, Robert Dodeigne retourna les informations qu'il avait reçues. Didier Gusteau avait laissé quelques notes d'honoraires impayées, mais il respectait sa mémoire.

Plus d'une fois, ils avaient arrosé leur victoire dans différents dossiers et des liens d'amitié s'étaient créés entre eux.

Son client n'avait pas froid aux yeux. Il avait souvent pris des risques, en particulier lors d'une des dernières affaires traitées, mais jamais il n'avait pensé que cela pourrait aller jusqu'à son élimination physique. Ce meurtre l'avait glacé d'effroi.

Dodeigne connaissait Deguide de réputation. De mémoire, à aucun moment Didier n'avait cité son nom. Quel rapport pouvait-il y avoir entre ces deux assassinats, pour autant que cette jeune femme ait dit la vérité ?

Tenu au secret professionnel, il était hors de question qu'il prévienne la police.

Malgré tout, d'une manière ou d'une autre, il brûlait d'envie de relancer l'enquête.

Comme bon nombre de ses collègues, il savait qu'il existait un moyen de diffuser des informations de façon anonyme. Certains ne s'embarrassaient pas de scrupules pour le faire.

Quelques jours plus tard, il prit sa décision.

Il ouvrit Tor, le réseau informatique connu pour rendre indécelable l'adresse IP de l'utilisateur, et se rendit sur le site de SourceSure, «*sans laisser de traces de doigts*», comme l'annonçait la formule.

— Enfin, Camille, tu te rends compte de ce que tu me demandes ? Les ventes stagnent, la librairie est en difficulté et tu aimerais prendre un congé ? À une semaine de Noël ?

— Je sais.

— Ce serait quand ?

— Rien n'est encore fixé. Fred tourne autour du pot depuis plusieurs jours.

— Alors, dis-lui que c'est impossible.

— Je ne peux pas faire ça.

— Je m'en doute. L'amour, toujours l'amour. Qu'est-ce que tu proposes ?

— Je partirais samedi après-midi. J'ai téléphoné à Caro, elle veut bien me remplacer. Je serais de retour lundi soir pour être à pied d'œuvre mardi matin.

— Vu comme ça, ce serait jouable. Pas idéal, mais faisable. Tu penses que ce planning conviendrait à monsieur ?

— Je ferai en sorte que ce planning convienne à monsieur.

21

Marché conclu

Fred marchait de long en large devant la salle de bains.

— En tout cas, j'ai été clair avec Alain, je refuse d'aller là-bas avec ce type. Dans un village perdu, au milieu de l'hiver. De quoi aurions-nous l'air ? Surtout avec son look.

Un pied sur la baignoire, Camille étalait du vernis sur ses ongles.

— Tu fais comme tu veux. C'est ton enquête, mon chéri.

Raoul Lagasse avait tenu un discours approchant. *C'est son enquête, après tout.* À la fin de leur rencontre, il avait conseillé à Alain de l'envoyer à Ranco.

Fred insista.

— Cela dit, même sans lui, je n'ai aucune chance de passer incognito. Pourquoi un type seul débarquerait-il dans ce patelin à cette période de l'année ?

Elle acquiesça.

— De toute façon, dès le moment où tu poseras une question sur cette femme, tout le monde saura pourquoi tu es là.

Fred objecta.

— Pas nécessairement. Avant de s'installer là-bas, elle a passé quelques jours dans une petite pension avec Deguide. Dans ce genre de village, tout le monde se connaît. Si je loge dans cette auberge en disant que je viens de Bruxelles, j'apprendrai sûrement des choses sans avoir l'air d'un détective.

Camille attaqua l'autre pied.

— Peut-être. Combien de temps comptes-tu rester ?

— Deux ou trois jours, ça devrait suffire.

Fred n'était pas convaincu de ce qu'il avançait.

Poursuivre ses investigations sur Emily Danjoux en allant à Ranco était une bonne idée, mais elle présentait plusieurs difficultés.

L'obstacle de la langue, pour commencer.

Il était capable de suivre une conversation en italien, mais devait chercher ses mots pour s'exprimer. Sa mère l'avait éduqué en italien, mais était passée au français à la mort de son frère. Fred soupçonnait son père de lui avoir imposé ce changement pour créer une distance entre eux.

De plus, il savait ce qu'était l'*omerta*, la loi du silence chère aux Italiens, surtout dans les régions reculées où on ne parlait aux étrangers que pour leur vendre quelque chose.

Alain avait émis une suggestion.

Vas-y avec ta femme.

La solution paraissait simple, mais Camille entrait dans la période la plus chargée de l'année.

Fred prit l'air détaché.

— Bien sûr, je pourrais y aller avec une de mes collègues du *Soir.* Un couple, c'est plus discret, mais je suppose que ça ne te plairait pas ?

Camille termina son œuvre et admira le résultat.

— En effet. Surtout si tu penses à la nymphomane que tu as fréquentée en son temps.

Fred s'avoua vaincu.

— Bon, j'irai seul. Tant pis si je rate mon coup.

Camille remballa sa trousse de soins, sortit de la salle de bains et se planta devant lui.

— J'ai une proposition à te faire. Je viens avec toi, mais pas plus de deux nuits. Nous partons samedi, nous rentrons lundi.

Fred n'en crut pas ses oreilles. Il était arrivé à ses fins avec une facilité déconcertante.

Il joua la surprise.

— Et la librairie ?

— Je peux m'arranger.

— Magnifique. En contrepartie, j'accepte de passer la soirée de Noël chez tes parents.

Camille esquissa un sourire malicieux.

— Marché conclu.

22

La flamme de l'espoir

Michel Lambert fit un rapide tour des chaînes.

Aucun programme ne parvenait à susciter son intérêt. Il éteignit la télévision et resta prostré dans le fauteuil, le regard dans le vide. Il n'avait pas plus envie de lire ou de jouer aux échecs sur sa tablette.

Du courrier non ouvert traînait sur la table du salon. Plusieurs messages attendaient une réaction de sa part sur le forum.

Dans une semaine, les gens fêteraient Noël.

Ils boiraient, riraient, s'amuseraient, indifférents à sa douleur.

Rien ne parvenait à chasser ses idées noires. Depuis l'appel d'Emily auquel il s'était interdit de répondre un mois auparavant, elle n'avait plus donné signe de vie.

L'affaire était entendue, il ne lui servait plus à rien. Elle l'avait utilisé comme un vulgaire mouchoir en papier avant de le jeter à la poubelle.

La mort de Deguide et la sournoiserie d'Emily avaient mis fin à son projet.

Pourtant, il avait tout prévu, tout préparé. Son

néphrologue lui avait trouvé un centre de dialyse prêt à l'accueillir, à Cittiglio, à vingt kilomètres de Ranco.

Il comptait lui réserver la surprise.

Au dernier moment, il lui aurait annoncé qu'il venait passer Noël avec elle. Il serait resté quelques jours. Ils auraient parlé, marché au bord du lac. Le soir du 24, ils auraient mangé en tête à tête.

À minuit, il lui aurait pris la main, lui aurait avoué ses sentiments.

En l'espace de quelques jours, la flamme de l'espoir s'était éteinte, balayée par le souffle de l'hypocrisie.

Il ne comptait pas laisser sa trahison impunie.

La semaine précédente, il s'était rendu au siège de l'entreprise de pompes funèbres qui avait organisé les funérailles de Deguide. L'un des employés se souvenait de l'homme qui accompagnait Emily. Il l'avait entendue l'appeler par son prénom.

Massimo.

L'individu parlait français avec un accent étranger.

Un bellâtre italien, imbu de sa personne, comme ils le sont tous. Il en avait déduit qu'elle l'avait connu à Ranco. Elle l'avait embobiné, comme elle savait si bien le faire.

Il se leva, bouillant de rage.

Les images de l'homme la chevauchant lui revinrent.

Une nausée le prit.

Il ressentit une douleur dans la poitrine.

Depuis quelque temps, les battements de son cœur étaient irréguliers. Son médecin l'avait averti qu'il risquait un arrêt cardiaque s'il ne s'astreignait pas au régime prescrit.

Et après ?

Quand on a tout perdu, qu'a-t-on encore à perdre ?

23

Mai due senza tre

Camille était allongée à l'envers dans le lit, jambes tendues contre le mur.

Elle interpella Fred qui se balançait dans un rocking-chair, son ordinateur ouvert sur les genoux.

— Qu'est-ce que tu fais ?

Il répondit de manière laconique.

— Je m'amuse.

Alfredo venait de lui envoyer un message.

Anita avait été convoquée par Morin. Après l'avoir écoutée, il lui avait adressé les excuses de la banque pour les préjudices qu'elle avait subis.

Quelques heures plus tard, la responsable des ressources humaines lui avait annoncé que son manager allait être muté dans un autre département.

Magnanime, Anita s'était engagée à retirer son témoignage.

Camille s'impatienta.

— Regarde dehors. Avec un peu de soleil, l'endroit est magnifique. Le port, le lac, les montagnes en arrière-plan. La vue est grandiose.

Fred ironisa.

— Je déteste cet endroit.

Ils étaient arrivés à Ranco la veille, en fin de soirée.

Le village semblait moribond. De plus, leur vol avait eu du retard, ils s'étaient perdus dans les couloirs de l'aéroport de Malpensa et la voiture de location n'était pas prête.

Par bonheur, Martha, la propriétaire de la pension, maîtrisait un peu le français. En guise de réconfort, elle leur avait offert une soupe chaude et du pain fait maison. À cette heure tardive, aucun restaurant n'était ouvert à moins de vingt kilomètres.

Fred referma son ordinateur.

— Je te suggère d'écourter tes exercices de yoga et d'aller prendre le petit déjeuner. Il nous reste trente heures pour découvrir ce qu'Emily Danjoux est venue faire dans ce bled.

Camille maugréa.

— Quel rabat-joie ! Autant profiter de ce séjour enchanteur pour joindre l'utile à l'agréable.

Leur douche prise, ils descendirent dans la salle principale.

Un couple de septuagénaires en tenue kaki était attablé, sac à dos à leurs pieds, prêts à partir en randonnée. Ils saluèrent leur arrivée d'un *buongiorno* teinté d'un fort accent anglais.

Martha les accueillit avec bonne humeur.

Sans marquer de pause, elle leur annonça les prévisions météorologiques, leur suggéra de se promener vers Angera, leur servit un jus d'orange frais, leur demanda de choisir entre thé et café, leur proposa des œufs et termina sa tirade par une question rhétorique.

— Alors, comme ça, vous habitez à Bruxelles ?

Camille acquiesça et commanda du café.

— Vous recevez souvent des clients belges ?

— Bien sûr, vos *connazionali* adorent le lac Majeur.

Elle leur parla avec moult détails d'un couple de Belges qui venait chaque année en juillet avec leurs deux enfants, leur chien et leur bateau.

Camille fit mine de s'intéresser à l'épisode.

Satisfaite, Martha retourna à la cuisine, fit griller quelques toasts et prépara des œufs brouillés.

Un vieux hit de ZZ Top passait à la radio. Elle monta le son et exécuta quelques pas de danse.

Camille se pencha vers Fred.

— J'adore cette femme, elle respire la joie de vivre.

Martha revint, posa les assiettes devant eux.

— J'ai une amie irlandaise qui s'est installée ici. Avant, elle habitait à Bruxelles. À part les embouteillages, il paraît que la ville est agréable et la vie culturelle très animée. Vous faites quoi dans la vie ?

Fred se figea.

Camille sourit.

— Je suis libraire, Frédéric vend des matelas.

Martha s'extasia.

— Quel beau métier ! J'aurais adoré être libraire. Je lisais beaucoup quand j'étais jeune. Mon amie est traductrice, peut-être la connaissez-vous ? Emily Duncan.

Camille fit mine de réfléchir.

— Ce nom ne me dit rien. Elle traduit à partir de l'italien ?

— Non, français anglais. Elle me rend visite tous les matins, quand elle promène son chien. Pour l'instant, elle est retournée en Belgique. Son père est mort début novembre. Quel drame ! Elle l'idolâtrait, comme souvent les filles uniques. Moi, j'ai toujours mon père, mais mon mari est mort.

Camille compatit.

— Je suis désolée.

Martha prit l'air navré.

— Ça fait douze ans qu'il est parti, mais je pense à lui tout le temps.

Elle s'empara d'une photo du disparu, vanta ses qualités de mari et de père et leur relata le tragique accident qui lui avait été fatal.

Camille remarqua la croix que Martha portait autour du cou.

Elle poussa un long soupir.

— La perte d'un être cher est une épreuve douloureuse que Dieu nous impose parfois.

Martha se signa.

— Ses choix ne sont pas toujours faciles à accepter.

Camille relança.

— Combien d'enfants avez-vous ?

— Une fille. Alida. Elle va avoir 17 ans. Elle suit ses études à Milan, mais elle revient ici tous les quinze jours. J'ai du mal avec elle, surtout sans son père.

Fred perdit patience.

— Vous parliez de la vie culturelle à Bruxelles, qu'est-ce qui a poussé votre amie irlandaise à venir s'installer dans ce village perdu ?

La question jeta un froid, mais l'envie de bavarder de Martha l'emporta sur sa surprise.

Elle soupira.

— Un autre drame. *Mai due senza tre*, comme on dit chez nous. Elle a connu un grand chagrin d'amour. Elle était folle d'un homme. Ils ont passé quelques jours ici, du temps de leur passion. Un peu après, il l'a quittée pour une autre femme. Ces choses arrivent tous les jours, mais elle ne s'en est pas encore remise.

Elle disait que ces quelques jours à Ranco avaient été les plus heureux de son existence. C'est pour ça qu'elle est revenue.

Le visage de Camille s'assombrit.

— Pauvre femme.

Martha se tourna vers Fred et le dévisagea avec défi.

— Pour ce qui est du village perdu et de la vie culturelle, Milan est à une heure de route. Milan est la ville des musées, des théâtres, des expositions et du cinéma. Nous n'avons rien à envier à Bruxelles. Sans compter l'art lyrique. Emily suit des cours de chant avec Letizia Baratti, une des plus grandes sopranos italiennes, vous la connaissez?

Fred fronça les sourcils.

— De réputation.

Martha retourna à ses occupations, quelque peu vexée.

Camille murmura à mi-voix.

— Tu es aussi bon psychologue que fin diplomate.

Fred eut un geste de dépit.

— Peut-être, mais en attendant, je peux déjà t'apprendre plusieurs choses. Emily n'est pas irlandaise, elle s'est présentée sous le nom de sa mère, son père est mort en 2010, elle n'est pas fille unique et Deguide ne l'a pas quittée pour une autre. Une incohérence à la minute, notre séjour commence bien.

Ispra, le 18 décembre 2016

Emily,

La fin quelque peu abrupte de ma dernière lettre vous a peut-être laissée pensive. Le souvenir prégnant de cette déchirure m'a plongé dans la confusion et je n'ai pu en poursuivre le fil.

Cette confession, extraite des pages sombres de ma vie, vous permettra d'éclaircir une part des liens qui nous unissent. Nul ne sait ce qui est arrivé à ma mère.

Le lendemain, sa voiture fut découverte le long du fleuve, à quelque distance de la maison, ses affaires posées sur le siège. Parmi elles se trouvait un tube de somnifères laissant présumer qu'elle avait choisi de se donner la mort.

L'eau fut sondée, mais son corps ne fut jamais retrouvé, pas plus qu'un mot expliquant son geste.

Pensez-vous que la mort soit préférable au doute ?

J'ai souvent tenté de saisir ses ultimes pensées. Si

désespérée fût-elle, une mère peut-elle décider de délaisser ses enfants ?

J'ai cherché à me réfugier dans quelque scénario complaisant pour résoudre ce dilemme, mais ma démarche fut vaine. Les mois s'écoulant, j'ai accepté que le poids de sa vie ait dépassé l'amour qu'elle nous portait.

J'ai gardé muette la douleur que m'infligeait sa disparition. Je suis devenu silencieux, distant, secret.

Aucune larme ne franchissait le seuil de mes paupières. Malgré les marques d'attention que me prodiguait mon père, je me suis fermé à son affection. Il fut la première victime de la résolution qui germait dans mon cœur.

Pour ne plus revivre une telle souffrance, je me suis forgé la conviction que l'attachement aux êtres dont la nature et la conscience sont changeantes courait à la déception et à la désillusion.

Ont suivi des années de mutisme et de repli. Je refusais toute forme de communication. J'ai abandonné le tennis, le violon et l'idée de poursuivre la destinée de l'affaire familiale. Seule l'escrime gardait ma faveur. Je concentrais mon énergie sur mes études et me réfugiais dans la prière.

Je me rendais souvent à l'église pour m'y recueillir.

Un jour que je me confessais au curé de la paroisse, je lui ai fait part de mes convictions et de la culpabilité que j'éprouvais à rejeter mes proches. À titre de pénitence, il m'a chargé de lire Les Confessions, la biographie de saint Augustin dans laquelle il raconte sa jeunesse débauchée et sa conversion au christianisme.

Je vous livre deux brefs passages dans lesquels il évoque son ressenti après la perte d'un ami cher.

« Autant j'aimais passionnément mon ami, autant je haïssais la mort qui me l'avait enlevé et la regardais comme ma plus cruelle ennemie, m'imaginant que si elle avait pu me le ravir, elle ravirait bientôt le reste des hommes. Tout dépérit en ce monde, tout est sujet à la défaillance et à la mort dès qu'il s'agit de créatures mortelles. »

« Seigneur, bienheureux celui qui vous aime, car nul ne vous perd, que celui qui vous abandonne. »

Par ces mots, il me donnait la voie à suivre.

À l'âge de 11 ans, je suis entré au petit séminaire de Feltre, dans le nord de l'Italie. Cette même année, Albino Luciani, un de leurs anciens élèves, était élu pape et devenait Jean-Paul Ier.

Dans mes prochaines lettres, je vous retracerai mes années de séminaire, leur richesse et leur adversité. Je vous parlerai de mon parcours, de Paris, de Rome.

Si le courage ne me fait défaut, j'évoquerai les événements qui ont conduit à ma condamnation.

Je pense à vous,

Massimo

24

Un tableau de Joachim Patinier

Fred ouvrit son navigateur et surfa sur Internet.

Google s'attardait davantage sur les qualités d'*insegnante di canto* de Letizia Baratti que sur ses prestations scéniques. Hormis l'une ou l'autre évocation, la diva ne semblait pas avoir marqué les annales de l'opéra italien.

Les *Pagine Bianche*, l'annuaire téléphonique italien, recensaient deux personnes portant ce nom, la première dans la région de Naples, la seconde à Varèse, à une trentaine de kilomètres de Ranco.

Il posa son doigt sur l'écran.

— C'est sûrement la deuxième.

Camille lui décocha une œillade.

— Je pense comme vous, commissaire. Tu l'appelles ?

— Allons sur place. Tu sonnes, elle ouvre, je mets mon pied dans la porte.

— Astucieux. Si nous partons maintenant, nous pouvons y être dans une heure.

— Un dimanche matin ? Toute l'Italie est à la messe.

— Tant mieux, ça nous laisse du temps pour préparer notre stratégie. Tu as une idée, Machiavel ?

Une inspiration lui vint.

— Tu écris un bouquin, je suis ton interprète.

Elle éclata de rire.

— Vendu. Elle va trouver bizarre de nous voir débarquer un dimanche à l'improviste, mais on n'a rien à perdre. En attendant, suivons les conseils de Martha et allons faire un tour au bord du lac.

Ils sortirent de la bâtisse et descendirent vers le centre du village. La plupart des maisons semblaient laissées à l'abandon ; grilles rouillées, façades décrépites, volets fermés. Même les oiseaux semblaient avoir déserté les lieux.

Peu avant l'église, ils prirent une ruelle transversale et croisèrent deux gamins d'une dizaine d'années qui promenaient un chien rachitique.

Fred les interpella en italien.

— Salut, les gars, je cherche la maison de mon amie Emily, la copine belge de Martha qui se balade avec son chien tous les matins. Vous savez où elle se trouve ?

Les garçons le dévisagèrent avec curiosité, puis se consultèrent du regard, chacun attendant que l'autre se jette à l'eau.

Le plus grand se décida et indiqua une maison ocre nichée sur les hauteurs.

— Elle habite là, au-dessus de chez Teresa.

— *Grazie mille.*

Camille attendit qu'ils s'éloignent.

— Ton italien est très sexy. En plus, ils ont l'air de t'avoir compris. Tu veux y aller ?

— Ce soir, en rentrant de Varèse.

Ils arrivèrent au port de plaisance. Le lac s'étendait à perte de vue.

Camille se pâma.

— On dirait un tableau de Joachim Patinier.

Fred se contenta d'acquiescer.

Elle lui prit la main.

— Viens.

Ils prirent le chemin qui longeait le lac.

L'eau clapotait à leurs pieds. L'air était doux, la lumière apaisante. Camille se remplissait de la beauté du lieu, un léger sourire aux lèvres.

Une sonnerie impérieuse la sortit de sa rêverie. Fred se précipita sur son téléphone. Le nom d'Alain apparaissait sur l'écran.

Il décrocha et s'éloigna de quelques pas.

— Bonjour, Alain, tu viens aux nouvelles ?

— Non, je vais plutôt t'en donner. On a reçu quelque chose sur SourceSure.

Fred s'anima. SourceSure était un site d'envoi d'informations vers plusieurs médias, dont *Le Soir*. Il permettait à des lanceurs d'alerte d'expédier des messages confidentiels de manière anonyme et intraçable. Au départ, ils avaient craint d'être submergés de ragots et de fausses rumeurs, mais l'outil était peu utilisé. Quand il l'était, les informations se révélaient souvent pertinentes.

— En deux mots ?

— Concerne une affaire en cours. Je te transfère une copie. Cryptée, bien entendu. Tu la recevras dans les prochaines minutes.

Fred raccrocha. Il avait ressenti de l'excitation dans la voix d'Alain et mourait d'envie de retourner au plus vite chez Martha pour en savoir plus.

Camille le tira de ses pensées.

— Regarde.

Un village se profilait sur l'autre rive.

Quelques maisons rouges et blanches étaient regroupées autour d'un clocher dont l'horloge scintillait au soleil.

Elle l'entraîna vers un banc disposé entre deux arbres au tronc massif.

— Cet endroit est féerique. Je comprends que cette femme se soit sentie tellement heureuse ici avec l'homme qu'elle aimait.

Fred s'assit à ses côtés.

Des images défilèrent dans sa tête. Il pensa aux sacrifices auxquels elle avait consenti pour partager sa vie. Il revit l'existence tumultueuse qu'il menait avant de la rencontrer, ses pulsions suicidaires, ses nuits d'ivresse, ses liaisons éphémères.

Il passa un bras autour de ses épaules.

— Si je ne t'avais pas connue, je me serais foutu en l'air.

Elle se blottit contre sa poitrine.

— Ne disparais jamais de ma vie, Fred, j'en mourrais.

Décrivez votre alerte en quelques mots :

Affaires Gusteau & Deguide
M. Éric Deguide et M. Didier Gusteau ont déjeuné au casino de Namur le 12 novembre 2014. M. Deguide a disparu le 14 novembre 2014. M. Gusteau a disparu le 21 novembre 2014. Le cadavre de M. Gusteau a été retrouvé le 11 octobre 2015, celui de M. Deguide le 30 octobre 2016. Les deux victimes ont été assassinées de manière similaire. Mlle Emily Danjoux sait qu'il existe un lien entre les deux affaires.

25

Le talent n'existe pas

Comprimée dans sa robe à fleurs, Letizia Baratti gesticulait en roucoulant comme une tourterelle.

Pour ajouter à la confusion, elle plaçait des accents toniques hasardeux et ses fins de phrases montaient dans des suraigus. Malgré l'effort de concentration, Fred ne comprenait qu'un mot sur deux.

Elle conclut sa logorrhée, la pose théâtrale, le regard lointain.

— Le talent n'existe pas, je crois à l'inspiration. Le reste n'est que transpiration.

Assise de travers dans un fauteuil, le cahier sur les genoux, Camille attendit que Fred traduise le discours et approuva d'un murmure flatteur.

— Dis-lui que je suis d'accord avec elle.

La demeure de Letizia Baratti ressemblait à un magasin d'antiquités. La maison baignait dans des effluves de violette, de bois exotique et de cire d'abeille. Des tableaux encadrés de dorures noircies ornaient les murs. Le salon, couvert de tapis d'Orient, était chargé de meubles en acajou, de chandeliers de cuivre et de porcelaines chinoises. Un monumental piano à queue occupait le fond.

Camille et Fred avaient peaufiné leur scénario avant de sonner à la porte.

Journaliste belge, elle se consacrait à la rédaction d'un essai sociologique : *Du vedettariat à l'enseignement, les mathématiciens sont-ils les meilleurs professeurs de calcul?*

Au sommaire, des interviews de sportifs devenus coaches, des rencontres avec des artistes passés mentors et des politiciens promouvant leurs poulains.

Flattée de figurer dans sa liste, Letizia Baratti les avait accueillis à bras ouverts, les avisant à contrecœur qu'une visite imminente risquait d'écourter l'entrevue. Elle leur avait proposé du café et n'avait pas attendu la première question pour retracer les grandes étapes de sa carrière, photos et communiqués de presse à l'appui.

La seule information intéressante tirée de ses monologues entrecoupés d'éclats de rire tonitruants était qu'elle préparait un duo avec deux de ses élèves les plus brillants. *Sfortunatamente,* la soprano avait dû rentrer chez elle pour enterrer son père.

Tout en l'écoutant d'une oreille, Fred retournait le message qu'Alain lui avait envoyé.

Il comprit qu'il n'obtiendrait rien de plus de la vieille diva et s'apprêtait à signifier la fin de l'entretien quand le carillon tinta.

Letizia s'excusa, se leva et disparut dans le couloir.

Camille murmura.

— Un coup dans l'eau.

Ils entendirent de loin Letizia expliquer à son visiteur qu'elle allait apparaître dans un bouquin qui retraçait sa carrière.

Une voix grave vibra.

La porte se referma et des pas résonnèrent dans le corridor.

L'invité entra dans le salon et s'adressa à eux dans un français impeccable.

— Bonjour, je m'appelle Massimo Damiani. Je suis heureux d'apprendre que mon amie va figurer dans votre livre.

26

Lavé de l'affront

Michel Lambert était conscient qu'il lui restait peu de temps pour accomplir sa tâche. Son taux de potassium avait encore augmenté et passait la barre des 5 mmol/L.

Résigné, il s'était fait à l'idée d'en finir une fois pour toutes.

Il n'entrevoyait pas cette échéance avec amertume, mais comme une délivrance.

Cela faisait trente ans qu'il était dialysé, un record. Les infirmières le considéraient comme un miraculé. Il était le plus ancien utilisateur du service. À intervalles réguliers, il croisait des patients moins chanceux qui disparaissaient du jour au lendemain.

En 1988, il avait subi une greffe de rein, mais le greffon avait été rejeté. Depuis, il écartait l'idée d'une autre tentative, malgré l'insistance de son néphrologue.

Une nouvelle intervention aurait nécessité un traitement médicamenteux rigoureux et la pose d'une vessie artificielle, ce qu'il refusait avec obstination. Il en avait fait une question de principe. En aucun cas, il ne voulait se promener avec une poche urinaire comme un vieillard incontinent.

S'il devait partir, il s'en irait la tête haute, sans remords ni regrets, lavé de l'affront qu'il avait subi.

Après s'être morfondu pendant plusieurs semaines, il était passé à l'action.

Il avait parcouru le forum à la recherche d'items liés au projet qui avait germé dans sa tête. Il avait rapidement déniché des informations. Incomplètes, mais suffisantes pour croire en leur bien-fondé.

Il avait ensuite contacté le membre qui avait posté le message, un ancien taulard amateur de sujets à sensation. Prétextant qu'il s'était lancé dans la rédaction d'un roman policier, ce dernier n'avait pas hésité à lui fournir les indications complémentaires.

Dans la foulée, il s'était mis à la recherche des coordonnées du dénommé Massimo.

Il ne lui avait fallu que trois jours pour les trouver.

L'adresse mentionnée sur le faire-part de décès démontrait qu'Emily s'était installée chez sa mère à son retour de Ranco. Plus d'une fois, elle l'avait décrite comme une fervente catholique, pudibonde et à cheval sur les principes. Dès lors, il était inconcevable qu'elle ait accepté d'héberger le nouvel amant de sa fille.

Il en avait déduit que l'homme avait séjourné dans un hôtel proche de chez elle.

Il avait listé les établissements concernés et les avait visités un par un, avançant qu'il avait rencontré un ami de longue date lors des funérailles d'Éric Deguide, le 5 novembre, mais qu'il ne se souvenait que de son prénom, Massimo. L'homme était venu d'Italie pour l'occasion et était descendu dans leur hôtel. Il souhaitait reprendre contact avec lui, mais avait égaré son adresse.

Deux hôtels avaient refusé de satisfaire à sa demande pour des raisons de confidentialité. Trois n'avaient pas trouvé d'hôte prénommé Massimo à cette date.

Le sixième fut le bon.

La réceptionniste, une jeune stagiaire intimidée par son ton déterminé, lui avait remis l'information en précisant que son ami avait passé deux nuits chez eux.

L'homme s'appelait Massimo Damiani. Il habitait *via Monte Dei Nassi*, à Ispra.

Michel Lambert avait noté l'adresse et lui avait offert 30 euros pour la remercier de son aide.

27
Un reflet sur les murs

Fred attendit que la pension soit silencieuse pour sortir.

Il descendit la rue et gravit le raidillon qui menait à la maison indiquée par les gamins.

Camille jugeait le projet hasardeux et avait tenté de le décourager.

Il avait tenu bon.

— Je ne fais rien de mal, je vais juste voir à quoi ressemble cette bicoque.

Il arriva au pied de la maison sans rencontrer âme qui vive et jeta un coup d'œil à la façade. Les éclats d'un téléviseur palpitaient derrière les volets du premier étage. Il écarta l'idée de sonner chez la dénommée Teresa en évoquant un prétexte quelconque.

En revanche, il était possible de grimper le long de la glycine pour accéder à l'appartement d'Emily, pour autant qu'elle supporte son poids. La porte du balcon était fermée, mais une fenêtre était entrouverte sur la façade latérale.

Il s'accrocha aux branches, escalada le mur et parvint sans encombre au dernier étage. Il s'accroupit sur la loggia et guetta les environs.

Personne en vue. La manœuvre était passée inaperçue.

Il se releva, agrippa la gouttière et testa sa résistance. Elle émit un grincement, mais semblait bien arrimée. Il se suspendit et progressa par à-coups vers la fenêtre.

Parvenu à hauteur de l'ouverture, il resta quelques instants immobile, les jambes dans le vide.

Il était en nage, ses bras le faisaient souffrir.

S'il lâchait prise, il s'écraserait huit mètres plus bas.

Camille avait raison, l'excursion risquait de s'achever dans le drame.

Il avala une grande goulée d'air et se balança d'avant en arrière. D'un coup de reins, il parvint à poser un pied sur l'appui de fenêtre. Il attendit de recouvrer ses forces, lâcha une main et vacilla.

D'un mouvement de bascule, il parvint à agripper le battant, se jeta en avant et se recroquevilla contre la fenêtre.

À bout de souffle, il attendit que son cœur reprenne un rythme normal, poussa le vantail et fit irruption dans une salle de bains exiguë.

Il actionna la lampe de son téléphone, posa un pied avec précaution et avança à pas feutrés pour éviter de faire craquer le plancher.

Il franchit la porte et pénétra dans le salon.

Le faisceau balaya la pièce. Elle contenait peu de meubles : une table, deux chaises, une armoire, un fauteuil, un bureau. Le désordre régnait. Des vêtements pendaient aux chaises, des objets traînaient, indicateurs d'un départ précipité.

Un livre était retourné sur l'accoudoir du fauteuil, couverture apparente.

Guerre et Paix.

Il approcha du bureau.

Quelques photos étaient posées sur la tablette. Elle jeune, elle dans les bras de Deguide, lui seul, elle aux côtés d'un homme âgé, le corps décharné, les cheveux parsemés, deux autres images d'une jeune femme. Il les enregistra au moyen de son iPhone.

Il fureta dans les tiroirs, y trouva quelques paquets de cigarettes, un étui de lames de rasoir et une impressionnante collection de rouges à lèvres.

Ni ordinateur ni téléphone.

Dans l'armoire, des partitions et un amoncellement de CD voisinaient avec la vaisselle et les ustensiles de cuisine.

Il poursuivit vers la chambre quand son attention fut attirée par un reflet sur les murs. Il braqua sa lampe et étouffa un juron.

Les cloisons étaient couvertes de formules mathématiques. Additions, soustractions, divisions s'étalaient sur l'entièreté de la surface, du sol au plafond. Certaines opérations se chevauchaient dans la plus grande confusion.

Il prit à nouveau quelques photos et entra dans la chambre.

Le lit était défait, des habits éparpillés en tous sens. Il inspecta la commode et la garde-robe, mais n'y trouva que des effets vestimentaires.

Il revint sur ses pas et remarqua un feuillet glissé dans le Tolstoï. Quelques lettres griffonnées, accompagnées de chiffres. Il empocha le papier et ouvrit la porte-fenêtre du balcon. Il guetta les environs et enjamba la balustrade.

La descente fut plus aisée. Il ne croisa personne jusqu'à son arrivée à la pension.

Camille l'attendait dans la chambre, en état de grande nervosité.

— J'étais morte d'inquiétude.

— C'était ouvert. Je suis monté et j'ai fait un tour de l'appartement.

— Je m'en doutais. Qu'est-ce que tu as trouvé ?

— Cette femme est cinglée.

Il lui fit part de ce qu'il avait découvert.

— J'ai pris quelques photos.

Il connecta son téléphone et fit défiler les images. Camille parut décontenancée lorsqu'il arriva aux photos prises sur le bureau.

— Agrandis celle-là.

Il s'exécuta.

— Ça doit être sa sœur ou sa copine Danielle.

Elle posa un doigt sur l'écran.

— Ce n'est ni sa sœur ni sa copine. Cette femme est Ariane Demey, l'ex-Mme Deguide.

28

À quelques exceptions près

Zygmunt observa l'homme du coin de l'œil.

Il était convaincu de ne l'avoir jamais vu. De plus, il venait d'ouvrir et l'individu ne présentait pas l'apparence d'un client de passage.

Situé dans une rue silencieuse de Schaerbeek, son bistrot n'était fréquenté que par des habitués, à quelques exceptions près.

Les familiers arrivaient plus tard, en fin de journée, après le travail. Ils se retrouvaient pour récupérer, parler du pays et avaler quelques vodkas. Certaines étaient introuvables en Belgique, entre autres celles qu'il dissimulait sous le comptoir.

Après avoir posé son portefeuille et son téléphone en évidence sur le zinc, l'inconnu commanda une Dwor Sierakow, ce qui lui mit la puce à l'oreille.

Zygmunt le servit sans prononcer un mot.

Quelques minutes plus tard, l'homme lui en réclama une seconde sans avoir touché à la première.

Zygmunt obtempéra et attendit qu'il franchisse la troisième étape de la procédure.

Le quidam lui déclara qu'il jouait aux échecs et souhaitait se mesurer à un adversaire à sa hauteur.

Zygmunt hocha la tête et prit son téléphone.

29

Mille raisons de mentir

Alain ôta ses lunettes et les frotta avec un pan de sa chemise.

— Ton défaitisme me surprend.

Fred venait de conclure le rapport de sa visite à Ranco, l'air déconfit, déçu de ce qu'il ramenait.

Il l'avait écouté en prenant des notes à la volée. L'épisode du cambriolage l'avait amusé. Il s'était reconnu à ses débuts, quand il traquait le scoop en écoutant aux portes et en fouillant les poubelles.

Il s'était néanmoins empressé de lui rappeler que ce genre de fantaisies transgressait l'éthique de la profession.

Fred maugréa.

— Ce n'est pas avec le lot de mensonges d'Emily et le nom de son garde du corps italien qu'on va faire progresser l'enquête. Surtout que je n'ai rien trouvé sur ce Massimo Damiani.

Il remit ses lunettes.

— Je ne partage pas ton pessimisme. Ce qui te semble anodin à première vue peut se révéler déterminant. N'oublie pas que derrière chaque fait se trouve une explication, un mobile ou une motivation.

Fred parut surpris par sa réaction.

— Tu vois des indices probants dans tout ça ?

Alain se pencha en avant.

— Je vais te raconter une histoire. L'affaire se déroule en Sicile après la découverte du cadavre d'une prostituée sur une plage. Les soupçons se portent sur un type bien sous tous rapports dont on a aperçu la voiture dans les environs. Les flics se pointent chez lui, mais ne trouvent aucune trace ni empreinte digitale de la femme. Le gars se croit tiré d'affaire, mais la police scientifique repère la trace d'un moustique écrasé sur un des murs. Du minuscule échantillon de sang, ils extraient de l'ADN et le comparent avec le profil génétique de la nana assassinée. Les deux correspondent et le type est arrêté. Comme dit Montesquieu, on a beau faire, la vérité s'échappe et perce toujours les ténèbres qui l'environnent.

Fred sourit.

— Comme dit Alain Lallemand, pugnacité et ouverture d'esprit sont les mamelles du journalisme d'investigation. Je n'ai pas trouvé de traces de moustique écrasé sur les murs, mais des centaines d'opérations. Pourquoi écrit-elle sur les murs ?

Il soupira.

— Son obsession pour les chiffres me paraît plus intéressante que le fait qu'elle écrive sur les murs.

— Sa mythomanie est tout aussi bizarre. Elle ment sur son nom, ressuscite son père, se prétend fille unique, cache les véritables raisons de son arrivée et de son départ de Ranco. Pourquoi ?

— Ne confonds pas mythomanie et mensonges. Les mythomanes croient les histoires qu'ils racontent, ils ne mentent pas pour tromper, ils sont convaincus de ce qu'ils racontent, ça leur donne un grand pouvoir de persuasion. Les menteurs racontent des boniments pour dissimuler certaines choses ou semer de fausses pistes. Quand ils sont démasqués, ils inventent d'autres mensonges pour s'en sortir. Dans le cas d'Emily Danjoux, je pense qu'elle le fait de manière délibérée.

Alfredo passa à leur hauteur et adressa un signe de connivence à Fred.

Durant le week-end, l'équipe Web avait installé un gigantesque sapin de Noël au centre du plateau. En guise de décoration, ils proposaient à chaque journaliste d'y accrocher un objet de leur choix. L'initiative n'avait pas soulevé l'enthousiasme de Christophe, le rédacteur en chef. En plus des multiples garnitures d'un goût douteux, un préservatif coiffait le sommet du conifère.

Alain fit mine d'ignorer le geste d'Alfredo.

— La présence des photos de l'ex-femme de Deguide est tout aussi intrigante. Elle ne les a pas mises dans son appartement pour qu'elles soient vues par d'autres personnes.

Fred surenchérit.

— Et je ne les imagine pas amies intimes. Emily lui a piqué son mari.

— Piste à creuser, en effet.

Fred indiqua le papier qu'il avait posé sur la table. Il l'avait analysé sous toutes les facettes sans parvenir à en déchiffrer le sens.

— Et le billet dans le Tolstoï, il t'inspire ?

Alain le considéra une nouvelle fois.

L → O 5800
L → R 4600
O → R 10400

— Aucune idée, si ce n’est que la somme des deux premiers égale 10 400.

Fred haussa les sourcils.

— C’est le seul truc que j’ai trouvé. Je donne ma langue au chat. Qu’est-ce que tu proposes pour la suite ?

— Je transmets les coordonnées de ce Massimo Damiani à NSA. Ça risque de prendre plus de temps, il y en a sans doute des dizaines en Italie.

— Demande-lui de se concentrer sur la région de Varèse et dis-lui que le type doit avoir une cinquantaine d’années.

Fred se leva pour conclure l’entretien.

Il lui fit signe de se rasseoir.

— Tu penses que j’ai chômé pendant ton séjour ?

Fred reprit place, confus.

— Tu as du nouveau ?

Il attrapa un papier.

— J’ai creusé les infos de SourceSure. Deguide est effectivement allé au casino de Namur le 12 novembre 2014. C’était sa première visite. Le même jour, Gusteau y était, ce qui semble confirmer que le *lead* n’est pas bidon. Rien ne prouve qu’ils aient déjeuné ensemble ni qu’ils se soient parlé, mais le concours de circonstances serait étonnant. Le lanceur d’alerte prétend qu’Emily Danjoux sait qu’il existe un lien entre les deux affaires. J'ai appelé mon contact chez les flics, l'enquête est au point mort, ce qui signifie qu'elle n'a rien dit aux flics.

Fred joua à l'avocat du diable.

— Ou que cet informateur a inventé le dernier point.

— Dans quel but ? J'ai fait un tour des médias partenaires. Jusqu'à présent, personne n'en parle. J'en déduis qu'ils n'ont pas tenu compte de l'info ou qu'il ne l'a envoyée qu'à nous.

— Ou qu'ils cherchent à en savoir plus. Ils ont peut-être mis quelqu'un sur le coup.

Il acquiesça.

— C'est clair. À mon avis, les Français et les Suisses s'en foutent. Restent les quatre Belges.

— Autant anticiper. Nous sommes plus avancés qu'eux.

— Sauf qu'Emily refuse de nous parler. La RTBF y arrivera peut-être. Dans ce cas, ils emporteront l'affaire.

Fred secoua la tête.

— Pas question de se faire doubler.

La réaction lui plut.

— Je suis d'accord. Tu as une idée ?

Fred se pencha en avant, l'air complice.

— Prenons tout le monde de vitesse. Faisons-la venir à nous.

— Comment ?

— En parlant d'elle dans un article. Une info suffisamment factuelle pour qu'on ne puisse rien nous reprocher, mais assez provocatrice pour qu'elle ait envie de réagir.

Alain posa les coudes sur le bureau et se massa la barbe.

— L'idée me plaît, mais on marche sur des œufs. Fais-moi une proposition.

Le Soir
Rédaction en ligne
Mise en ligne le 24 décembre 2016, 8 h 17

Le meurtre d'Éric Deguide serait lié à l'affaire Didier Gusteau

Alors que l'enquête sur le meurtre d'Éric Deguide piétine, un lien apparaît entre le professeur de droit international dont le corps a été découvert le 30 octobre dernier à Embourg et Didier Gusteau, l'homme d'affaires liégeois assassiné en novembre 2014.

En effet, les hommes se trouvaient tous deux au casino de Namur en date du 12 novembre 2014. Le surlendemain, le 14 novembre, Éric Deguide disparaissait. Neuf jours plus tard, le 21 novembre, c'était au tour de Didier Gusteau de ne plus donner signe de vie.

Il est à rappeler que ce dernier avait connu de nombreux

problèmes avec la justice. Son cadavre sera découvert dans la région de Cerfontaine le 11 octobre 2015.

Dans les deux cas, leurs voitures ont été retrouvées à une distance respectable du lieu de découverte de leurs cadavres. De même, les deux hommes ont été exécutés d'une balle dans la nuque et leurs corps dissimulés dans un sous-bois.

La nature des liens entretenus par les deux hommes reste indéfinie à ce jour.

Malgré ce concours de circonstances, la piste du crime passionnel n'est pas à écarter, compte tenu de la réputation qu'avait Éric Deguide.

Frédéric Peeters

30

Le coup d'avance

— Qu'est-ce que tu fais ce soir, Fred ?

Alfredo connaissait la réponse, mais s'amusait à retourner le couteau dans la plaie.

Fred glissa une pièce dans la machine à café.

— Je vais écouter l'avant-dernière sonate de Liszt.

La cafétéria était déserte malgré la pause de midi qui approchait.

Bon nombre de journalistes avaient pris congé pour effectuer leurs derniers achats de Noël. Les autres bouclaient leurs articles avant d'en faire autant. Hormis le message du roi et la météo clémente, l'actualité immédiate autorisait un effectif réduit. Dans la soirée, une équipe assurerait une permanence jusqu'à minuit. Alfredo en faisait partie.

Ce dernier s'empara de son gobelet et y versa trois sachets de sucre.

— Moi aussi, je me réjouissais à l'idée d'aller chez mes beaux-parents. Comme je bosse, on fêtera Noël demain midi. *Pasteles* et *lechón*, le menu traditionnel de chez nous. À propos, comment s'appelle le plat *typique* que Camille nous a servi pour ton annif ?

Fred esquissa un sourire.

— Marquise de banlieue sauce rubis.

Alfredo parut interloqué.

— Qu'est-ce qu'on trouve dedans ?

Fred lui adressa un clin d'œil.

— Aucune idée.

Alfredo s'esclaffa et lui donna une tape dans le dos.

— On se marrait mieux quand tu étais au Web. Et l'affaire Deguide ? Pas de nouvelle de la nana ?

L'article, paru tôt le matin avait provoqué les quelques réactions habituelles des internautes, certains critiquant les lenteurs de la police, d'autres échafaudant des scénarios hypothétiques, les trublions profitant de l'occasion pour s'invectiver.

— Rien pour l'instant.

Fred savait qu'il s'agissait d'une course contre la montre.

Selon Alain, les enquêteurs contacteraient Emily dès qu'ils auraient pris connaissance de l'article. Même si elle niait tout en bloc, le scoop relancerait les recherches. La police s'engouffrerait dans la brèche ouverte et le coup d'avance serait perdu.

Ils grimpèrent l'escalier et se dirigèrent vers les ascenseurs.

Un petit groupe d'employés discutait avec bonne humeur devant la réception. Au même titre que la machine à café, l'accueil était l'endroit stratégique d'où partaient quantité de potins. De nombreuses personnes aimaient s'y retrouver le temps d'une pause.

L'hôtesse aperçut Fred et le héla.

— Fred, je te cherche partout. Quelqu'un t'attend.

Du menton, elle indiqua la salle d'attente.

Une femme se tenait de dos devant la baie vitrée.

Elle semblait observer les gens qui déambulaient dans la rue Royale.

Intrigué, Fred avança vers elle en agitant sa cuillère dans son gobelet.

— Madame ?

Emily Danjoux se retourna et le fixa avec froideur.

— Vous êtes Frédéric Peeters ?

Il se figea.

— Lui-même.

Elle s'approcha à grands pas et le gifla à toute volée.

ACTE III

1

Le paradis et l'enfer

Hormis mes brefs tours du bloc avec Shargi, je reste calfeutrée chez ma mère.

Je n'ai plus rien à attendre, plus rien à espérer.

Les heures défilent, les jours se suivent, les nuits paraissent sans fin. Je dialogue avec le silence, j'interroge les ténèbres. L'aube me laisse sans réponse.

J'ai jeté un drap sur le miroir de ma chambre. Je ne compte plus, les chiffres m'ont menti. Je ne lis plus, Tolstoï m'a trahie. Je ne chante plus, ma voix s'est éteinte. J'ai arrêté de me punir, le sort m'a infligé un châtiment bien pire.

Ma mère m'infantilise, elle me parle comme si j'avais 8 ans. Sa voix mielleuse et ses paroles encourageantes produisent l'effet contraire de celui attendu.

Katelyn gâtifie tout autant. Elle m'accable de conseils, je devrais sortir, prendre l'air, me balader, aller au cinéma, voir des amis.

Quels amis ?

Mon téléphone reste muet. Les rares fois où il se manifeste, j'ignore l'appel. Je n'ai ni le courage de parler ni l'envie d'écouter.

Mes dernières réserves d'énergie sont épuisées. Je

me déteste dans cet état, mais je ne sais comment en sortir. Seule la venue de Dany me rappelle que j'ai eu un passé. Elle ne me pose pas de question, s'assied auprès de moi, glisse ses mains dans les miennes, me raconte ses dernières aventures. Certains jours, elle parvient à m'arracher un sourire.

Je lui ai demandé de prendre contact avec Teresa. J'aimerais qu'elle jette les affaires restées là-bas et remette l'appartement en état. Je ne retournerai pas chez elle. Le paradis et l'enfer se sont rejoints à Ranco.

Massimo m'envoie des lettres à intervalles réguliers.

À son tour, il éprouve le besoin de se confier. Certains secrets finissent par être trop lourds pour être portés dans la solitude. Je parcours ses mots sans savoir que répondre.

Ce matin, ma mère a sorti son sapin du placard, un squelette en plastique prêt à l'emploi. Elle l'a déplié et posé près de la fenêtre, fière de l'apparence de fête qu'elle pensait donner au salon.

Je n'ai vécu qu'un Noël à tes côtés.

Tu m'avais annoncé que nous irions au restaurant.

J'ai passé la robe noire que tu aimais tant et je t'ai attendu. Tu es arrivé, tu m'as demandé de mettre une pizza dans le four et de me dépêcher. J'étais perdue. Tu m'as tendu une enveloppe. Elle contenait deux places pour *Hamlet*, l'opéra d'Ambroise Thomas, à La Monnaie.

J'ai versé des larmes pendant le duo d'amour entre Ophélie et Hamlet, vibré lors de l'arioso de Gertrude, retenu mon souffle tout au long de la vertigineuse scène de folie.

Tu étais fatigué, j'ai dû te réveiller à la fin du spectacle.

Shargi relève la tête, effrayée par le grésillement de la sonnette.

Ma mère me hèle de loin.

— Emily, c'est pour toi.

Je n'attends personne.

Comment peut-elle accepter une visite sans me demander mon avis ?

Dany fait son apparition dans le salon. Ce n'est ni son jour ni son heure habituelle. Elle s'approche, m'embrasse avec tendresse.

— Comment te sens-tu ?

— Comme tu vois, je pète le feu.

Elle passe une main dans mes cheveux.

— Je dois te parler.

Elle s'assied, allume sa tablette.

— On cite Éric dans *Le Soir* de ce matin. Écoute, c'est très court.

Elle parcourt l'article d'une voix posée.

Des images apparaissent, se superposent. Ma mère se tient debout derrière elle. Toutes deux guettent ma réaction. Peu à peu, mon cerveau déchiffre le rébus, structure une information cohérente.

Une sensation de fourmillement s'éveille dans mon ventre.

Dany temporise.

— J'ai préféré te l'annoncer moi-même. Ne fais pas attention à ce qu'il raconte, ce n'est qu'un connard de journaliste impatient de vendre sa soupe.

Je ferme les yeux, inspire, expire.

Je me lève.

— Tu peux me conduire au *Soir* ?

Rome, le 23 décembre 2016

Emily,

En cette veille de Noël, je vous espère apaisée auprès des vôtres.

Je sais de ce jour le souvenir que vous portez dans votre cœur. Gardez-le vivace au fond de vous. Il est des moments de bonheur dont les racines survivent aux blessures du temps.

Hier, j'ai quitté Ispra pour me rendre à Rome. Comme chaque année, j'y rencontre Gioacchino Vella. Il a aujourd'hui 89 ans et décline lentement. Durant mon petit séminaire, je l'avais choisi pour directeur de conscience. Depuis, nous avons conservé des liens de cordialité et de respect mutuel.

Notre fraternité a résisté à la peine qui m'a été infligée. Il reste le dernier point d'attache de mes années passées à Feltre.

J'ai connu en ces lieux joie et plénitude, même si, avec le recul et mon exclusion de la communauté, j'en perçois à présent davantage les contradictions que les bénéfices.

Feltre est un univers clos, un microcosme hors du temps et de l'espace. Mon horizon s'arrêtait aux murs d'enceinte et au réfectoire d'une part, au parloir et à la chapelle de l'autre. Mis à part les promenades, en rangs de trois bien ordonnés, nous n'avions aucun contact avec le monde extérieur.

Les visites de mon père et de mon frère se devaient brèves et sporadiques. Au même titre que toute personne étrangère, ils ne pouvaient circuler dans les couloirs ou traverser la cour intérieure.

Malgré cet isolement et les prescriptions religieuses, je me suis rapidement senti différent, autre, élu parmi les élus, protégé de la civilisation imparfaite. Les dates, les heures et les événements m'importaient peu. Les mois s'écoulaient, bercés par les cycles de la nature et le rythme des célébrations.

Je me levais dès cinq heures. Notre réveil était ponctué par l'évocation du Benedicamus Domino. Après ma toilette, je me dirigeais vers la chapelle pour assister à la messe matinale.

Mes journées étaient consacrées à la prière, aux lectures spirituelles, à la méditation et aux études.

Les repas étaient précédés de quelques passages du Nouveau Testament. Le silence était de rigueur. Je devais couvrir le bruit de mes couverts. S'il me restait quelques restes de nourriture, je devais les emporter, les ranger dans mon tiroir et les reprendre à la prochaine collation.

L'inculcation de l'habitus sacerdotal comprenait

l'apprentissage des convenances, des bonnes manières, du maintien et de la propreté. Je devais être apte à accueillir à ma table les plus hautes personnalités ecclésiastiques.

Le métier de prêtre exigeait la connaissance des rites et de leur application, mais aussi une façon stricte de se comporter.

De l'apparence vestimentaire aux gestes quotidiens, je devais me fondre dans l'anonymat. La tonte des cheveux était requise, tout comme l'absence de signes distinctifs et d'objets personnels. Toute marque d'individualité était sanctionnée. L'exigence allait jusqu'au sourire que je ne pouvais réserver qu'à de rares occasions, et toujours de manière contenue. La parole n'était autorisée qu'après demande, en adoptant une modulation de voix conforme à la bienséance.

L'apprentissage du port de la soutane vous aurait amusée. Pour ne pas entraver la marche, il fallait la lancer en avant par un mouvement fluide du genou tout en occupant ses mains avec sobriété.

Jour après jour, j'ai acquis les automatismes enseignés.

Nous récitions en chœur, nous nous baissions, nous levions et courbions la tête de concert pour respecter la consigne édictée : « Soit que vous mangiez, soit que vous buviez, quoi que vous fassiez, faites-le à la gloire de Dieu. »

Il me faut à présent aborder un sujet délicat. L'occulter vous empêcherait de saisir les étapes de mon cheminement.

La sexualité ne faisait pas l'objet d'exposés spécifiques. Il appartenait aux directeurs de conscience de convaincre les séminaristes que tout plaisir charnel était proscrit.

Par nos discussions informelles, Gioacchino m'a amené

à m'imposer la privation de tout attouchement intime. En tant que directeur de conscience, il était de son devoir de surprendre ceux qui s'y adonnaient en vue de les écarter. Il nous fallait varier nos fréquentations pour éviter qu'elles ne dégénèrent en amitié particulière. De même, un trop grand attachement à la mère conduisait à la féminisation et s'en trouvait mal perçu.

La virilité du prêtre ne pouvait s'affirmer que par une activité sportive. Malgré sa vocation offensive, la pratique de l'escrime était admise par le clergé. Je pus poursuivre mon entraînement, à raison d'une séance par semaine, seul dans le parloir, à croiser le fer avec mon ombre.

Comme le firent d'autres, j'aurais pu me rebeller contre ce culte chargé d'absurdités, mais l'aura religieuse dans laquelle je me sentais enveloppé me permettait d'accepter ce mode de vie, ces impositions strictes, ainsi que les punitions et les mesures disciplinaires qui sanctionnaient les actes d'insoumission.

J'étais brillant, tant dans la matière académique que dans l'enseignement théologique. J'aurais pu prétendre à de grandes ambitions si je ne souffrais d'un manque d'empathie.

L'amour du prochain tant prôné me faisait défaut. J'ai assisté à l'agonie d'un de mes condisciples, frappé d'un mal incurable. Je suis resté éloigné de lui, le cœur fermé, le corps sans âme.

Traumatisé par la disparition de ma mère, je demeurais fidèle au concept de saint Augustin et au non-attachement aux créatures mortelles. Cette distance affective hypothéquerait mon futur sans que j'en sois conscient.

Les fêtes de Pâques et de Noël étaient célébrées au

séminaire et l'année scolaire se terminait après la Pentecôte par la retraite de persévérance.

Je ne quittais Feltre que pour les vacances d'été. À ces occasions, il nous fallait éviter les contacts avec la gent féminine. Il nous était recommandé de ne pas participer aux mariages ni aux repas de fêtes et de se réunir avec les prêtres de la paroisse.

En été, je retrouvais mon père, mon frère, la douceur de la maison familiale, l'atmosphère de mon enfance et mon maître d'armes. Mon père voyait en ma vocation un gage de respectabilité. Il la brandissait comme d'autres martèlent un slogan publicitaire, jugeant que l'appel de Dieu conférait à son entreprise un avantage déterminant.

Je me sentais porteur d'une fierté usurpée et avais hâte de repartir.

Mes années au petit séminaire m'ont appris l'effacement, l'humilité, la solitude intérieure et le contrôle de soi.

J'ai chéri la quiétude de cette vie endormie, loin du fracas et des luttes incessantes.

À présent, je rapproche cette initiation à un processus de déshumanisation.

J'ai quitté Feltre adolescent. J'y étais entré par dépit et y avais grandi sans amour. J'en suis sorti neutralisé sexuellement et dénué de tout sentimentalisme.

Je n'ai découvert que des années plus tard que la vie offrait de plus larges perspectives.

Je vous en parlerai prochainement.

Je vous souhaite de joyeuses fêtes.

Massimo

2

Détruire un préjugé

Fred et Camille arrivèrent avec une demi-heure de retard chez les parents, les bras chargés de cadeaux, d'une bouteille de bordeaux et d'un bouquet de fleurs, l'ensemble acheté en fin d'après-midi.

L'accueil qu'ils réservèrent à Fred fut à peine plus cordial que lors de sa première visite.

Si sa mère consentit un effort en l'embrassant du bout des lèvres, son père se contenta de lui adresser un signe de la main sans lever le derrière.

Pour éviter un revers de dernière minute, Camille avait omis d'informer Fred que ses grands-parents paternels seraient également de la partie. Il aurait saisi ce prétexte pour décliner l'invitation.

Fred découvrit un couple de robustes septuagénaires, lui en bretelles et nœud papillon, elle en triple menton et lunettes en écaille.

Aux coups d'œil fuyants qu'ils lui lancèrent, il comprit qu'ils avaient reçu pour mission de l'évaluer dans le but de conforter la mauvaise opinion que leur fils s'était forgée de lui.

Il les salua de la tête et s'assit dans le fauteuil le plus éloigné.

L'air renfrogné, il parcourut du regard les traditionnelles marques d'opulence de la famille bourgeoise, le sapin illuminé, les canapés luxueux, le tapis immaculé, le feu ouvert. Tout ce qu'il exécrait.

Camille s'installa à côté de lui et posa une main sur sa jambe, geste aussitôt détecté par les grands-parents.

La conversation tournait autour des changements climatiques. De mémoire, ils n'avaient jamais connu un Noël aussi doux. Selon eux, la situation était dramatique. Le père embraya sur la politique laxiste de Trump en la matière, l'accusant d'un protectionnisme archaïque.

Camille donna un coup de coude discret dans les côtes de Fred pour l'inciter à prendre part à la discussion. Pour tout retour, il grimaça un sourire.

Ce dîner contre son gré n'était pas le seul objet de sa contrariété. Il n'avait pas digéré le camouflet qu'il avait essuyé en fin de matinée lors de sa brève altercation avec Emily Danjoux.

La gifle avait été cuisante, la blessure d'orgueil et la désillusion tout autant.

Contre toute attente, Alain avait estimé que cette visite impromptue marquait un progrès dans l'avancée de l'enquête.

— Elle aurait pu ne pas tenir compte de l'article, répondre par un silence méprisant, avertir son avocat, téléphoner ou envoyer un message pour démentir. Rien de tout ça. Elle est venue jusqu'au journal pour te balancer sa main dans la figure. C'est positif, Fred, le contact est noué.

— Et aussitôt rompu. Cela dit, compte tenu de la durée de notre échange, je ne sais pas si c'est le lien supposé entre Deguide et Gusteau ou la réputation douteuse de Deguide qui l'a poussée à venir.

— Il te reste à lui poser la question. Vous vous connaissez maintenant.

Fred l'avait dévisagé en se demandant s'il plaisantait ou s'il était sérieux.

La mère de Camille revint de la cuisine avec une assiette de zakouski. Elle fit le tour des hôtes. Arrivée à hauteur de Fred, elle tenta de détendre l'atmosphère.

— Nous avons pris une coupe de champagne en vous attendant, je vous en sers une ?

Fred hésita.

Il ne se sentait pas à sa place dans cette maison. Tout sonnait faux. L'entrain de la mère, le sourire crispé du père, les regards bienveillants des aïeux, la symphonie en fond sonore. Il détestait l'hypocrisie, la condescendance, les silences complices et la musique classique.

Le père surenchérit, l'air goguenard.

— Vous préférez un Coca light ? C'est la boisson de prédilection du geek, paraît-il.

Était-il censé s'amuser de ce sarcasme ? Devait-il supporter sans broncher la morgue de cet homme dont il n'aimait ni le ton ni la suffisance ?

Les parents de Camille l'avaient condamné avant même de le connaître. Rien n'est plus difficile que de détruire un préjugé. Dorénavant, le moindre mot, le moindre geste serait retenu contre lui.

En son temps, il avait envoyé balader son père et s'en était félicité. La servilité et la soumission ne faisaient pas partie de son mode d'emploi.

Il se leva.

— Ni champagne ni Coca light.

Il se dirigea vers la sortie sous le regard médusé de Camille.

Arrivé à la porte, il fit volte-face.

— Passez une bonne soirée, vous ne me verrez plus jamais dans cette maison.

3

Le temps d'en savoir plus

Les muscles tendus, la bouche sèche, Michel Lambert gara sa voiture le long du trottoir.

Il chaussa ses lunettes et parcourut avec fébrilité le message d'Emily. Il l'avait survolé alors qu'il patientait devant un feu rouge, mais n'en avait saisi qu'une partie.

Bonjour Michel,

Je refais lentement surface. Je suis navrée de ne pas t'avoir donné de nouvelles plus rapidement, mais je n'en avais pas le courage.

Je compte rester à Bruxelles. En attendant de récupérer mon appartement, j'habite chez ma mère. Je fêterai Noël avec elle et ma sœur ce soir.

Le Soir *a établi un lien entre Éric et Didier Gusteau. Je te fais confiance, je sais que ça ne peut pas venir de toi.*

Tu es le seul ami qu'il me reste avec le prêtre que j'ai rencontré à Ranco. Nous reparlerons de tout cela quand je me sentirai prête.

Je te souhaite de bonnes fêtes.

Je t'embrasse.

Le cerveau engourdi, il relut plusieurs fois le message sans savoir qu'en penser.

Pourquoi prenait-elle soudain contact avec lui ? La veille de Noël en plus.

Il n'avait pas vu d'article dans *Le Soir.* Était-ce un nouveau mensonge ? Le prêtre rencontré à Ranco ? Massimo Damiani ? S'était-il trompé à ce point ?

Le seul ami qu'il me reste.

Un doute s'insinua dans son esprit.

Se pouvait-il qu'elle soit sincère ? Ce Massimo n'était-il qu'un vulgaire curé ? Cela expliquerait sa présence aux funérailles et justifierait le fait qu'elle ait osé s'afficher à ses côtés devant la dépouille de son ex-compagnon.

Le seul ami qu'il me reste.

Elle habitait chez sa mère. Si elle disait la vérité, cela signifiait qu'elle ne l'avait pas rejoint à Ranco et qu'il n'était pas son amant.

Une douleur apparut dans son bras.

Peut-être n'était-il pas trop tard ?

L'homme l'avait prévenu qu'il lui faudrait une quinzaine de jours pour préparer la mission, quelques jours de plus pour la mener à bien.

Il devait suspendre l'opération, au moins le temps d'en savoir plus.

Il consulta sa montre. Sa dialyse attendrait. La séance était planifiée à 16 heures, il avait déjà près d'une heure de retard.

Il fit demi-tour et faillit emboutir un camion. Il négligea les appels d'avertisseur, appuya sur l'accélérateur et s'élança sur le boulevard.

Le seul ami qu'il me reste.

Il brûla un feu rouge, évita de justesse un bus roulant en sens inverse. Ses mains tremblaient, sa chemise était trempée.

Tout arrêter.

Peut-on enrayer une telle mécanique ? Il arriva à hauteur du bistrot, abandonna sa voiture en double file et se rua vers l'entrée.

Un vertige le prit. Les élancements s'intensifièrent dans son bras. Il traversa en titubant, jura. Il avait laissé son portefeuille sur le siège passager.

Il s'apprêtait à retourner sur ses pas quand une douleur fulgurante lui transperça les poumons.

Tout arrêter.

Le sol se déroba sous ses pieds. Il tenta d'attraper son téléphone, en vain.

Un piéton courut vers lui, affolé.

Les genoux à terre, il croisa les mains sur sa poitrine. Son cœur se déchirait en deux. Il ouvrit la bouche pour crier. Seul un râle s'échappa de ses lèvres.

Il eut un hoquet, observa le père Noël gonflable accroché sur la façade et s'effondra.

4

Le goût du café

Ma mère ajuste son chapeau devant le miroir.

— J'y vais, Emily. Tu es sûre que tu ne veux pas venir avec moi ?

— Certaine.

Je n'ai jamais compris pourquoi elle déployait tant de coquetterie pour assister à la messe. Personne ne la voit dans le jubé, perdue au milieu de sa chorale.

— Fais attention aux courants d'air si tu sors, il y a du vent.

— Promis.

Elle jette un dernier coup d'œil à sa tenue, attrape un parapluie et referme la porte derrière elle.

Je pousse un soupir de soulagement.

La maison me paraît soudain plus accueillante. L'interminable veillée de Noël, le repas indigeste et le discours lénifiant de Katelyn ont eu raison de ma patience. Je dois m'en aller d'ici au plus tôt, quitte à louer un meublé dans une commune éloignée.

Shargi se lève, secoue la tête et se met à gémir.

— J'ai compris, je finis mon petit déjeuner et on va se promener.

Ce matin, j'ai retrouvé le goût du café.

Est-ce la conséquence des événements récents ou un signe de ma résurrection ? Si tel est le cas, je ne saurais à qui en rendre grâce, des astres, des chiffres ou du trop-plein d'adrénaline.

Depuis ma visite au *Soir*, mon bouillonnement intérieur ne faiblit pas.

J'ai repensé à l'énergie inépuisable d'Éric. Il lui arrivait de vociférer quand une dépêche allait à l'encontre de ses convictions. Il déchirait le journal, s'époumonait devant la télé, éteignait la radio, me prenait à témoin et partait au combat. La meilleure défense est l'attaque, je m'en rends compte à présent.

Cette gifle a agi comme un électrochoc. Désormais, ma colère supplante mon abattement.

Dany a assisté à la scène, garée devant *Le Soir*. Quand je suis sortie, elle m'a ouvert la portière, le visage rayonnant.

— Génial, je retrouve mon Emily. Ce connard a eu ce qu'il méritait.

Elle a démarré en trombe.

Je tremblais de tous mes membres. J'avais envie de m'arracher les cheveux, de pleurer, de hurler, de tuer deux cents personnes. J'ai inspiré, expiré pour apaiser les battements de mon cœur.

Après avoir repris un semblant de calme, je me suis libérée de mon fardeau.

— Il a raison, Dany, les deux affaires sont liées.

Son visage s'est fermé.

— Raconte.

Ma voix chevrotait.

— Une femme m'a transmis des informations. Je lui ai promis de ne rien dire à la police pour ne pas la mettre dans l'embarras. Je n'aurais pas dû, ça va me retomber dessus. Les flics commençaient à me lâcher. Maintenant, ils vont revenir et me bombarder de questions.

Je lui ai retracé l'histoire, ma relation avec Michel, le forum, mes échanges avec Axelle, le casino, son face-à-face avec Éric le jour de sa disparition.

Elle m'écoutait tout en conduisant, l'air grave.

À la fin de mon récit, elle a tenté de me rassurer.

— Rien ne dit que c'est cette nana qui a communiqué l'info. Ce journaliste l'a sans doute appris par un autre canal. On peut imaginer qu'il y avait du monde dans ce casino le jour où ils se sont rencontrés. Un des clients s'est probablement souvenu de les avoir vus, et voilà. Tu ne risques rien.

Elle avait raison. Si Axelle avait parlé, l'article aurait mentionné la présence d'Éric à Barchon.

Cette visite au *Soir* aurait dû m'épuiser, j'en suis ressortie ragaillardie.

— Fais demi-tour, Dany. Je n'ai pas envie de rentrer chez ma mère. Je vais déjà me la coltiner toute la soirée, frangine incluse.

Elle a souri.

— On se fait un italien, comme au bon vieux temps ? *Pasta* maison, chianti, sabayon ?

Je grelottais.

— Tu as oublié l'*Asti spumante.*

— Banco !

Elle m'a amenée à l'Osteria Bolognese, un resto sympa à Ixelles, tenu par le clan familial. L'ambiance était à la fête. J'ai bu quelques verres en continuant mon récit. Un véritable exorcisme. Je passais sans cesse du rire aux larmes.

Je me sentais fragile et vulnérable, mais je revivais.

Nous sommes sorties à 15 heures. Elle s'est arrêtée au milieu du trottoir et m'a dévisagée, les yeux brillants.

— Cosmétique ?

Je chancelais.

— Dans notre état, on a toutes les chances de se faire pincer.

Elle a haussé les épaules.

— C'est Noël, les magasins sont bondés.

Elle touchait ma corde sensible. De plus, je devais profiter de ce bref moment d'euphorie. La chute ne tarderait pas et serait pire qu'une mauvaise descente de LSD.

— OK !

En titubant, nous sommes allées au Galeria Inno de l'avenue Louise pour chaparder des rouges à lèvres. Méthode éprouvée. D'une main, on hèle la vendeuse, de l'autre, on dissimule le bâton dans sa manche, ni vu ni connu. J'ai toujours été attirée par cet objet, son contact et sa forme suggestive. J'aime en faire jaillir l'extrémité, la glisser sur mes lèvres, en tester le goût de la pointe de ma langue.

Je suis rentrée chez ma mère vers 17 heures. La table était dressée, le sapin illuminé.

J'étais survoltée, chargée d'énergie combative. Il me fallait un but pour alimenter ma colère.

Pour dissiper tout doute, j'ai téléphoné à Axelle. Je l'ai sentie mal à l'aise. Elle m'a assuré n'avoir rien dit et a abrégé la communication.

Dans la foulée, j'ai envoyé un message à Michel.

Il ne m'a plus donné de nouvelles depuis début novembre, comme si la mort d'Éric avait mis fin à son rôle de bon samaritain. Un après-midi, j'ai tenté de le joindre, mais il n'a pas pris mon appel.

Mon cerveau tournait à plein régime. Un objectif jusqu'alors éclipsé émergeait au grand jour. Je voulais savoir qui avait tué Éric, et pour quelle raison.

Je me suis assise dans le salon et me suis servi un verre de vin. Le sapin clignotait. Des chants de Noël se mêlaient aux ronflements de Shargi. Une odeur d'oignon rôti s'échappait de la cuisine.

Je retrouvais mes sens. Ce qui me semblait confus m'apparaissait avec une acuité renouvelée. En mon for intérieur, je pressentais qu'une bataille acharnée se profilait.

À mon tour, j'allais partir au combat.

À 19 heures, j'ai reçu un appel de Sandrine Lambert. D'une voix neutre, elle m'a annoncé que son père était décédé dans l'après-midi.

5

Modus operandi

Comme chaque lundi, Alain attendait Fred pour la réunion hebdomadaire.

Comme chaque lundi, Fred était en retard.

À 8 h 15, il le vit traverser le plateau sans faire de crochet chez ses anciens collègues.

— Bonjour, Alain.

Il le dévisagea en nettoyant ses lunettes.

— Bonjour, Fred. Bien dormi ?

— Non.

Fred était d'humeur massacrante.

Le Noël qu'il venait de vivre était le pire de sa vie.

Après avoir claqué la porte de la maison familiale de Camille, il s'était fait arrêter par la police pour un contrôle d'alcoolémie. Encore sous le coup de la colère, il s'en était pris aux agents.

Face à son attitude, ceux-ci avaient procédé à une inspection minutieuse de son véhicule et l'avaient immobilisé pour défaut d'assurance, la date d'échéance étant dépassée de deux mois. En outre, il n'avait ni sa carte d'identité ni son permis de conduire.

La rage au ventre, il avait été emmené au poste

d'où il était ressorti deux heures plus tard avec une amende majorée pour incivilités et outrages à agent.

Alain fit le tour des enquêtes en cours et termina par l'affaire Deguide. Il fit un récapitulatif du dossier avant de s'adresser à Fred.

— La suite ?

À court d'idées, Fred improvisa.

— Je vais fouiller dans le passé de Gusteau pour trouver ce qui aurait pu le relier à Deguide.

— Bonne suggestion. Emily Danjoux ?

— Je compte reprendre contact avec elle.

— Parfait.

Fred avait lancé cette proposition sans la moindre inspiration. Il ne voyait pas de quelle manière s'y prendre pour aborder cette furie.

Alain attrapa une feuille de papier.

— Udo Gruber.

Il laissa la donnée en suspens.

Fred n'était pas d'humeur à jouer aux devinettes. Les affres du week-end tournaient en boucle dans sa tête.

Alfredo était venu le chercher au poste de police après son service et l'avait ramené chez lui vers une heure du matin.

Camille était rentrée.

Elle l'attendait, assise dans l'obscurité.

— N'allume pas.

Elle s'était levée et s'était réfugiée dans ses bras.

— Inutile de te dire que ça a chauffé.

Il l'avait serrée contre sa poitrine.

— Je suis désolé.

Elle avait passé une main dans ses cheveux.

— N'en parlons plus. Je ne veux plus être prise entre deux feux. J'irai les voir sans toi, point.

Ils avaient évité de revenir sur le sujet, mais un froid s'était installé entre eux.

Le lendemain soir, il avait crevé l'abcès.

— Je ne suis sans doute pas l'homme qu'il te faut. Je ne sais pas comment tu arrives à me supporter. Je comprendrais que tu aies envie de t'en aller.

Il réagissait comme un gamin pris en faute et en était conscient.

Les yeux embués, Camille l'avait apaisé.

— J'ai tout quitté pour toi. Tu crois que je vais abandonner parce que tu oublies tes affaires et que mes parents n'aiment pas ton look ? Ils font partie de mon passé.

Malgré cette mise au point, il n'avait pas dormi de la nuit.

Il soupira.

— Je ne connais pas Udo Gruber. Qu'est-ce qu'il fait dans le parcours ?

Alain haussa un sourcil.

— Tout ou rien. Je te laisse juge.

— Je t'écoute.

Il se frotta les mains.

— Udo Gruber est un journaliste d'investigation allemand. Il bossait au *Frankfurter Allgemeine*. En mars 2014, il a reçu un appel d'un lanceur d'alerte anonyme. Le gars prétendait détenir des informations et lui a donné rendez-vous dans la banlieue de Francfort. Gruber y est allé. Deux hommes l'attendaient. Ils lui ont tiré une balle dans la nuque avant de balancer son corps dans un bois.

Fred sortit de sa torpeur.

— Non ? Même *modus operandi* que pour Deguide et Gusteau.

— Exactement. Sauf que, premier miracle, Gruber a été retrouvé le lendemain matin par un garde-chasse. Deuxième miracle, il a survécu.

— D'une balle dans la tête ?

— Ce n'est pas le premier. Contrairement aux idées reçues, on n'en meurt pas *ipso facto*, en tout cas pas tout de suite. En Russie, un papy vit depuis quatre-vingts ans avec une balle logée près du bulbe rachidien.

— Continue.

— Le gars est aujourd'hui tétraplégique, mais après quelques semaines aux soins intensifs, il est sorti du coma et a pu témoigner. Pour s'assurer qu'il était seul, l'informateur lui a demandé de respecter une procédure. Première étape, garer sa voiture à un endroit indiqué en laissant les clés sur le contact. Quelques heures plus tard, en récupérer une autre au même emplacement et allumer le portable planqué dans la boîte à gants.

Cette fois, Fred était bien réveillé.

— Après ?

— Il a reçu des instructions successives. Éteindre son portable. Enlever la carte. Se rendre dans un parking. Balancer son téléphone dans une poubelle. Aller dans le coffre. Prendre les vêtements. Se rhabiller de la tête aux pieds. Jeter ses fringues dans une autre poubelle. Selon lui, les mecs surveillaient les opérations de loin. Après s'être plié à toutes les exigences, ils lui ont communiqué le lieu du rendez-vous où les tueurs ont terminé le job.

— Merde ! Je suppose qu'on a retrouvé sa bagnole à cinquante kilomètres de là.

— Bien vu. Comme pour Deguide, sur le parking de l'aéroport de Francfort, pour laisser penser qu'il avait pris un avion.

Fred s'exclama.

— Bien joué, chef. Il bossait sur quoi, Gruber ?

— Il menait plusieurs enquêtes de front. Les liens de Poutine avec la mafia russe, le laxisme européen en matière d'exportation d'armes, la montée de l'extrême droite allemande.

— Trois bonnes raisons de le faire taire.

Alain n'avait pas terminé sa démonstration.

Il s'empara d'une enveloppe, en sortit quelques photos et les étala sur la table.

— Les photos du corps de Deguide.

Fred jeta un coup d'œil aux clichés.

Il ne vit qu'un amas de vieux vêtements abandonné au pied d'un arbre.

— Le moins qu'on puisse dire est qu'il n'en reste pas grand-chose.

Alain dirigea ses lunettes vers la lampe, en vérifia la propreté et ôta une minuscule tache sur l'un des verres.

— Pas grand-chose sans doute, mais assez pour constater qu'il ne porte pas le jeans bleu, les bottines brunes et la veste bleu marine mentionnés dans l'avis de disparition.

6

Paraître sous un meilleur jour

— Emily, c'est pour toi.

Avant que je réagisse, Guido apparaît dans le salon.

— Bonjour, mademoiselle Danjoux. Pardonnez-moi de vous déranger, je passais dans le quartier. J'aurais quelques questions à vous poser.

Il n'a pas perdu de temps. Encore heureux qu'il n'ait pas débarqué le soir de Noël.

— Vous auriez dû m'appeler, j'allais sortir mon chien.

Il avance et me tend une main moite.

— Rassurez-vous, je n'en ai que pour quelques minutes.

Shargi ouvre un œil et pousse un grognement.

Je la calme d'une caresse.

Guido est le flic qui dirige l'enquête. J'ai sa carte quelque part dans le fond de mon sac, mais je n'ai jamais réussi à mémoriser son nom de famille. Guido Van de Je-ne-sais-quoi.

C'est sa quatrième visite depuis début novembre, la première sans m'informer au préalable. Qui plus est, en invoquant un prétexte fumeux et en emmenant une collègue.

Je fais l'effort de sourire.

— Vous êtes trempé. Même si vous ne restez que quelques minutes, je vous conseille de vous débarrasser.

— Merci.

Je l'observe à la dérobée.

Il ne paie pas de mine avec son manteau élimé, son écharpe écossaise et sa sempiternelle goutte au nez. À chaque rencontre, il s'entête à me poser les mêmes questions. Quant aux miennes, il y répond par d'autres questions ou se contente de déclarer que l'enquête suit son cours.

Sa consœur se présente, Barbara Potier, enquêtrice au SER. La quarantaine assoupie, une voix de baryton, le physique d'une lanceuse de poids.

Je leur indique les fauteuils.

— Asseyez-vous. Café ? Il en reste.

La femme s'apprête à ouvrir la bouche.

Guido prend les devants pour montrer qu'il est le boss.

— Avec plaisir.

Ma mère a anticipé. Elle apporte la cafetière et deux tasses avant de se retirer.

Guido se sert et esquisse une moue satisfaite.

— Vous paraissez en forme.

Son premier mot encourageant à mon égard depuis novembre. Mon renouveau serait-il perceptible ?

— Je remonte lentement la pente.

Il ajoute un sucre et prend l'air soucieux.

— Vous avez lu l'article dans *Le Soir* ?

— J'ai vu ça, en effet.

La subalterne sort un cahier et le pose sur ses genoux.

À la manière dont elle m'ausculte, je la suspecte d'être profileuse, morphopsychologue ou quelque chose du genre.

Il avale une gorgée avant de poursuivre.

— Nous avons été surpris de découvrir une information de cette importance dans un quotidien. M. Deguide connaissait M. Gusteau?

— Éric connaissait beaucoup de monde. En tout cas, il ne m'a jamais parlé de lui.

— Selon l'article en question, vous étiez au courant qu'ils entretenaient des rapports. Est-ce exact?

Potier guette les traits de mon visage, mes gestes, les inflexions de ma voix. Peine perdue. Je sais ce qu'il faut faire. Ne pas se racler la gorge. Ne pas regarder vers le bas ou sur les côtés. Ne pas croiser les bras. Ne pas se frotter le nez, les yeux ou la nuque. Contrôler la position de ses pieds.

— Ce journaliste raconte n'importe quoi.

Ma réponse ne le satisfait pas.

Il change d'angle d'attaque.

— Avez-vous entendu ou lu le nom de Didier Gusteau entre le moment de la disparition de M. Deguide et la découverte de son corps?

Je cherche une échappatoire. Je ne veux pas trahir la promesse faite à Axelle ni me rendre coupable d'entraver l'enquête.

— Michel Lambert l'a cité, en effet.

Il pose sa tasse et hausse les sourcils.

— Michel Lambert? Vous n'avez jamais évoqué ce monsieur. Qui est-ce?

— Un webmaster, j'étais en contact avec lui. Malheureusement, il est décédé avant-hier, le soir de Noël. Un arrêt de cœur. Il était malade depuis longtemps.

Dans la foulée, je lui relate notre rencontre virtuelle, lui parle de son blog, de ses recherches et de nos appels sporadiques.

Je précise qu'il a vaguement évoqué un lien hypothétique entre Éric et Gusteau après un message posté en juillet sur son forum. Je passe sous silence l'épisode de Barchon. En toute logique, j'aurais dû prendre contact avec la police si j'avais eu cette dernière info.

Ce n'est pas la seule raison de ma réticence.

Depuis le début, je le perçois comme un fonctionnaire soucieux de respecter les procédures pour présenter un dossier impeccable et justifier son salaire. Le sort d'Éric lui importe peu. Ce n'est pas lui qui va mouiller sa chemise pour découvrir la vérité.

— De qui venait ce message et que contenait-il?

— Je n'en ai aucune idée. Michel Lambert ne m'en a touché que quelques mots, au téléphone, quand j'étais en Italie.

— Bien, dans ce cas, j'irai voir sur le site.

— Vous ne le trouverez pas. Il m'a dit qu'il l'avait effacé.

Il manifeste sa surprise.

— Il l'a effacé? Pourquoi?

— Son forum est rempli de fêlés et de paranos. Il a cru à un canular. Il passait ses journées à supprimer des commentaires intempestifs.

— Pourquoi vous en a-t-il parlé si c'était un canular?

— Par acquit de conscience, je suppose.

— Quand bien même, pourquoi n'avez-vous pas informé la Cellule des personnes disparues?

— Le message n'était pas fiable, l'émetteur inconnu. Avez-vous vérifié ce qu'annonce cet article?

Il fait mine de ne pas avoir entendu ma question.

— Pourquoi ne m'en avez-vous pas parlé lors d'une de nos rencontres ?

Je soupire.

— Comme vous le savez, j'ai été fort bousculée. Je commence seulement à refaire surface. Pour moi, cette piste n'était pas sérieuse. J'ai préféré ne pas en tenir compte. Pour tout dire, Michel Lambert était perturbé. À force de traquer les trolls sur son forum, il doutait de tout et voyait des complots partout. Il suffit de faire un tour sur son blog pour s'en convaincre.

Je ne suis pas fière de moi, mais de ce point de vue, sa mort m'arrange.

J'appréciais nos échanges, mais j'évitais les tête-à-tête.

Son contact me déplaisait. Je n'aimais pas sa façon de me regarder avec ses yeux de cocker et sa manière de me déshabiller du regard en louchant sur mes seins.

L'annonce de son décès m'a affectée. Il a été l'un des premiers à me prendre au sérieux et à me soutenir. Malgré ça, je ne me suis pas effondrée en apprenant la nouvelle. Peut-être était-ce à cause du ton détaché de sa fille.

— M. Deguide vous a-t-il déclaré qu'il était allé au casino de Namur quelques jours avant sa disparition ?

Je prends l'air offusqué.

— Absolument pas. Il détestait ce genre d'endroits.

— Cet article ne reflète donc pas la vérité ?

Ne pas changer de réponse, ne rien ajouter.

— Je vous l'ai dit, de son vivant, Éric ne m'a jamais parlé de ce Gusteau. La seule personne à avoir évoqué son nom est Michel Lambert. Je n'en sais pas plus.

— Vous pensez que les affaires pourraient être liées ?

— Comment pourrais-je le penser ? Je répète ce que Michel Lambert m'a déclaré. Un message prétendait qu'ils se connaissaient, sans plus.

Il opine, empoche son carnet et attrape son écharpe.

— Je vous remercie. J'ai terminé.

À son tour, la psy referme son cahier. Elle semble déçue, elle n'a pas obtenu ce qu'elle voulait.

Avec le temps, j'ai appris à mystifier les détecteurs de mensonges. Je jongle avec la vérité depuis mon plus jeune âge.

Mes fantaisies ont commencé à l'école. Selon les circonstances, je m'inventais un frère, parlais de mon père milliardaire, évoquais notre villa en Espagne, décrivais les biens que je ne possédais pas.

Forte de mes succès, j'ai tenté l'expérience avec mes professeurs. J'avais gagné un concours de beauté, ma mère était comtesse, j'avais reçu un cheval comme cadeau d'anniversaire.

Ils me prenaient au mot.

J'ai compris que les gens étaient prêts à croire n'importe quoi, même les histoires les plus abracadabrantes, à condition d'y mettre une bonne dose de conviction.

De plus, mon père me répétait sans cesse que la perfection n'était pas de ce monde, mais qu'il fallait soigner les apparences. Encouragée par ce précepte, je me suis appliquée à me façonner une image de gamine exemplaire, d'adolescente surdouée, de femme parfaite.

Je m'entourais d'un flou artistique, gommais mes travers et mes faiblesses à coups d'expédients. Selon les personnes, je me décrivais sportive, sobre et extravertie, ou solitaire, intellectuelle et sentimentale.

Je pratiquais avec maestria le mensonge par omission. Les éléments susceptibles de me porter ombrage étaient escamotés, ceux qui ne pouvaient l'être aménagés avec sagacité. Les mauvais jours, je masquais ma morosité au profit de ma joie de vivre et de mon inaltérable bonne humeur.

Le jeu est devenu un mode de vie.

Quand est venu le temps de la séduction et des amours éphémères, j'ai réalisé que l'égocentrisme, l'infinie vanité et la soif de plaire des hommes décuplaient leur crédulité. Je me délectais à les observer buvant mes paroles.

Selon les cas, je changeais de nom et de profession. J'étais Esther Lancel, styliste de mode, Astrid Dugard, écrivaine, Jane Russo, diplomate irlandaise. Je prenais les poses adéquates, adaptais mon champ lexical, forçais mon accent anglais, m'improvisais new-yorkaise, parisienne, londonienne.

Subjugués, ils succombaient à mon charme.

De peur d'être démasquée, je ne permettais à aucun de franchir le seuil de mon appartement.

En fin de compte, ce n'était pas bien méchant. Tout le monde en fait autant. Les gens affabulent, enjolivent, travestissent la vérité, déploient des trésors d'imagination pour paraître sous un jour meilleur.

Avec Éric, je me suis défaite de mes déguisements. Il m'a connue sans artifices. Un amour partagé n'a pas besoin de faux-semblants. Je pouvais enfin être moi-même ; faible, indécise, chaotique, sincère. Humaine.

Les flics se lèvent, Guido en tête.

— Merci, mademoiselle Danjoux. J'espère ne plus

vous importuner. Je vous tiens au courant de l'avancement de l'enquête.

— Vous comptez suivre cette piste ?

Il enfile son manteau.

— Nous ne négligeons aucune piste.

Barbara Potier me serre la main en me fixant dans les yeux.

— Je peux vous poser une dernière question ?

— Bien sûr. Allez-y.

— Combien de temps avez-vous séjourné en Italie ?

Sa question pue le piège à plein nez.

— De février 2015 à novembre de cette année.

— Mme Teresa Spagna, la propriétaire de votre logement à Ranco, nous a déclaré que vous vous étiez inscrite sous l'identité d'Emily Duncan. Pourquoi avoir changé votre nom ?

Où veut-elle en venir ?

— C'est le nom de ma mère. Je ne voulais pas que les journalistes viennent me casser les pieds.

Elle esquisse un vague sourire.

— Bien sûr. Je vous remercie.

7

Devant Dieu et les hommes

Le commerce en ligne ne cessait de progresser.

Rien ne semblait pouvoir entraver sa croissance. Les gens ne sortaient plus de chez eux. Que ce soit à cause de la météo défavorable, des risques d'attentats, du trafic ou du prix prohibitif des parkings, tout était prétexte à céder à cette nouvelle tendance.

Aleksy acceptait ce changement avec fatalisme.

Sa spécialité n'échappait pas à la règle. Au même titre que d'autres petits artisans, il était confronté à la concurrence d'Internet.

Il n'était pourtant pas aisé de contacter un fournisseur dans son domaine. Il fallait explorer les profondeurs du *Deep Web*, la partie de la toile non référencée, et faire confiance à des gens qu'on ne connaissait pas. Ces obstacles ne décourageaient pas pour autant les clients, ils finissaient toujours par trouver le chemin.

Sans compter la bataille des prix.

Des sites comme *C'thulhu* ou *Unfriendlysolution* facturaient leurs prestations à des sommes variant de 5 000 à 10 000 dollars, la moitié à la commande, le solde à la mise hors service. Le tout payé en bitcoins, une monnaie impalpable dont Aleksy n'avait jamais compris le fonctionnement.

Il estimait qu'il était dépassé sur le plan technologique et trop âgé pour s'adapter à la situation, même si les missions qu'on lui confiait se faisaient de plus en plus rares.

Ainsi soit-il.

Il était de la vieille école, il avait ses principes et en était fier. Avant d'accepter un projet, il exigeait de rencontrer le demandeur. Tout en lui garantissant le respect de son anonymat, il le sondait, l'interrogeait sur ses motivations, le questionnait sur ses éventuelles préférences.

On n'est jamais assez prudent.

En règle générale, les candidats venaient à lui par l'intermédiaire de l'ami d'un ami d'un ennemi. Dans sa discipline, le bouche-à-oreille valait bien Google. Réaliste, il n'avait toutefois pas la prétention de proclamer qu'un client satisfait en amenait deux.

Mi-décembre, l'homme était entré dans le bar tenu par son frère et avait respecté le processus.

Zygmunt l'avait aussitôt appelé.

Quelques instants après, il avait débarqué avec son échiquier, avait salué le quidam et l'avait invité à s'asseoir.

L'homme lui avait semblé en mauvaise santé, le teint jaunâtre, les yeux cernés.

Aleksy l'avait mis mat en une vingtaine de coups.

La partie terminée, il lui avait posé les questions d'usage et avait reçu le nom, l'adresse et une description détaillée de la personne, mais aucune photo récente, élément pourtant indispensable pour ne pas commettre d'impair.

De plus, l'homme était incapable de préciser si la personne vivait seule, si elle était mariée et si elle avait des enfants.

Aleksy avait déclaré que l'absence de ces informations perturberait la marche à suivre et augmenterait le risque. Par conséquent, le tarif.

Son vis-à-vis n'avait pas marchandé. Il lui avait remis une enveloppe contenant 4000 euros et s'était engagé à s'acquitter du même montant après l'opération.

Conforme à ses habitudes, Aleksy l'avait fixé dans les yeux.

— Vous êtes sûr de ne jamais regretter cette décision ?

Le demandeur avait acquiescé.

Aleksy avait insisté.

— Devant Dieu et les hommes ?

D'un mouvement de tête, le quidam avait confirmé.

Aleksy avait refermé son échiquier.

— Dans ce cas, comptez entre deux et trois semaines. Revenez me voir ici début janvier, procédure identique.

8

La nature humaine est curieuse

— Je respecte votre métier et vos opinions, monsieur Peeters. De plus, vous m'êtes sympathique, mais votre article laisse penser que mon fils aurait fréquenté cet individu. Je le regrette.

Il n'y avait ni reproche ni animosité dans son ton.

Fred se sentit embarrassé. Il aurait préféré faire face à une attaque virulente.

— Ce n'était pas mon intention, je vous assure. Je suis navré que cet article vous ait contrarié. J'ai néanmoins précisé que la nature de leur lien restait à définir.

L'homme soupira.

— Je me suis penché sur le pedigree de ce Didier Gusteau. Mon fils détestait ce genre de personnage. En aucun cas, il n'aurait entretenu une relation avec lui. Leur rencontre était fortuite.

Le dos voûté, les cheveux en broussaille, André Deguide portait ses 68 ans avec lassitude.

En début de matinée, il avait téléphoné au *Soir* pour parler à l'auteur de l'article. Fred s'était souvenu de lui et du portrait touchant qu'il avait brossé de son fils lors des funérailles. Il lui avait proposé de le rencontrer. Son interlocuteur avait aussitôt accepté.

Alain avait validé la démarche, jugeant qu'une meilleure connaissance de la victime permettrait de mieux cerner ses ennemis.

André Deguide habitait au dernier étage d'un immeuble situé dans l'avenue Winston-Churchill.

Par son austérité, son appartement détonnait dans le quartier bourgeois. Le mobilier avait vieilli au rythme du propriétaire : tentures sombres, fauteuils défoncés, tapis usés jusqu'à la corde. Un teckel somnolait dans un panier trop grand pour lui, un couple de perruches se morfondait devant la fenêtre.

L'homme avait accueilli Fred comme on retrouve un ami de longue date. Il lui avait offert un café et s'était présenté avant d'aborder l'objet de leur entretien.

Professeur d'histoire, il avait achevé sa carrière à l'athénée d'Uccle en 2008. Il avait perdu sa femme trois ans plus tard, emportée par un cancer.

La mort de son fils l'avait anéanti. De nombreuses photos du disparu ornaient les murs. Fred avait découvert un garçon perturbé, un adolescent révolté, un jeune homme déterminé.

Avec fierté, André Deguide avait retracé les victoires qu'il avait obtenues. À plusieurs moments, sa voix s'était étranglée et des larmes étaient apparues dans ses yeux.

La finalité de cette rencontre n'était pas d'exposer ses griefs, mais d'honorer la mémoire de son fils.

Fred était ému. Il avait réfréné son impatience habituelle et l'avait écouté. André Deguide était le genre de père qu'il aurait aimé avoir.

Ce dernier eut un geste de dépit.

— Je ne vais pas vous retenir plus longtemps. Vous avez certainement mieux à faire. Je vous remercie de vous être déplacé et de m'avoir prêté attention.

Fred songea à l'objectif secondaire qu'il s'était fixé.

— Vous voyiez souvent votre fils ?

— Une ou deux fois par semaine. Nous allions manger dans un restaurant proche. Je n'y vais plus depuis. Je reste ici, seul. Personne n'est venu me rendre visite le jour de Noël. Que peut attendre de la vie un vieil homme qui a perdu sa femme et son fils unique ?

— Je suis désolé, monsieur Deguide. Je comprends à quel point votre fils doit vous manquer. Il avait encore de grandes choses à accomplir. Comment lui est venue son envie de combattre les injustices ?

Deguide se raidit sur son siège.

— Parce qu'il a été lui-même victime d'une injustice.

Il avait lâché la phrase comme une évidence.

— À quel moment ?

Il se tut, secoua la tête comme s'il cherchait ses mots.

— Quand il est entré en première secondaire. Il avait 13 ans. Comme vous le savez, c'est l'âge où l'on se pose de nombreuses questions. Il lisait beaucoup, c'était de loin sa principale distraction. Il s'intéressait à toute sorte de sujets d'actualité. Il s'était lié d'amitié avec un garçon de sa classe qui partageait sa passion. Ensemble, ils ont écrit un manifeste. *Pour un monde plus juste.* Je l'ai parcouru. Certaines idées étaient sans doute un peu naïves ou idéalistes, mais qui ne l'est pas à cet âge ?

Il prit un mouchoir et se frotta les yeux.

Fred attendit qu'il se ressaisisse.

— Qu'est-ce qui s'est passé, monsieur Deguide ?

— Il a remis son texte à son professeur, un jeune enseignant. Le bonhomme pensait avoir de l'esprit. Il a lu quelques extraits devant la classe, en les ridiculisant. Mon fils et son ami l'ont ressenti comme un affront. Ils sont devenus la risée du collège. Les élèves se moquaient d'eux et faisaient un parallèle avec le manifeste de Ted Kaczynski, le terroriste américain.

Il fit une pause, parut se replier sur lui-même.

Fred relança.

— Comment ont-ils réagi ?

Deguide détourna son regard vers la fenêtre.

— Mal. Son camarade s'appelait Francis. Il est venu plusieurs fois ici. Quelques semaines après cette histoire, sa petite amie a rompu. Le pauvre garçon était déboussolé. Il s'est jeté sous un train. D'après Éric, la séparation n'était pas la raison de son acte. La vraie raison était la honte, à cause du manifeste.

— C'est ce jour-là qu'il est parti en guerre ?

Il secoua la tête.

— Pas tout de suite. Il a changé d'école. L'année suivante, il a réécrit le texte, en retournant les arguments. Cette fois, il ne prônait pas un monde plus juste, mais dénonçait les injustices du système. Il l'a lu en entier, seul devant ses professeurs et les élèves. Il a été applaudi.

Il marqua une pause.

— La nature humaine est curieuse. On accorde plus de crédit aux personnes qui exacerbent les problèmes qu'à celles qui suggèrent des solutions. Ma femme et moi avons cru que cette expérience allait le calmer.

Au contraire, elle a décuplé son animosité. Plus les gens l'admiraient, plus il les méprisait.

Fred médita quelques instants sur cette dernière phrase.

Éric Deguide lui apparaissait sous un jour différent.

— On le disait en guerre contre le monde entier. Il n'a jamais trouvé la paix intérieure ?

Il haussa les épaules.

— J'ai souvent tenté de le raisonner. Il me faisait penser à ces boxeurs incapables d'arrêter et qui finissent par livrer le combat de trop. Plus tard, j'ai pensé que son mariage allait le changer, mais son union n'a pas résisté au temps.

— Au temps ou à sa rencontre avec Emily Danjoux ?

Il s'emporta.

— Cette Emily n'a rien à voir avec sa décision de divorcer.

Fred masqua sa surprise.

— Je pensais que leur relation était née d'un coup de foudre et qu'elle était harmonieuse. Cette stabilité émotionnelle ne l'a pas apaisé ?

— Visiblement non.

Fred se jeta à l'eau.

— Que pensez-vous de cette femme, monsieur Deguide ?

La question sembla le décontenancer.

— Cela peut vous paraître étrange, mais il ne me l'a jamais présentée.

9

Les tourbillons de la volupté

Ce matin, le facteur a déposé un colis à mon attention.

Il venait de Ranco et contenait des vêtements, quelques livres, dont le Tolstoï, des CD, mes rouges à lèvres et une pile de partitions.

Une note manuscrite accompagnait l'envoi.

J'ai eu un serrement de gorge en la lisant. Teresa comprenait ma décision et la regrettait.

Depuis mon départ, la maison lui semblait vide et triste. Ma présence et mon enthousiasme lui procuraient de la joie de vivre. Elle aimait m'entendre chanter, me croiser dans l'escalier, discuter de choses et d'autres, prodiguer des caresses à Shargi. Elle tenait à m'exprimer sa gratitude pour les mois passés chez elle. Je serai toujours la bienvenue.

Pour terminer, elle espérait que je me remettais de la mort de mon père et me souhaitait du bonheur pour le futur.

Ses mots m'ont remplie de nostalgie.

Je me suis sentie honteuse de lui avoir caché la vérité. Teresa est l'une des belles personnes croisées lors de mon séjour en Italie. Sans qu'elle en soit consciente, sa générosité m'a soutenue dans les moments d'abattement.

L'émotion passée, j'ai pris l'une des partitions, à l'aveugle. Le hasard a choisi *La Traviata*, de Verdi. Je l'ai ouverte sur *Ah, fors'è lui*, l'air de Violetta que j'avais travaillé avec Letizia.

Je ne me sentais pas encore capable de chanter, mais j'ai fredonné un des couplets.

Les paroles m'ont paru familières, si proches et pourtant si lointaines.

Povera donna, sola, abbandonata
In questo popoloso deserto
Che appellano Parigi
Che spero or più?
Che far degg'io?
Gioire!
Di voluttà ne' vortici perir!

Pauvre femme, seule, abandonnée
Dans ce désert peuplé
Qu'on appelle Paris
Que puis-je encore espérer ?
Que faire ?
Se réjouir !
Et mourir dans les tourbillons de la volupté !

Pour l'heure, je ne suis pas près de me réjouir.

Encore moins sur le point de succomber dans les tourments de la volupté.

Je m'en veux d'avoir accepté cette invitation.

Dany a insisté, j'ai fini par céder.

— Pas question de passer le réveillon de Nouvel

An à te morfondre dans ton coin. Je te prends avec moi. Nous allons chez un de mes amis. Nous serons en petit comité, une douzaine maximum.

Elle est venue me chercher en début de soirée, habillée et maquillée comme une star.

Dans la voiture, elle m'a donné des précisions sur le déroulement des festivités. Le dîner avait lieu dans une villa, à Lasne. Les invités étaient tous célibataires, certains par conviction, d'autres des suites d'un divorce ou d'une séparation.

Guillaume, l'hôte, était un avocat bien connu, plus pour sa réputation d'homme à femmes que son appartenance au barreau.

Elle m'a confié l'avoir *essayé.*

— Il est beau, riche et brillant, mais au plumard, il ne vaut pas plus qu'un aller simple.

À quelques exceptions près, elle garde de bons contacts avec ses ex-amants. Il lui arrive de faire appel à eux pour renouveler l'expérience ou bénéficier de leurs compétences professionnelles à un tarif préférentiel.

L'air malicieux, elle a complété le portrait du bellâtre.

— Il vient d'écrire un thriller juridique. Je l'ai lu. De toi à moi, il ne révolutionne pas le genre, n'est pas Grisham qui veut, mais je lui ai dit qu'il était génial.

Après ce résumé sommaire, j'étais à deux doigts de la sommer de faire demi-tour.

Mon malaise a empiré dès que j'ai franchi l'entrée.

Les invités affichaient la superficialité des gens programmés pour s'amuser. Bonne humeur affectée, sourires forcés, convivialité excessive.

À la manière dont ils me dévisageaient, j'ai compris

que Dany les avait briefés. Ils connaissaient mon parcours sentimental et son issue malheureuse. Ils s'étaient consultés pour lister les sujets à éviter et les questions à ne pas poser.

Après le tour de présentation, la coupe de champagne et les amuse-bouche, nous sommes passés à table.

Le maître de cérémonie est parvenu à réunir tous les clichés, le boute-en-train qui enchaîne les blagues, la névrosée qui ausculte son iPhone toutes les minutes, le manager de l'année qui s'écoute parler, la friquée qui évoque son Noël à Courchevel.

Malgré les efforts de Dany pour m'intégrer à leur discussion, je me suis refermée, ne répondant aux questions que de manière évasive.

Déconnectée de leurs échanges, j'ai assisté au relâchement collectif. L'alcool aidant, les rires grossissaient, la conversation se débraillait.

Je jette un coup d'œil à l'horloge.

Il est passé 23 heures.

Je ne suis pas à ma place, ni dans cette maison ni avec ces gens. La villa ressemble à une page de *Maison & Jardin*, avec ses canapés immaculés, ses photos d'artistes et son piano à queue noir poli. Le genre d'endroit qu'on aime regarder, mais dans lequel on n'a pas envie de vivre.

Ni de rester.

Je dois trouver le moyen de me sauver avant minuit. Je ne me sens pas prête à partager des embrassades avec cette clique.

Chaque minute me semble interminable.

Je profite de l'escapade de quelques fumeurs pour aller me dérouiller les jambes dans la véranda.

Guillaume, l'avocat-écrivain, m'embraie le pas.

— Vous n'avez pas le cœur à vous amuser. J'en suis désolé, Emily.

Pour ma part, je ne le trouve ni beau ni brillant.

À sa décharge, il est le moins hypocrite de la bande. Il a vu depuis le début que je ne suivrais pas le mouvement.

— Je suis navrée de plomber l'ambiance. J'aurais dû rester chez moi. J'aimerais rentrer.

Il m'adresse un sourire complice.

— Je vous comprends. Vous voulez filer à l'anglaise ?

Je ne me fais pas prier.

— Vous m'aideriez. Vous pouvez m'appeler un taxi ?

— Bien sûr.

Il prend son portable, hésite quelques instants.

— J'ai rencontré plusieurs fois Éric. J'ai assisté à quelques-unes de ses conférences. C'était un homme hors du commun.

Des larmes me montent aux yeux.

— Merci.

— Dany m'a fait part de votre colère concernant l'article paru dans *Le Soir.* Je ne connais pas ce Frédéric Peeters, le rédacteur en question. Sûrement un débutant.

— Le mal est fait.

Il m'adresse un sourire de connivence.

— En revanche, je connais très bien son boss, Alain Lallemand, un des meilleurs journalistes d'investigation du pays. Rien ne l'arrête.

Ispra, le 2 janvier 2017

Emily,

Je prie Dieu pour qu'Il vous prédestine une année de reviviscence et de joie retrouvée.

Notre amie Letizia se joint à mes vœux. Elle m'a confié que vous lui manquiez beaucoup.

Hâté par mon voyage à Rome, j'ai omis de mentionner dans mon précédent courrier qu'elle allait figurer dans un ouvrage qui retrace sa carrière musicale et sa reconversion dans l'enseignement de l'art lyrique.

Courant décembre, elle a reçu la visite d'une écrivaine de votre pays. De passage chez elle, j'ai eu l'heur de la rencontrer, ainsi que son traducteur. Ils furent tous deux surpris de m'entendre parler leur langue avec aisance.

Je vous avais dit que j'avais appris le français à Paris. Il me tient dès lors à cœur de vous relater la genèse plus complète de mon apprentissage de cette langue dont j'affectionne la richesse et les sonorités.

À regret, je ne peux vous la narrer sans évoluer la survenue de l'incident qui a suscité l'éveil de mes premiers doutes.

Après mes années à Feltre, j'ai pris la direction de Paris où le cardinal Lustiger venait de fonder la Maison Saint-Augustin. J'ai demandé à intégrer leur communauté et ma requête a été accordée. En ces temps de raréfaction des vocations, je trouvais son initiative audacieuse et me réjouissais d'y prendre part.

Au contraire de Feltre, le séminaire de Paris ne se présente pas comme un lieu clos. Les candidats au sacerdoce sont dispersés au sein de plusieurs maisons situées au cœur des paroisses, dans différents quartiers de la capitale.

J'ai vécu non sans tourment mes premiers mois de cette liberté nouvelle. En compagnie d'une huitaine de séminaristes et de deux prêtres formateurs, je logeais à la maison Saint-Denys, dans le 3e arrondissement.

Après les laudes et le petit déjeuner, je devais emprunter les transports en commun pour me rendre au Collège des Bernardins où se donnaient les cours, à deux pas du boulevard Saint-Germain.

Cette promiscuité obligée m'étouffait. Les gens que je côtoyais lors de ces déplacements me semblaient menaçants et en ébullition permanente. Je me sentais étranger parmi eux, égaré dans une ville hostile.

Le soir, je m'empressais de regagner mon foyer. En dehors des heures dédiées à nos études et au travail personnel, nous participions à des activités apostoliques, des missions pastorales et des rencontres communautaires.

Malgré ce programme chargé, nous bénéficiions de quelques plages de temps libre. Cette latitude me permettait de poursuivre mon entraînement au maniement du fleuret à la salle d'escrime de la rue de la Tour-d'Auvergne.

Au fil du temps, je me suis habitué à la contiguïté de cette vie trépidante. Mes 20 ans approchant, j'ai gagné en assurance. Petit à petit, j'ai commencé à apprécier mes déambulations dans Paris.

À l'occasion de mon anniversaire, mon père est venu me rendre visite et m'a offert un magnifique appareil photographique de la marque Leica. Je me suis d'emblée passionné pour cet art.

De ce moment, je saisissais toute opportunité pour flâner dans la ville et en capturer les différentes facettes.

En troisième année, j'ai changé de maison. Malgré le groupe restreint que nous formions et les heures passées ensemble, je ne me suis lié d'amitié avec aucun de mes condisciples. Mon introversion s'intensifiait. La venue d'un de mes compatriotes au sein de notre cellule n'a eu aucun impact sur mon comportement. Je négligeais nos racines communes et restais silencieux à son affection.

Lors d'une participation à un catéchisme, de jeunes paroissiens se sont plaints de mon manque d'empathie. Cette négligence délibérée m'a valu une remontrance de mes supérieurs.

Si je m'ouvrais à l'art, à la littérature et à la musique, mon cœur semblait scellé pour les relations humaines.

Ma maîtrise grandissante de la langue m'a poussé à découvrir la littérature française. Sa richesse m'a étourdi. Des nombreux auteurs que j'ai parcourus, Chateaubriand jouissait de ma primauté. Son œuvre, magistrale par son abondance et la finesse de son écriture, apologise les beautés morales et poétiques de la religion chrétienne.

J'aurais gardé de mes années à Paris de précieux souvenirs si je n'avais vécu un événement tragique, alors que je venais d'avoir 23 ans.

C'était un soir de juin. Je redescendais de Montmartre où j'avais pris une série de vues de la ville au crépuscule. À l'entrée de la station de métro, j'ai été accosté par trois garçons de mon âge. Ils m'ont sommé de leur remettre mon appareil photographique.

Comme je m'y opposais, l'un d'eux m'a assené un violent coup de pied dans l'entrejambe. Ivre de douleur, je me suis écroulé. Ils ont tenté de s'emparer de mon Leica, mais je le maintenais fermement. Un des agresseurs m'a piétiné la main pour que je le lâche. Ils se sont ensuite acharnés sur moi, m'inondant d'insultes et me rouant de coups jusqu'à ce que je perde connaissance.

De nombreuses personnes furent témoins de ce déferlement de violence, sans qu'aucun n'intervienne. Une ambulance est venue et m'a conduit à l'hôpital.

En plus d'une commotion cérébrale et de multiples contusions, le médecin urgentiste a diagnostiqué de graves fractures à la main. Plus tard, il m'a annoncé que le coup de pied que j'avais reçu dans l'aine hypothéquerait mes facultés de procréation.

Il m'a fallu plusieurs mois pour me remettre de ce traumatisme.

Je ne comprenais pas que l'on puisse laisser quelqu'un pour mort dans le seul but de s'approprier un bien matériel. Je ne pouvais admettre qu'aucun passant, dont certains étaient à n'en pas douter chrétiens, n'était intervenu.

En outre, je ne m'expliquais pas que mes supérieurs aient rejeté mes incompréhensions en se reposant sur la volonté de Dieu, qui, dans Sa sagesse, avait choisi de s'assurer de ma chasteté et de m'empêcher de tenir une arme.

L'âme meurtrie, j'ai commencé malgré moi à douter, non pas de Dieu, mais de Ses serviteurs.

Accablé par le poids des remords et de ma solitude, j'ai longuement médité sur la citation de Pierre-Claude-Victor Boiste, l'auteur du Dictionnaire universel.

Je la livre à votre réflexion :

« La foi aveugle n'examine rien, elle accepte sans contrôle le vrai comme le faux. »

Mes pensées vous accompagnent.

Massimo

10

Échange de bons procédés

Camille réprima un bâillement, s'étira dans le lit et posa ses jambes contre le mur.

— Facile. Tu te déguises en scout, tu frappes à sa porte et tu lui proposes le calendrier de la paroisse.

Fred sortit de la salle de bains en se frottant les cheveux.

— Tu as une meilleure idée ?

— Débarque avec une galette des Rois, c'est bientôt le jour.

— Gifle assurée.

— Dans ce cas, lis-lui l'Évangile de saint Matthieu et tends-lui l'autre joue.

— OK, laisse tomber.

Fred n'était pas d'humeur à plaisanter.

Si l'enjeu n'était pas aussi important, il aurait certainement imaginé une ruse de ce genre. Sa créativité et son audace n'étaient plus à démontrer, mais cette fois, il n'avait pas le droit à l'erreur. Depuis sa rencontre avec André Deguide, l'affaire était au point mort et Alain s'impatientait.

Pourtant, le travail ne manquait pas. Après le *Kazakhgate* et les *Football Leaks*, deux investigations étaient en cours au sein de l'EIC, la première baptisée les *Malta Files*, en phase de finalisation, la seconde, les Secrets de la Cour, pour une divulgation après l'été.

De plus, Alain participait à une autre enquête, pilotée cette fois par l'ICIJ, le Consortium international des journalistes d'investigation. Le dossier, explosif, dont le code était *Panama Papers*, listait les noms des chefs d'État, milliardaires et personnalités ayant eu recours à des montages offshore pour dissimuler leurs actifs.

Malgré cela, il revenait sur la question lors de chaque réunion.

Il ouvrit le tiroir de la commode, attrapa un caleçon et chercha une paire de chaussettes assorties.

— À l'heure qu'il est, tu peux être sûre qu'elle a appris que nous avons logé chez sa copine Martha et joué aux biographes avec sa prof de chant.

Camille soupira.

— Tu n'en sais rien, *darling.* Ce défaitisme ne te ressemble pas.

— Ce n'est pas du défaitisme, mais de la lucidité.

Depuis plusieurs jours, il cherchait un moyen de renouer le contact avec Emily Danjoux sans se faire rabrouer. La mission s'annonçait périlleuse. À plus forte raison si elle avait eu vent de leur pèlerinage à Ranco.

Alain attendait des résultats. Une nouvelle fois, il avait eu du flair. Deguide, Gusteau et Gruber, le journaliste allemand, avaient sans nul doute été victimes des mêmes tueurs.

Restait à découvrir le mobile.

Malgré de minutieuses recherches, Fred n'était pas

parvenu à pointer quoi que ce soit reliant les trois hommes.

Gruber menait plusieurs enquêtes de front. Aucune n'avait de point commun avec les campagnes lancées par Deguide.

Quant à Gusteau, il avait trempé dans bon nombre d'affaires douteuses, mais elles étaient sans rapport apparent avec les préoccupations des deux autres.

De plus, il ne voyait pas comment exploiter l'injustice dont avait été victime Éric Deguide adolescent. Pas plus que sa rencontre fortuite avec Massimo Damiani, d'autant que Lagasse n'avait rien trouvé de probant à son sujet.

Chaque pièce avait sa place dans le puzzle, son instinct le lui disait. Il en manquait une et Emily Danjoux la détenait. Les mensonges accumulés le prouvaient.

Il s'habilla à la hâte et grinça.

— Je dois filer. Avec les soldes, c'est bouchons garantis.

— Je te prépare un café ?

— Pas le temps. J'en prendrai un au journal.

Il attrapa ses clés et sortit de la maison. Arrivé devant sa voiture, garée à près d'un kilomètre, il constata qu'il avait oublié son portefeuille.

Il débarqua au *Soir* à 8 heures précises. Après avoir démarré son ordinateur, il salua ses anciens collègues, demanda à Alfredo de lui prêter quelques euros et descendit à la cafétéria.

Alain stationnait devant la machine à café.

— Tu tombes bien, je n'ai pas de monnaie.

Fred fit sonner les pièces dans sa main.

— J'offre la tournée.

Il lui servit le premier gobelet.

Alain l'observa sans ciller.

— Guillaume Laurent, tu connais ?

— Le playboy ?

— L'avocat.

— L'avocat playboy, de nom seulement.

Alain avala une gorgée.

— Je ne le connais pas non plus. Je ne l'ai jamais rencontré.

Fred sourit.

— Comme quoi, on a bien fait d'en parler.

Alain reprit d'un ton monocorde.

— Il m'a téléphoné hier soir.

— Qu'est-ce qu'il voulait ?

— Il aimerait qu'on chronique son bouquin, une sorte de polar juridique.

Fred continuait à accumuler les cafés.

— Pourquoi il te téléphone, à toi ? Qu'il voie ça avec Jean-Claude.

— Jean-Claude l'a lu, c'est une daube, mais il va pondre un papier à ma demande expresse. Le gars veut une critique, il l'aura, il n'a pas précisé qu'elle devait être élogieuse.

Fred s'impatienta.

— Pourquoi tu me racontes ça ?

— Guillaume Laurent m'a suggéré un échange de bons procédés.

— Son chef-d'œuvre dédicacé ?

Alain termina son café et jeta le gobelet à la poubelle.

— Une rencontre avec Emily Danjoux. Je la vois ce midi.

11

Un objectif commun

J'entre dans le parking de la place Poelaert, le seul à ne pas afficher complet. Je n'ai jamais compris la fièvre délirante qui s'empare des acheteurs les premiers jours de soldes. Certains en viendraient aux mains pour un pull à 10 euros.

Ce matin, je me suis engueulée avec ma mère. C'est à coup sûr une confirmation de mon retour. Certains signes ne trompent pas.

J'étouffe dans sa maison. Je ne supporte plus son obsession des courants d'air, sa maniaquerie, ses prières avant les repas, ses pleurnicheries.

Comme elle, je suis touchée par un deuil, mariée ou pas. Il n'existe pas de chagrin officiel.

Cette fois, Shargi était l'objet de notre dispute. Elle s'est soulagée sur le tapis, elle perd ses poils et en laisse partout.

Et après ? On nettoie, on aspire, ce n'est pas l'apocalypse.

Je devrais récupérer mon appartement fin janvier. D'ici là, je dois prendre mon mal en patience ou trouver un endroit où loger.

Je me gare au deuxième sous-sol en prenant soin de

ne pas érafler la voiture de ma mère, ou plutôt celle de mon père, une Volvo de plus de dix ans qui accuse quelque 200 000 km. Ma mère la conserve comme une relique et la fait laver chaque semaine par des gamins du quartier.

La mienne fait un bruit inquiétant. Je devrais passer au garage, mais mes finances sont à sec. Heureusement, un éditeur m'a contactée pour me proposer du boulot.

J'ai également reçu une lettre de Massimo, la sixième. Sa vie est marquée de drames.

Je l'ai lue avec tendresse. Il écrit comme au XIXe siècle. Ses lettres sont teintées de mélancolie. Il utilise des tournures poétiques et un vocabulaire désuet sorti de dictionnaires poussiéreux.

Le style correspond au personnage, un homme d'un autre temps, indifférent aux richesses, aux batailles dérisoires et aux victoires éphémères.

Je sors de l'ascenseur et descends vers le Sablon.

Guillaume Laurent, l'ami de Dany m'a relancée. Il a parlé avec son ami Alain Lallemand. Le journaliste-vedette s'est prétendu désolé de ma réaction concernant l'article et lui a proposé d'organiser un tête-à-tête avec moi. Le rendez-vous est fixé au Pain Quotidien.

Je n'ai rien à perdre. Guido et sa Madame Soleil ne vont pas résoudre l'enquête.

Je le repère au premier coup d'œil, assis au calme dans la véranda.

Il est conforme aux photos de lui sur Internet. Avec sa barbichette et ses grandes lunettes, il me fait penser à Auguste Piccard, le physicien suisse dont j'ai traduit une biographie.

Il me fait signe, se lève, vient à ma rencontre.

— Bonjour, mademoiselle Danjoux. Merci d'avoir répondu à mon invitation. Je suis ravi de faire votre connaissance.

— Bonjour. Appelez-moi Emily, ce sera plus simple.

Il acquiesce.

— Comme vous voulez. Moi, c'est Alain. Vous souhaitez un apéritif ?

— Jamais d'alcool. Une eau m'ira. Guillaume Laurent m'a dit que vous vouliez me voir. Je vous écoute.

Ma brusquerie ne semble pas l'ébranler.

— J'aimerais tout d'abord vous présenter mes condoléances. Je connaissais Éric. Je lui ai parlé plusieurs fois et nous avons publié quelques articles signés de sa main dans notre journal. Comme vous, je cherche à connaître la vérité.

Je grimace un sourire.

— Je pensais que vous alliez commencer par me présenter vos excuses pour les révélations mensongères de votre confrère.

Il reste imperturbable.

— Vos motivations et les nôtres sont différentes, mais nous poursuivons un objectif commun. Cela dit, si vous tenez à revenir sur cet article, allons-y. Qu'y avait-il de faux dans son contenu ?

— Tout d'abord, si vous connaissez un peu l'affaire, vous savez qu'il ne s'agit pas d'un crime passionnel. Ensuite, ce n'est pas parce qu'Éric se trouvait au casino de Namur le même jour que ce Gusteau qu'ils manigançaient quelque chose. Enfin, si vous avez un tant soit peu de respect pour la mémoire d'Éric, vous auriez dû interdire la parution de cet article.

Il me dévisage, le visage aussi expressif qu'un joueur de poker.

Je m'apprête à poursuivre l'acte d'accusation.

Il m'arrête d'un geste.

— Je vais être clair avec vous. C'est moi qui ai rédigé ce texte, mais pour plusieurs raisons, j'ai demandé à Frédéric Peeters de le signer.

Je reste sans voix.

Il retire ses lunettes, se penche vers moi.

— Si vous voulez avancer dans cette enquête, nous devons mettre certaines choses au point. De mon côté, comme ma charte éthique l'exige, je ne dévoile jamais mes sources. De plus, je m'engage à ne divulguer les informations que vous accepteriez de me donner qu'après accord de votre part. De votre côté, vous devez jouer franc-jeu avec nous. Si vous nous cachez certains éléments, si vous nous racontez des fables, si vous dissimulez la vérité, j'irai chercher ailleurs. Et je trouverai. Avec ou sans votre aide. Ça risque simplement de prendre plus de temps.

Je reste muette.

Son insolence frise l'humiliation.

Ce type est un 7, le chercheur de vérité égocentrique, susceptible de devenir arrogant et cynique.

J'ai envie de me lever et de m'en aller.

La serveuse arrive à point nommé.

Comme si nous venions d'être interrompus dans une discussion courtoise, il me conseille leurs salades et choisit la sienne.

Je suis incapable de manger.

J'expédie ma commande.

— La même chose.

J'attends que la femme s'éloigne.

— J'ai bien compris vos règles. Voici les miennes. Je veux savoir où vous en êtes. J'aimerais recevoir le compte rendu des informations récoltées à ce jour, assorties du crédit que vous leur accordez. Je tiens également à être mise au courant de tout nouvel élément, d'où qu'il vienne.

Il m'examine, mi-décontracté, mi-stoïque.

— Je pense que nous allons pouvoir nous entendre.

— Dans ce cas, allez droit au but.

Il ne se départit pas de son calme.

— La rencontre entre Éric et Gusteau n'était pas fortuite, vous le savez. Que pouvez-vous m'en dire ?

Je lui proposerais bien la version que j'ai donnée à Guido, mais j'enfreindrais sa première règle. D'autre part, il me paraît plus perspicace que la paire de flics. Surtout, mon intuition me dit que je peux lui faire confiance.

Je lui raconte le déroulement de l'affaire, depuis le message sur le forum, l'appel d'Axelle Lefèvre, la rencontre à Barchon et ma promesse de ne pas dévoiler son nom. Je profite de mon lâcher-prise pour lui parler de Michel et lui relater la déclaration récente que j'ai faite aux deux flics.

Il opine.

— Merci pour votre franchise. Concernant la soi-disant profileuse de votre enquêteur, c'est du bluff. Elle a essayé de vous déstabiliser. Méthode classique. *Good cop, bad cop.* Vous ne pouvez pas être inquiétée pour ça. Votre engagement vis-à-vis d'Axelle est louable. Dans le pire des cas, modifiez votre version sans mentionner le nom de votre source.

Une ribambelle fait irruption dans la véranda.

Éclats de voix, costumes sombres et tailleurs stricts, la chorégraphie habituelle des repas de société.

J'attends que le brouhaha s'apaise.

— J'ai fait le premier pas. Qu'avez-vous à me communiquer ?

— Plusieurs choses. Je supervise le dossier, mais Frédéric Peeters s'en occupe au quotidien. Il prend cette affaire très à cœur. Il a découvert des éléments intéressants. Entre autres sur la Saab retrouvée à l'aéroport.

Mon cœur se met à tambouriner.

— Ah bon ? Comment est-elle entrée ?

Il m'observe avec attention.

— Je pensais que vous le saviez.

— Pas du tout. C'est une des énigmes sur lesquelles je me suis cassé les dents.

— Dans ce cas, je préfère qu'il vous en parle lui-même. De cela et d'autres indices.

Je me revois dans le hall du *Soir.* La gifle claque, ses cheveux voltigent, le café éclabousse sa chemise.

— Je ne suis pas sûre qu'il ait envie de me parler. Notre premier contact a été un peu froid. D'autant qu'il n'est pas responsable de cet article, si j'ai bien compris.

Il balaie mon objection d'un geste.

— Fred est intelligent. C'est un garçon charmant et un enquêteur brillant. Je peux vous assurer qu'il sera ravi de vous rencontrer.

12

Peu de chose

Au contraire de nombre de ses pairs, Aleksy ne croyait pas aux longs repérages, aux calculs de probabilités et aux plans concoctés avec minutie.

Passer trop de temps à effectuer des repérages est la meilleure façon de se faire soi-même repérer. Quant aux minutages rigoureux et aux calculs théoriques, ils souffrent d'un manque de flexibilité et empêchent toute part d'improvisation.

Il préférait se laisser guider par son intuition empirique.

En trente ans, il n'avait connu que peu de revers. La seule fois où sa démarche avait été mise en défaut, il avait su gérer la situation avec réalisme.

C'était au début de sa carrière, dans une maison faubourienne de Paris. Alors qu'il menait son travail à bonne fin, il avait été surpris par l'arrivée impromptue de la femme du propriétaire, une créature de rêve dotée d'une plastique avantageuse et d'une voix stridente.

Pour parer au plus pressé, il avait dû se résoudre à la réduire au silence. Son initiative n'avait pas été au goût du commanditaire dont l'objectif final était de convoler avec cette dernière.

Depuis, il prenait soin de sonder les motivations de ses clients avant d'accepter un projet.

S'il laissait à son appréciation personnelle le choix du lieu et du moment, il n'en allait pas de même avec l'équipement requis.

Dès le début, il avait écarté l'utilisation d'une arme à feu, par trop encombrante et bruyante. De plus, les avancées de la balistique l'auraient obligé à s'en débarrasser et à s'en procurer une nouvelle en vue d'une future mission, aléa occasionnant des frais non négligeables.

La lame avait la faveur de beaucoup, mais Aleksy ne supportait pas la vue du sang.

Gamin, il tournait de l'œil quand son frère saignait du nez. Avec le temps, il s'était endurci, mais ce handicap ne l'avait pas quitté.

Dès lors, il avait fait de la corde à piano son outil de prédilection.

Le réflexe de survie décuplant l'énergie du sujet, l'approche nécessitait une bonne condition physique et se révélait parfois longue et fastidieuse. En revanche, elle permettait un contact étroit avec le quidam et offrait la possibilité de contrôler le déroulement de l'opération et l'obtention du résultat.

Quelques années auparavant, il était tombé sur une force de la nature. L'homme lui avait donné du fil à retordre. Il avait dû s'y prendre à plusieurs reprises pour parachever le processus.

S'appuyant sur cette expérience malheureuse, il était devenu adepte de l'aiguille à tricoter.

Le *brain picker*, discipline initiée par la mafia

new-yorkaise, était aussi propre qu'expéditif. De plus, il se révélait délicat à détecter et troublait les conclusions des légistes.

La méthode consistait à introduire un poinçon dans l'oreille et à l'enfoncer de quelques centimètres. Sauf autopsie fouillée, la procédure était indécelable.

Philosophe à ses heures, Aleksy se plaisait à dire que l'on est peu de chose. En quelques secondes, on passe de vie à trépas.

Encore la veille de Noël, un passant était mort devant le bistrot de son frère, foudroyé par une crise cardiaque.

Ainsi soit-il.

Le jour du départ venu, il fixa les échelles sur le toit de sa fourgonnette et installa son sac de couchage ainsi que son matériel à l'arrière du véhicule.

Pour éviter la traversée de la Suisse, État policier selon lui, il descendit par la France en contournant les péages et le tunnel du Mont-Blanc.

À la tombée de la nuit, il fit une halte à hauteur de Modane, non loin de la frontière italienne. Après s'être reposé quelques heures, il prit la direction de Turin.

En fin de matinée, il passa le pont sur le Tessin et s'arrêta au centre commercial de Sesto Calende pour ôter les plaques minéralogiques belges et les remplacer par des plaques italiennes.

Une demi-heure plus tard, il fit son entrée dans Ispra.

13

J'attends un enfant

La première course de lévriers de l'année avait réservé son lot habituel de surprises.

Aucun n'avait pronostiqué la défaillance inattendue de Hollycross Turbo dans les séries ni la victoire en finale de Classy Kim, identifié comme *tocard de troisième zone* dans les statistiques de Jeremy.

Quand Fred arriva chez lui, Camille feuilletait un bouquin, assise en travers dans le divan, les jambes repliées sous elle.

Elle observa son arrivée et rangea le livre sur l'accoudoir.

— Dure journée ?

— Horrible.

— J'imagine. Tu sembles anéanti.

Il l'embrassa et affecta l'air réjoui.

— Ça sent bon, qu'as-tu fait à manger ?

— Au départ, des tomates farcies. À présent, je dirais des tomates cramées.

Il éluda le reproche tacite.

— Farcies avec quoi ?

— Ce qui a disparu du frigo.

Il jeta sa veste sur une chaise, expédia ses baskets au milieu du salon et écarta les bras en signe de victoire.

— *Breaking news.* Rebondissement dans l'affaire Deguide. Le diabolique Frédéric Peeters a rendez-vous avec Emily Danjoux.

Camille le considéra avec admiration.

— Bravo. Comment as-tu fait ?

— J'ai kidnappé sa mère. Alain a négocié la rançon. Ses aveux contre la vieille.

Elle approuva de la tête.

— Les solutions les plus simples sont souvent les meilleures.

Il reprit son sérieux, s'assit et lui rapporta les circonstances qui avaient amené Alain à rencontrer Emily Danjoux et lui fit un résumé succinct de leur échange.

Camille l'écouta avec attention. La personnalité d'Emily la fascinait. Depuis leur périple au lac Majeur, elle se passionnait pour l'affaire.

— Tu avais vu juste. Elle en sait plus qu'il n'y paraît.

Il soupira.

— Reste à déterminer si elle va dire la vérité ou essayer de nous mener en bateau. D'après Alain, elle semble de bonne composition.

— Et d'après toi ?

— Je suis sceptique. Elle ignore que nous détenons pas mal d'informations sur elle. J'ai prévu quelques pièges pour tester son honnêteté.

Elle lui adressa un clin d'œil.

— Tu es machiavélique.

Elle s'empara du livre et le lui tendit.

— Moi aussi, j'ai un rebondissement à t'annoncer.

Fred considéra le titre et s'immobilisa.

— Non ? Déjà ?

Elle haussa les épaules.

— Pas de panique. Ce n'est pas parce que j'ai ramené *J'attends un enfant* que j'attends un enfant.

— Bien sûr.

— Je t'explique. Ce pavé est un best-seller depuis 1956. On en vend des flopées. Il est réactualisé chaque année. Toute femme clairvoyante désirant une maternité se le procure.

Il grimaça un sourire.

— Et tu aimerais que je le lise ?

— Si tu veux, mais là n'est pas la question. J'ai repassé la liste des bouquins qu'Ariane Demey, ex-Mme Deguide, a achetés en 2011. Curieusement, celui-là n'était pas dans le lot. Je laisse l'ingénieux Frédéric Peeters imaginer les options que cette découverte lui offre.

Ispra, le 5 janvier 2017

Bien chère Emily,

Cette journée a commencé sous des auspices favorables. J'ai reçu un courrier du conservateur de Varèse. L'un de leurs bibliothécaires cessera ses activités au printemps. Aussi, il me sollicite pour assumer la relève. La bibliothèque de Varèse est estimable et mieux achalandée que celle de Gallarate. En outre, les horaires d'ouverture m'autoriseront à conjuguer les deux charges.

Cela dit, il me tarde d'avancer dans mon récit, à l'avenant de ces enfants pressés d'aller à confesse pour se délivrer du péché qui les pourchasse.

J'en étais à la fin de mes années de séminaire à Paris. J'y ai été ordonné prêtre en 1994, le dernier samedi du mois de juin, comme la tradition l'enseigne. Je venais d'avoir 26 ans, l'âge minimal établi par l'Église pour accéder à l'ordination.

Les chants, l'orgue, la présence de mon père, celle de mon frère et la remise de mes vêtements sacerdotaux auraient dû faire de cette cérémonie un moment privément émouvant. Huit de mes condisciples furent également ordonnés. D'un âge plus avancé que le mien, ils furent dépêchés dans différentes paroisses pour y exercer leur ministère, en France, au Liban ou en Afrique.

Pour ma part, je fus envoyé au Saint-Siège pour intégrer la curie romaine et y œuvrer au sein du Conseil pontifical de la Culture, un dicastère fondé par Jean-Paul II.

Pour justifications de ce choix, mes qualités d'analyse et mon intérêt pour la littérature furent mis en avant.

Je n'ai accordé qu'un crédit restreint à ces assertions, conscient que mon manque d'altruisme me privait de l'avenir que tout prêtre convoite, conduire une communauté paroissiale dans le chemin de Dieu.

En septembre, j'ai rejoint la Ville sainte.

Je disposais d'un logement individuel hors de la Cité, dans la via Paola, sur la rive gauche du Tibre, face au Castel Sant'Angelo.

D'emblée, j'ai pris goût à cette autonomie qui m'était jusqu'alors proscrite.

Je bénéficiais d'un emploi du temps moins strict. Hormis mon travail au Saint-Siège, je consacrais quelques heures par semaine à enseigner le catéchisme à des enfants de la paroisse Sainte-Agnès, au cœur de la vieille ville. Le week-end, il m'arrivait de retourner en Toscane. Le reste de mon temps libre était investi dans la prière, la lecture et la photographie.

À regret, les fractures que j'avais subies à la main m'avaient contraint d'abandonner l'escrime. De mon agression à Paris, j'ai également conservé cette légère claudication que je m'ingéniais à pallier en votre présence.

J'aimais me perdre dans les ruelles de Rome pour y capturer des scènes de la vie quotidienne. Je me plaisais à m'asseoir en terrasse, tel un épieur, vêtu comme les gens de Rome, ma condition ignorée, pour observer cette vie étrangère, me mêlant sans le vouloir aux conversations environnantes.

Je remarquai avec étonnement qu'entre eux, le sujet de prédilection des hommes était les femmes. Ils en parlaient avec passion ou dérision, usant souvent d'un langage outrancier. Les femmes quant à elles, échangeaient sur les hommes. La vie entière semblait graviter autour de cette attirance réciproque.

Les mois passant, j'ai appris que de nombreux prêtres sombraient dans le péché de chair, certains au vu et au su de tous. En journée, ils portaient le col blanc, symbole de chasteté et d'austérité, en soirée, ils assouvissaient leurs instincts charnels. J'ai eu vent de rencontres festives encombrées d'alcool, de drogue et de sexe, à l'image des orgies organisées en l'honneur de Bacchus dans la Rome antique.

Rempli d'indignation, je m'en suis remis à mes supérieurs.

Nul ne paraissait s'en offusquer outre mesure, alléguant qu'il n'était pas de leur ressort de se pencher sur les choix de vie privée de chacun et qu'il appartenait à Dieu de châtier les âmes égarées.

Soumis aux principes que l'on m'avait inculqués au long de mes années de séminaire, j'ai pensé avec naïveté qu'un tel fléau jamais ne m'atteindrait.

Le tournant de ma vie a eu lieu à l'été de mes 28 ans, alors que je prenais un café sur la Piazza Venezia.

Elle s'appelait Oriana. Elle était jeune, belle et volcanique comme vous l'êtes.

Elle a bouleversé mon être, m'a offert mes plus grands moments de bonheur et mes douleurs les plus profondes.

Souffrez que je m'arrête sur ces mots. J'aurai besoin d'un temps de recueillement pour me confier plus avant.

Je vous envoie mon affection,

Massimo

14

Un pas en arrière

10h07.

Le hall du *Soir* est une ruche.

Des gens surgissent de toutes parts, se pressent, montent, descendent, poussent une porte, ressortent par une autre, l'air affairé, le téléphone à l'oreille. On se croirait dans un vaudeville.

Je me sens étrangère à cette fébrilité dont je me suis pourtant nourrie pendant des années.

La réceptionniste me jette un regard craintif. Elle m'a reconnue et redoute d'assister à un nouvel accrochage.

Qu'elle se rassure, dans trois minutes, je m'en vais. Si ce Peeters espère prendre un quelconque ascendant en me laissant poireauter dans ce divan, il commet une erreur.

De plus, j'ai de lui le souvenir d'un gamin. Avec ses cheveux longs et sa chemise bariolée, il m'a laissé l'impression d'être à peine sorti de l'adolescence.

Il apparaît au bas de l'escalier, avance dans ma direction et m'adresse un signe de la tête.

— Bonjour, mademoiselle Danjoux. Venez.

Il rebrousse chemin, se retourne, me hèle de loin.

— Suivez-moi.

Il disparaît dans l'ascenseur.

Je n'apprécie ni son ton ni son empressement.

Je traverse le hall à vive allure et entre à mon tour dans la cabine, agacée.

Il anticipe ma réaction, pose un doigt sur sa bouche.

— Ne dites rien. J'aimerais vous montrer quelque chose.

Nous nous arrêtons au dernier étage, grimpons un escalier métallique et accédons au toit de l'immeuble, une longue plateforme sans garde-fou.

Il me dévisage d'un air amusé.

— Quand je fumais, je venais ici pour profiter de la vue. Vous fumez ?

Je le fixe dans les yeux.

— Vous m'expliquez ?

Il tend son bras dans une direction.

— Le Parc royal.

Je vois rouge.

— Ça suffit ! Je ne suis pas venue ici pour admirer Bruxelles à 360 degrés. Si vous attendez des excuses, vous perdez votre temps.

Il se plante devant moi.

— Mademoiselle Danjoux, si nous voulons collaborer sans préjugés sur cette enquête, nous devons faire preuve de confiance mutuelle.

Il fait un pas en arrière.

— Quand j'arriverai au bord, vous me direz stop. Pas avant.

À quoi joue-t-il ?

Il continue de reculer.

Il bluffe.

S'il ne bluffe pas, tant pis pour lui.

J'évalue l'espace qui le sépare du bord. Il lui reste quelques mètres avant le grand plongeon.

Il franchit les derniers centimètres vers l'abîme.

Malgré moi, je hurle.

— Stop.

Il pile, vacille, se rétablit.

Qu'est-ce qu'il a voulu me prouver ?

Il revient vers moi en souriant de manière stupide.

— À vous.

Je rêve. Ce type est dingue. Pour qui il me prend ? Au contraire de ce qu'a prétendu son boss, il n'a pas digéré le camouflet et compte s'offrir une revanche en m'humiliant.

Des images se bousculent.

Que ferait Dany ? Que dirait Éric ?

Mon père apparaît. Ses yeux rieurs. Sa voix douce.

Soigne les apparences, dissimule tes faiblesses. La vérité n'existe pas, tout n'est que perceptions. Tu vas y arriver. Tu vas montrer à ce gamin qui est Emily Danjoux.

Je m'entends répondre sur le ton du défi.

— D'accord.

Je fais un pas en arrière.

Un deuxième.

Le bourdonnement de la rue grossit. Je perçois le ronronnement des moteurs, des éclats de voix, le hurlement d'une sirène au loin.

Je me raisonne. Il va mettre fin à ce cirque.

Je recule. Il est hors de question que je craque. Le gouffre palpite dans mon dos. Le vide m'aspire. Le vent me fouette le visage.

Il m'encourage.

— Vous y êtes presque. Faites-moi confiance, vous ne risquez rien.

Je frissonne. Je suis transie de peur, de froid, de colère.

La benne d'un camion claque. Un coup de klaxon résonne.

Je recule d'un pas.

Il s'égosille.

— Stop !

Il me tend la main.

— Bravo ! Je vous fais confiance, vous me faites confiance.

Je reste silencieuse.

Nous redescendons sans un mot. Il me fait face dans l'ascenseur. J'ai envie de l'insulter, de le gifler, de lui arracher les cheveux.

Nous nous arrêtons au deuxième étage.

Il me laisse passer.

— Alain nous attend. Vous voulez boire quelque chose ?

Je déglutis.

— Un café.

15

Un orage prêt à éclater

Alain s'impatientait.

Où traînaient-ils ?

Fred saisissait-il les réels enjeux de cette rencontre ?

En temps normal, il aurait repris la conduite de l'enquête, mais Fred l'aurait perçu comme un désaveu. À présent, il devait le garder en première ligne, même s'il craignait qu'il ne parvienne à gagner la confiance d'Emily. Manier une femme de ce tempérament exigeait habileté et savoir-faire.

Ils firent leur apparition à l'entrée de la rédaction.

Le magnétisme dégagé par Emily ne laissait personne indifférent. Les journalistes d'ordinaire happés par leur écran relevèrent les yeux à leur passage.

Elle pénétra dans la salle de réunion.

— Votre collaborateur a une manière particulière d'accueillir les visiteurs.

Il leva un sourcil interrogatif.

Elle lui faisait penser à un orage prêt à éclater.

— Bonjour, Emily. Asseyez-vous.

Elle parcourut la pièce, fixa son choix sur la chaise du rédacteur en chef et eut un geste d'impatience.

— Bon, vous commencez ?

Il marchait sur des œufs.

En aucun cas, elle ne devait apprendre que Raoul Lagasse avait fouillé dans sa vie pour en extirper quelques pages scabreuses.

Il s'adressa à Fred.

— À toi. La Saab retrouvée à l'aéroport.

Fred livra sa version des faits en ne négligeant aucun détail. Il la recoupa ensuite avec l'assassinat manqué d'Udo Gruber selon un *modus operandi* identique.

Lorsqu'il eut terminé, elle s'empourpra.

— Pourquoi les flics n'ont pas compris ça ?

Alain devança Fred.

— À l'époque, il s'agissait d'une disparition. Les flics pensaient qu'elle était volontaire. Ils ne sont pas allés plus loin. À l'heure qu'il est, je suis sûr qu'ils sont arrivés à la même conclusion que nous. Par contre, je ne crois pas qu'ils aient fait le rapprochement avec l'affaire Udo Gruber. Grâce à cela, nous sommes plus avancés qu'eux.

— Pourquoi ne m'ont-ils rien dit ?

— Ils n'aiment pas divulguer les indices qu'ils possèdent, surtout auprès des suspects.

Elle se cabra.

— Quels suspects ? Je suis suspecte ?

Il nuança.

— Mettez-vous à leur place. À aucun moment, vous ne leur avez parlé de la station-service de Barchon, de Didier Gusteau ou de la rencontre au casino de Namur. De même pour les vêtements. Ceux qu'ils ont trouvés sur le corps ne correspondent pas à la description que vous leur avez donnée.

Elle parut songeuse, en proie à des pensées tenaillantes.

Fred la tira de sa méditation.

— Et de votre côté, que pouvez-vous nous apprendre de plus ?

Elle le fustigea du regard.

Visiblement, le courant ne passait pas entre eux.

Alain recentra.

— Vous avez certainement émis quelques hypothèses pendant ces derniers mois. Quelles sont-elles ?

Elle prit un ton affirmatif.

— Pour moi, la rencontre à Namur était la première étape du piège.

— Qu'est-ce qui vous fait dire ça ?

— D'après moi, Didier Gusteau a été envoyé par les tueurs pour appâter Éric. Pourquoi ? Je ne sais pas.

Il acquiesça.

— Admettons. Didier Gusteau trempait dans des affaires louches, c'est notoire. Comme tout le monde, il connaissait les combats d'Éric. On peut imaginer qu'il avait des informations sensibles à lui communiquer.

Elle haussa les épaules.

— En échange de quoi ? D'argent ? Éric n'en avait pas.

— Il n'y a pas que l'argent. Il souhaitait peut-être régler un compte personnel avec quelqu'un ou échanger une info contre un silence médiatique.

Fred embraya.

— Alain l'a croisé quelques semaines avant sa disparition. Il lui a confié être sur une affaire supposée faire grand bruit et voulait lui en donner l'exclusivité. Il vous en a parlé ?

Elle accusa le coup.

— Je ne m'en souviens pas.

Alain prit le relais.

— Tentons d'élaborer un scénario. Commençons par l'entrevue à Namur. Première inconnue, qui a pris l'initiative du contact ?

Elle répondit sur-le-champ.

— Gusteau, sans aucun doute.

Son jugement était hâtif, mais il ne souhaitait pas la contredire.

— Continuons. Gusteau lui fixe rendez-vous quelques jours plus tard à Barchon. Pourquoi ? Soit pour lui remettre des infos, ce qui signifierait qu'elles sont matérielles, soit pour rencontrer quelqu'un.

Fred opina.

— Six jours après, Gusteau se fait kidnapper et tuer.

Il lui lança un regard explicite. Fred croyait bien faire, mais il accumulait les impairs.

Emily rétorqua.

— Je ne vais pas pleurer sur sa mort. Pourquoi ces enlèvements et ces dissimulations de corps ? Pourquoi un tel luxe de précautions ?

Fred s'apprêtait à répondre.

Il l'arrêta d'un geste.

— Les flics font rapidement des liens entre des meurtres, surtout dans un pays comme le nôtre et dans un laps de temps aussi court. Par contre, en six jours, ils sont confrontés à bon nombre de disparitions.

Elle railla.

— 5 par jour, 35 par semaine, 1 500 par an, je suis au courant de leurs statistiques.

Cette femme était obsédée par les chiffres.

Elle parut soudain se souvenir de quelque chose.

— Michel Lambert connaissait l'avocat de ce Gusteau. Par lui, il a appris qu'il avait fait un déplacement à Ottawa durant la même période qu'Éric, quelque temps avant leur disparition. Il a aussi séjourné à Riyad et Éric projetait d'y aller en novembre 2014.

Il masqua son agitation.

Ils tenaient enfin un fil entre les deux hommes.

Ottawa, Riyad, deux destinations peu courues. Qui plus est à la même époque et peu avant leur assassinat.

Elle surenchérit.

— J'ai également remarqué qu'Éric avait bloqué un rendez-vous à Ottawa, le 16 octobre 2014, à 10 h 30. Je n'ai que les initiales. DT. J'ignore s'il s'agit de quelqu'un ou d'un organisme. J'ai essayé d'en savoir plus auprès de son collègue à l'université, mais je n'ai rien obtenu.

16

Quelqu'un de bonne volonté

Je ne suis pas prête à remettre les pieds au *Soir.*

S'il n'y avait qu'Alain, je pourrais l'envisager, mais l'autre gamin m'horripile. Même si j'ai tenu bon, je m'en veux d'avoir cédé à ses caprices. Alain aussi l'a remis en place plusieurs fois pendant la réunion. Il a pensé être discret, mais ça ne m'a pas échappé.

De plus, les informations qu'il m'a données m'ont déstabilisée.

Pourquoi Éric ne m'a-t-il rien dit ?

S'il avait changé de voiture dès la veille, cela signifie que le piège ne s'est pas refermé sur lui le jour de sa disparition, comme je l'ai toujours pensé.

Pourquoi m'a-t-il caché cela ?

Par conséquent, sa présence à Barchon n'était pas fortuite. Une rencontre était planifiée, peut-être depuis plusieurs jours et les mesures de sécurité prises pour organiser ce rendez-vous lui étaient connues.

Encore quelque chose qu'il m'a tu.

J'ai aussi appris qu'il suivait une affaire sensible. Il ne m'en a pas touché un mot.

Pourquoi ?

J'aurais dû l'interroger, m'intéresser davantage à ses croisades.

À présent, j'ai peur de la suite. J'angoisse à l'idée d'être confrontée à d'autres vérités, d'autres silences, d'autres mensonges.

Je me souviens à quel point j'ai été secouée en tombant sur les photos de sa femme dans son agenda, après sa disparition. Je pensais qu'il avait tourné la page, qu'elle faisait partie d'une vie oubliée.

Pourquoi a-t-il conservé ces photos d'elle?

François Maertens cache aussi quelque chose, j'en suis convaincue. Il a suivi Éric depuis le début. Il a participé à certains de ses combats. Il sait ce qu'Éric est allé faire à Ottawa, il connaît la signification des lettres DT.

Qu'importe, je n'attendrai pas le bon vouloir de ce journaliste. Je prendrai contact avec les anciens collègues d'Éric, sa secrétaire, ses amis, ses ennemis, son ex s'il le faut. Je finirai par tomber sur quelqu'un de bonne volonté pour me guider sur cette piste.

Je laisse la Volvo dans l'entrée du garage.

Je n'ai pas envie de rentrer chez ma mère.

Elle est incapable de tirer un trait sur une dispute. Cette fois, elle en a par-dessus la tête que j'utilise *sa* Volvo. Elle dit que je n'ai pas l'habitude de rouler dans une si grosse voiture. Elle a peur que je provoque un accident. Si j'ai besoin d'aller quelque part, je n'ai qu'à faire réparer la mienne ou prendre les transports en commun.

Je sais qu'elle va revenir sur le sujet, brandir les arguments qu'elle a rabâchés pendant la matinée, à haute voix, seule dans sa cuisine.

Je ne suis pas d'humeur à supporter une nouvelle

scène. Elle n'a qu'à la rentrer elle-même dans le garage si elle craint que j'égratigne son antiquité. Les souvenirs que je garde de mon père sont dans mon cœur, pas dans un tas de ferraille.

Comme je m'y attendais, elle s'agite dans la cuisine, les traits tirés.

Oui, j'ai refermé la porte derrière moi.

Si elle n'est pas à l'église, elle passe sa vie devant sa gazinière. Il lui faut trois heures pour cuire un blanc de poulet.

Sans compter le nombre de casseroles, de couverts et d'ustensiles qu'elle utilise.

Shargi approche, penaude, la queue entre les pattes. Elle a dû subir ses foudres pendant mon absence.

Une lettre de Massimo m'attend sur la table du salon. Je la lirai plus tard, quand je serai calmée.

Nos tête-à-tête me manquent. Avec lui, je me sentais moi-même. Je pouvais me laisser aller, lui parler sans *a priori* de mon passé, de mes erreurs, de mes faiblesses.

Il savait que je n'étais pas la femme que je m'évertuais à paraître aux yeux de tous, confiante en l'avenir, à qui la providence livrait son lot quotidien de bonheur.

Je me doute qu'il va m'avouer avoir eu une relation amoureuse. Letizia l'a évoquée à demi-mot, sur le ton de l'indiscrétion. Lui-même m'a dit avoir succombé à la tentation, sans préciser laquelle.

S'il a été exclu de sa communauté, ce n'est pas pour s'être absenté sans raison ou avoir volé quelques euros dans le tronc des pauvres.

Je revois la photo qu'il a accrochée dans le cagibi supposé lui servir de salon.

Le beau Massimo en compagnie du pape. Il devait avoir une trentaine d'années. Pour une fois, il sourit, fier comme un paon dans sa magnifique soutane noire.

Il devait plaire aux femmes.

Aux hommes aussi d'ailleurs. L'Église catholique est connue pour ses frasques sexuelles.

Ma mère me hèle de loin.

— Tu as rentré la voiture dans le garage ?

— Non, j'ai fait trois tonneaux, elle est à la casse.

17

Une femme avertie

Fred arriva chez lui avant Camille, retenue à la librairie par une séance de dédicaces.

Il profita de son absence pour écouter « *Smells Like Teen Spirit* » à grand renfort de décibels.

Camille entra en coup de vent, jeta un coup d'œil à la pochette du CD et baissa le volume.

— Le nirvana, c'est quand ça s'arrête ?

Elle virevolta dans l'appartement à la manière d'une danseuse de ballet.

— Nouveau manteau. Presque en solde. Comment tu me trouves ?

Fred leva la tête.

— Sublime.

Elle l'embrassa et indiqua l'ordinateur.

— Tu bosses ou tu télépirates un film cochon ?

— Je bosse. Grosse affluence ?

— Un vieillard, deux chiens et trois potes de l'auteur.

— Qui était-ce ?

— Guillaume Laurent.

— Tiens donc. L'avocat ?

— Lui-même. Sans sa robe, mais avec son thriller

de seconde zone et son sourire lubrique. Il m'a trouvée à son goût. Il m'a proposé un lunch, à l'endroit de mon choix, à ma meilleure convenance.

— Quelle coïncidence. C'est lui qui nous a mis en contact avec Emily Danjoux. Tu as accepté l'invitation ?

— Pour passer une heure en face d'un écrivaillon priapique qui s'écoute parler ? Non merci. Ton rendez-vous avec Emily ?

Il lui relata son exploit matinal en embellissant quelque peu la réalité.

Au contraire de ses attentes, elle ne parut pas impressionnée par son récit.

— Je pensais que tu avais arrêté ce genre de facéties.

— C'était pour la bonne cause.

— Bien sûr. Tu en as parlé à Alain ?

— Sans entrer dans les détails.

— Qu'est-ce qu'il a dit ?

— Il a nettoyé ses lunettes.

Elle ouvrit le frigo, en sortit quelques légumes et des restes de jambon.

— Velouté du verger aux saveurs de Bayonne, ça te va ?

— Le bonheur, je meurs de faim. Elle nous a fourni un indice intéressant. Il pourrait nous mener quelque part.

Il lui relata l'entrevue et les informations qu'il avait obtenues.

D'un geste nerveux, elle coupa une carotte en rondelles.

— Ottawa, DT, bonne chance pour trouver le sens.

Fred sentit qu'elle était contrariée.

Il mit sa réaction sur le compte d'un accès de jalousie.

— Je ne vais pas m'en occuper moi-même. J'ai mis une stagiaire sur le coup, en lui demandant de ratisser le Net. Avec le nom de la ville, les deux lettres et une vingtaine de mots-clés, elle devrait parvenir à quelque chose. Elle me donnera une première liste de référencements demain.

Camille garda le silence et se mit à hacher le jambon.

La lame claquait contre la planche.

Fred relança.

— Qu'en penses-tu ?

— C'est ton affaire, tu la mènes comme tu veux.

Il s'assombrit.

— Qu'est-ce qui se passe ? Tu as eu une mauvaise journée ?

Elle posa le couteau d'un geste sec.

— Puisque tu insistes, je vais te dire ce qui se passe. Pour commencer, je trouve ton numéro de trompe-la-mort grotesque. Tes pitreries impressionnent peut-être une midinette écervelée, mais pas une femme avertie, encore moins si elle est de la trempe d'Emily. Elle a été piquée dans son orgueil, sinon elle n'aurait jamais accepté de participer à cette fumisterie. La seule chose que tu es parvenu à faire est de te la mettre à dos. Ensuite, concernant ton jeu de piste, tu ferais mieux de déléguer du boulot intelligent à ton esclave, Emily est plus motivée que ta stagiaire pour résoudre cette énigme. Elle ne se contentera pas de te refiler une liste avec deux cents probabilités. Elle ne t'en donnera qu'une. Et ce sera la bonne.

18

Un travail de qualité

Aleksy traversa Ispra à vitesse réduite, fit demi-tour à la sortie du village et revint sur ses pas.

Il avait croisé peu de véhicules et la majorité des maisons avaient leurs volets clos. Dans le centre, face à l'église aux tons ocre, une placette regroupait quelques boutiques. Seules deux voitures étaient stationnées sur le parking.

Hormis le coiffeur, le boulanger et le marchand de vélos, les autres commerces semblaient fermés.

Il en déduisit qu'Ispra n'était fréquentée que durant la belle saison par les vacanciers et les propriétaires de résidences secondaires. Ce manque d'activité ne faisait pas son affaire. Les habitants du quartier devaient se connaître, ils remarqueraient rapidement la présence d'un étranger.

Il lui restait à espérer qu'il n'aurait pas à s'éterniser dans le secteur.

Il prit à gauche, descendit une rue pentue bordée de haies et arriva à l'angle de la via Monte dei Nassi, plus étroite encore.

Il pria pour qu'aucune voiture ne vienne en sens inverse et se glissa dans la ruelle.

Deux cents mètres plus loin, il passa au ralenti devant le numéro indiqué, une modeste maison de briques rouges sans étage, entourée d'un jardinet bien entretenu.

Elle lui faisait penser aux chaumières de paysans que l'on voyait dans son village natal, au sud de la Pologne. Il ne manquait que les peintures florales sur la façade et l'illusion serait parfaite.

Au bout de la voie, il s'arrêta sur une petite aire de parking aménagée devant une bâtisse inhabitée.

Il descendit de la fourgonnette, détacha son échelle du toit, s'équipa de deux seaux, d'une éponge, d'une peau de chamois, d'une raclette en caoutchouc et de deux fines aiguilles à tricoter.

Plus d'une fois, son métier officiel lui avait servi de couverture. Quand il l'utilisait comme alibi, il s'appliquait malgré tout à fournir un travail de qualité, même si ses clients auraient éprouvé quelques difficultés à se plaindre *a posteriori* de sa prestation.

Il remonta à pied, ausculta les environs et parvint à hauteur de la maison.

Une allée de gravier longeait la face latérale gauche. Une vieille Fiat Uno était garée dans le fond de l'impasse.

Il atteignit la porte d'entrée, chaussa ses lunettes et déchiffra non sans mal le nom inscrit sur la boîte aux lettres.

Damiani.

Sa vue avait encore faibli. Il se résolut à prendre rendez-vous chez son ophtalmologue à son retour. En tout cas, il était à la bonne adresse.

Il sonna.

Aucune réponse.

Il attendit quelques minutes et renouvela l'opération. Des pas se firent entendre et un homme lui ouvrit. Il correspondait à la description qu'il avait reçue.

Malgré cela, il devait s'assurer qu'il s'agissait de la bonne personne avant d'intervenir. On n'est jamais trop prudent.

Il prit la parole, mêlant des mots d'italien, d'anglais et de dialecte slave, expliquant, moult gestes à l'appui, qu'il était laveur de vitres, qu'il arrivait de Roumanie, qu'il était sérieux et ne coûtait pas cher.

L'homme sembla hésiter. Il n'avait que quelques fenêtres et les avait nettoyées peu de temps auparavant.

Aleksy insista.

Il avait faim. Il n'avait pas rencontré beaucoup de monde dans le village et n'avait reçu qu'une tâche depuis le matin. Il ajouta qu'il acceptait d'être payé après un contrôle du résultat et laisserait le montant à l'appréciation du client.

Tout en baragouinant, il fouillait du regard l'intérieur de la maison.

Convaincu, l'homme ouvrit grand la porte.

— *Lei è il benvenuto.*

19

Certaines confessions

Il referme le capot et hoche la tête d'un air entendu.

— C'est la poulie d'alternateur, madame.

Je n'ai pas la moindre idée de l'endroit où cet objet se trouve ni quelle est son utilité.

Je fais la grimace.

— Je m'en doutais. Ça ne va pas me coûter trop cher, j'espère.

Il s'essuie les mains sur sa salopette.

— On va faire pour le mieux. Elle sera terminée pour 17 heures.

Parole de garagiste.

Il me reste à rentrer à pied.

Le trajet va me prendre plus d'une heure, une belle promenade pour Shargi.

J'ai hâte de poursuivre mon travail. J'ai entamé la traduction du roman que l'on m'a confié, un texte tout en sensibilité, empreint de nuances infinies. Je passe mon temps à consulter les dictionnaires de synonymes.

À la maison, l'ambiance est meilleure. Ma mère s'est calmée. À mon avis, Katelyn lui a fait la leçon, aidée par l'horoscope ou l'Évangile.

Cela fait une semaine que j'ai rencontré ces journalistes et je n'ai pas de nouvelle de leur part. Le gamin m'avait certifié qu'il déchiffrerait le rébus en un tournemain.

Fanfaron et beau parleur.

Je ne les ai pas attendus, j'ai avancé de mon côté. J'ai téléphoné aux anciens collègues d'Éric. Une vingtaine au bas mot. Ma question les a surpris.

Ottawa. DT.

Certains se sont découragés d'entrée de jeu, d'autres m'ont assuré qu'ils allaient réfléchir et reprendre contact avec moi s'ils trouvaient quoi que ce soit.

De vagues promesses pour masquer leur défection.

Disparu ou assassiné, le sort d'Éric ne les touche plus. Tout comme Guido, silencieux depuis notre dernière entrevue.

En revanche, j'ai reçu un appel de Guillaume Laurent, l'ami avocat d'Alain. Il aimerait déjeuner en ma compagnie, au restaurant et à la date de mon choix.

J'ai décliné.

Shargi se met à gémir, rase le mur.

Un homme vient dans notre direction, la démarche martiale, un berger allemand tenu par le cou. Tous deux me décochent un regard belliqueux. Le phénomène d'identification m'a toujours stupéfiée.

J'attends avec impatience la prochaine lettre de Massimo. Je suis curieuse de connaître la suite de son aventure sentimentale.

Un moment, j'ai pensé lui répondre, mais je me suis ravisée.

Certaines confessions ne demandent qu'à être écoutées.

J'ai appris qu'il a habité dans le centre de Rome,

non loin du château Saint-Ange, là où se déroule le finale de la *Tosca.*

Trahie par Scarpia, Floria Tosca découvre que Mario Cavaradossi, son amant, est mort et se jette dans le Tibre du haut des remparts.

Du temps où je ne doutais de rien, je me suis mis en tête de chanter *Vissi d'arte*, une magnifique aria. La tradition veut que Tosca s'agenouille puis s'allonge au sol pendant l'exécution.

Je ralentis l'allure, fredonne les premières strophes.

Vissi d'arte, vissi d'amore,
Non feci mai male ad anima viva
Con man furtiva
Quante miserie conobbi aiutai.

J'ai vécu d'art, j'ai vécu d'amour,
Je n'ai jamais fait de mal à âme qui vive !
Par une main cachée
J'ai soulagé toutes les misères que j'ai rencontrées.

Mon téléphone me tire de ma rêverie. Le nom de Philippe Debels apparaît sur l'écran. Il fait partie de ceux que j'ai appelés. Il est venu une fois ou deux à la maison. Éric l'appréciait. Je me souviens de lui, un grand roux ne sachant quoi faire avec ses mains et s'excusant à tout bout de champ.

— Bonjour, Philippe.

— Bonjour, Emily. Excusez-moi de vous déranger, mais j'ai peut-être une piste pour vous.

Mon cœur bondit.

— Je vous écoute.

— En cherchant dans le répertoire de l'ASFC, le

réseau universitaire des Avocats sans frontières du Canada, j'ai trouvé un David Torp. Il enseignait le droit international à Ottawa.

— Merci Philippe. David Torp, à Ottawa, cela pourrait correspondre. Vous dites qu'il *enseignait*, il a arrêté ?

Il semble hésiter.

— Pardonnez-moi si je vous induis en erreur. Mon attention a été attirée par le fait qu'il est décédé après un accident de la route, le 15 novembre 2014, le lendemain du jour où Éric a disparu.

ACTE IV

laTribune.ca

16 novembre 2014 / mis à jour à 15 h 30

Un malaise à l'origine de l'accident mortel de Lennoxville

C'est un malaise qui est à l'origine de l'accident qui a coûté la vie à David Torp, l'homme de 62 ans qui a perdu la vie lors d'un accident survenu le 15 novembre dans l'arrondissement de Lennoxville.

Le véhicule, une Toyota Prius, s'est mis à louvoyer sur la chaussée avant de terminer sa course contre un garde-fou.

« Le conducteur a vraisemblablement perdu conscience en raison d'un problème de santé. Le véhicule a dévié de la route pour percuter un garde-fou », explique le porte-parole du Service de police de Sherbrooke, Patrick Sénécal.

David Torp était un juriste, professeur d'université et homme politique.

Il était titulaire de cours en droit constitutionnel avancé, en droit international public et en droit international et constitutionnel des droits fondamentaux à la Faculté de droit de l'université d'Ottawa.

Il se rendait chez sa fille au moment de l'accident.

1

Yes

La climatisation était défaillante depuis plusieurs jours. Malgré les fenêtres grandes ouvertes, la salle de réunion était surchauffée et l'air suffocant.

Alain attendit que Fred ait achevé la lecture du document et posa son café sur la table.

— Voilà l'article que j'ai déniché. À part l'une ou l'autre revue universitaire, c'est le seul quotidien à avoir parlé de sa mort. Le journaliste dit que le conducteur a *vraisemblablement* perdu conscience en raison d'un problème de santé.

Fred semblait songeur.

La chaleur n'en était pas la cause.

Alain comprenait son agacement. Emily l'avait appelé dans la matinée pour lui donner l'information. Dans la foulée, elle avait ajouté qu'elle ne voulait plus venir au journal ni traiter avec Fred.

Alain ne fut pas trop surpris par sa réaction. Il avait senti qu'elle n'était pas à l'aise à la rédaction et que la présence de Fred la dérangeait.

Fred était un enquêteur perspicace, mais un piètre communicateur. Sa fougue et son impétuosité étaient appréciables, mais elles constituaient également son principal point faible. Par manque d'expérience, il avait commis quelques erreurs.

Il passa une main dans sa barbe.

— J'ai téléphoné à ce Patrick Sénécal, le flic qui a fait cette déclaration. J'avais oublié qu'il était deux heures du mat à Ottawa. Par chance, le type était de garde. Il a été surpris par mon initiative, mais il se souvenait des circonstances de l'accident. David Torp était seul au volant et il n'y a pas eu d'autres victimes. Rien ne laissait supposer que sa mort aurait pu être suspecte. Par conséquent, ils n'ont pas procédé à l'autopsie du corps.

Fred opina, sans conviction.

Il ôta ses lunettes.

— Bon, Fred, crevons l'abcès. Emily Danjoux ne veut plus te voir. Et après ? Si tu veux, je te dresse la liste des gens qui ne veulent plus me parler. C'est édifiant. Journalisme d'investigation et popularité ne sont pas souvent compatibles. Si tu veux être aimé par les lecteurs, annonce la météo quand elle est clémente ou supervise la page sudoku et les mots fléchés.

Fred sortit de sa torpeur.

— J'avoue, je suis frustré. C'est la première enquête que tu me délègues et je ne suis pas foutu de la gérer. J'espérais te prouver mes compétences.

Il s'emporta.

— Merde, Fred. Tu as trouvé pour la bagnole, ça a fait progresser les choses. Grâce à toi, nous avons toujours notre longueur d'avance. Tu ne vas pas baisser les bras à cause d'Emily Danjoux ? Tu sais comme moi qu'elle est d'humeur changeante. Concentre-toi sur l'enquête et mets tes états d'âme au placard.

Fred se redressa.

— OK. Désolé.

Alain reprit sur un ton neutre.

— Emily a appelé l'assistante de Torp. La femme a arrêté de travailler à l'université depuis un an, mais elle a réussi à la joindre chez elle. Elle se souvenait de la visite de Deguide. Elle ne pouvait pas garantir que cette rencontre avait eu lieu le 16 octobre 2014, mais elle était certaine que c'était quelques semaines avant l'accident.

— La Danjoux en a appris plus sur cette entrevue ?

— L'entretien a duré deux heures. C'était la première fois qu'ils se voyaient. La femme ne savait pas de quoi ils avaient parlé.

Fred haussa les épaules, résigné.

— Soit. La date correspond, mais ça ne nous avance pas.

Alain se recula dans son fauteuil.

— Je n'ai pas terminé.

Fred baissa les yeux, conscient qu'il persistait dans son entêtement.

— Pardon, je t'écoute.

— À un moment, Torp l'a appelée et lui a demandé de faire des photocopies. Il lui a remis un dossier qui comptait de nombreuses pages. Selon elle, Deguide l'avait apporté en prévision du rendez-vous.

— Elle s'est permis de lire, en diagonale ?

Il sourit.

— Je te reconnais bien là. Elle a seulement remarqué que plusieurs feuilles contenaient des schémas d'objets, en vue éclatée.

— À quoi ressemblaient ces objets ?

— Aucune idée. En plus, elle ne savait pas à quelle échelle ils étaient reproduits. Ces dessins auraient pu représenter un minuscule ustensile de cuisine comme un engin de chantier de dix tonnes.

Fred parut enfin s'animer.

— Résumons. Nous avons deux professeurs de droit, un journaliste et un homme d'affaires douteux. Trois ont été victimes du même mode opératoire. Deux en sont morts, le troisième en a réchappé miraculeusement. Le quatrième est décédé des suites d'un accident de voiture au moment de la disparition d'Éric.

Alain embraya.

— À cela, ajoutons deux villes. Riyad et Ottawa. Deux destinations peu courues par les touristes belges. Plus un dossier imposant et des dessins qui pourraient représenter un mixer électrique ou une grue géante.

Fred se figea.

— Rappelle-moi sur quoi travaillait Udo Gruber ?

— La montée de l'extrême droite allemande, les liens supposés de Poutine avec la mafia russe, le laxisme européen en matière d'exportation d'armes.

Fred se leva d'un bond.

— Je reviens dans un instant.

Alain le vit se ruer vers son bureau et se pencher sur son ordinateur.

La fièvre journalistique venait de reprendre le dessus. Son vague à l'âme n'avait été que de courte durée.

Il entendit Fred pousser un cri retentissant.

— *Yes !*

Cinq secondes plus tard, il fit sa réapparition dans la salle, le visage triomphant.

— J'ai trouvé.

Ispra, le 9 janvier 2017

Emily,

Vous le répétiez souvent, la vie peut s'enrichir ou se déliter en l'espace d'un souffle.

La passion a embrasé la mienne en cet après-midi d'été, sur cette place par trop fréquentée de Rome, quand Oriana m'est apparue tel un fruit défendu.

Jusqu'alors absorbé par ma lecture, elle s'est penchée vers moi. Le ton léger, indiquant de la main mon appareil photographique, elle m'a demandé si j'étais reporteur. M'étonnant de sa hardiesse, je lui ai répondu avec quelque froideur que j'étais prêtre et que la photographie n'était pour moi qu'un passe-temps.

Mon impétuosité et mon manque d'aisance semblaient l'égayer. Au lieu de battre en retraite, elle m'a lancé le défi de la prendre en photo.

Le portrait n'était pas ma discipline de prédilection.

Néanmoins, animé par une ferveur inexpliquée, j'ai exprimé mon consentement.

Nous nous sommes rendus sur les marches du Capitole où j'ai pris d'elle quelques instantanés.

Insouciante à ma gêne manifeste, elle riait aux éclats, se déhanchait à la manière des actrices, adoptait des poses affectées, tout à la joie de ce divertissement impromptu.

À tout moment, je craignais d'être surpris par un de mes supérieurs et avais hâte de mettre fin à mon tourment. Malgré cette menace pressante, jamais le temps ne m'a paru si court.

Le soir approchant, elle m'a proposé de nous revoir dans la huitaine afin que je lui présente les épreuves.

J'ai procédé au développement du film et passé commande de quelques agrandissements. Dans l'ombre de ma chambre, je révisais les tirages, l'esprit agité, partagé entre attirance et repliement. Les sensations confuses, je me suis surpris à effleurer le papier, à parcourir les traits de son visage, à souligner du doigt les courbes de son corps.

Nous nous sommes revus les semaines suivantes. Je comptais les jours qui séparaient nos rencontres avec un empressement mêlé de culpabilité.

Elle me parlait de son métier de galeriste, je lui parlais de mon sacerdoce. Mes choix de vie ne semblaient porter aucun ombrage à notre amitié naissante. L'art et la littérature étaient notre ciment. Je me réjouissais de sa présence, me découvrais volubile, enjoué, avenant. Je ne savais au juste ce que représentait à ses yeux cette relation duplice, d'une distraction futile ou d'un attachement émotif.

Aux premières couleurs de l'automne, au sortir d'une

promenade dans les allées du Parco Petroselli, elle m'a pris la main et m'a convié à venir chez elle sans chercher à pallier les raisons de sa requête. Sa démarche ne supposait aucune ambiguïté.

Réticent, mais déjà vaincu, je l'ai suivie.

Dans le silence du soir, elle a posé ses mains sur mon corps. J'étais encore vierge de tout attouchement. J'ai cru défaillir quand sa peau a épousé la mienne. Malhabile, hésitant, je tremblais de toutes parts. Elle m'a guidé avec tendresse, me menant de la voix et du geste avec un tact infini.

Nous nous sommes aimés jusqu'aux pâleurs de l'aube.

Jamais je n'aurais imaginé que cet acte que l'on m'avait tant improuvé pût revêtir une telle beauté, une telle harmonie.

L'amour procure un bienfait si grand qu'il ne peut être qu'un cadeau de Dieu.

Oriana m'aimait d'un amour sincère. Je lui vouais un amour absolu, total et fusionnel. Sans intention délibérée, elle a balayé mes intimes certitudes pourtant profondément ancrées. L'attachement aux créatures vivantes, que je rejetais jusque-là aveuglément, si généreux ou douloureux qu'il puisse être, est l'essence même de notre existence.

J'aurais dû taire notre passion, je l'ai exposée au grand jour.

Rappelé à l'ordre, admonesté, menacé d'exclusion, je me suis joint au mouvement qui récusait le célibat des prêtres.

De fil en aiguille, j'en suis devenu l'un des plus fervents apôtres. Je voulais changer le monde qui m'entourait, malmener cet ordre peuplé d'hommes qui soutenaient accomplir la volonté de Dieu, mais bannissaient le don le plus précieux qu'il leur avait légué.

Mon impudence m'en a coûté. J'ai perdu la confiance des hautes instances ecclésiastiques.

Après deux années d'une passion partagée, le cœur meurtri, Oriana a résolu de prendre sa liberté.

Nos adieux furent empreints de respect mutuel, sans malveillance ni ressentiment, ma raison se résignant à consentir qu'elle avait fait vœu d'une maternité que je ne pouvais lui offrir.

Privé d'affection, écarté de l'Église, j'ai cessé tout combat et suis rentré en Toscane.

Je n'attendais ni sollicitude ni aide financière de la part de mon père. J'aspirais à endurer ma souffrance loin des regards et des jugements.

Je me suis installé à Ispra.

Plongé dans une solitude glacée, j'ai prié en escomptant que le temps m'aide à refermer mes plaies.

Le 26 juillet 2015, Letizia m'a présenté à vous. Ce dimanche ensoleillé aurait pu être un jour comme tant d'autres dans ma vie arrêtée.

Le cœur chancelant, j'ai pris conscience que je vous attendais depuis dix-sept ans.

Il n'est de jour où je pense à vous.

Massimo

— Je voulais vous dire que j'ai lu toutes vos lettres. La dernière est arrivée ce matin. Je viens de la terminer.

— J'espère ne pas vous avoir importunée avec mes vieilles histoires.

— …

— Que se passe-t-il, Emily ?

— Excusez-moi, je suis émue.

— Moi aussi. Votre voix. Vous entendre.

— Je suis tellement désolée, Massimo. Je me suis apitoyée sur mon sort pendant des semaines, comme si j'étais la femme la plus malheureuse du monde. Je ne savais rien de vous. Si j'avais su ce que vous aviez enduré.

— C'était notre accord, Emily. J'étais là pour vous écouter.

— Je sais. Et puis, vos derniers mots.

— …

— Laissez-moi un peu de temps. À bientôt, Massimo.

2

La photo en noir et blanc

D'un hochement de tête respectueux, Aleksy déclina la boisson que l'homme lui proposait et se mit au travail.

Par mesure de précaution, il commença par les façades extérieures, en vue de déceler la présence éventuelle d'autres personnes à l'intérieur.

La maison ne comportait pas d'étages. Il coucha son échelle dans l'allée, remplit son seau au robinet du jardin et s'attela à la tâche.

Le pourtour de l'habitation terminé, il tapa au carreau pour indiquer qu'il souhaitait nettoyer les vitres intérieures.

L'homme lui fit signe d'entrer.

Il poussa la porte entrouverte, ôta sa casquette et pénétra dans le logis. Le décor lui apparut spartiate, fait de quelques meubles boiteux sur lesquels aucun bibelot ne traînait. Les murs étaient peints en blanc. Ni tableaux ni ornements, hormis le traditionnel crucifix cher aux Italiens.

De mémoire, c'était la première fois qu'il était amené à intervenir dans un environnement aussi austère. La majorité de ses cibles étaient fortunées, ou au moins dans une certaine aisance.

Il se rendit dans l'unique chambre dont la vue donnait sur le jardin.

D'un côté, une armoire, un lit simple, une table de nuit, une lampe de chevet. De l'autre, une commode à tiroirs. La photo en noir et blanc d'une jeune femme qui se déhanchait à l'avant d'un monument antique était posée sur la tablette.

Aleksy approuva le choix. Joli brin de fille. En toute vraisemblance, l'objet convoité par son client, même si le tirage semblait assez ancien. Lors de l'entretien préliminaire, son client avait précisé que le bellâtre italien avait saisi l'occasion d'un voyage d'agrément de sa dulcinée sur les rives du lac Majeur pour lui ravir sa conquête.

En son for intérieur, il comprenait les motivations de la demoiselle.

Ne fût-ce que sur le plan de l'apparence physique, le propriétaire des lieux avait plus fière allure que son commanditaire au teint cireux et aux yeux injectés.

Une autre certitude germa dans son esprit. De toute évidence, ce n'était pas par intérêt financier que l'amante volage s'était tournée vers le Transalpin.

Il poursuivit vers la salle d'eau, exiguë, équipée d'une cabine de douche, d'une cuvette de w.-c. et d'un meuble-lavabo bon marché.

Il passa un rapide coup d'éponge sur la vitre opaque et se rendit dans la cuisine, tout aussi réduite. Seule une vieille cafetière électrique témoignait que l'individu était sorti du Moyen Âge.

Alors qu'il parachevait son ouvrage, il entendit la sonnerie du téléphone.

L'homme décrocha. Quelques mots lui parvinrent, par bribes, pas de manière suffisamment claire pour qu'il puisse suivre le fil de la conversation, mais assez pour qu'il prenne acte que l'homme parlait français.

Il attendit la fin de l'appel, très bref, et se dirigea à pas silencieux vers la pièce principale.

Il s'arrêta à l'entrée et jeta un coup d'œil.

Ni téléviseur, ni ordinateur, ni chaîne hi-fi. Une simple radio portative à piles. Pas davantage de fauteuil ou de canapé. Une table en bois rectangulaire, deux chaises. Contre l'un des murs, une bibliothèque bien fournie, seules touches de couleur dans le local d'un blanc immaculé.

L'homme était plongé dans la lecture, assis de dos sur l'une des chaises.

D'un geste souple, il fit glisser l'aiguille dissimulée dans sa manche et avança dans la pièce.

3
Le marché du siècle

Fred expédia ses baskets dans le salon et s'effondra dans le canapé.

— C'est compliqué.

Camille s'installa à son tour, cala un coussin contre sa poitrine et posa ses jambes sur ses genoux.

— J'adore quand tu me racontes des histoires compliquées dont je ne comprends que la moitié.

Fred emprisonna ses chevilles et lui massa les pieds.

— L'affaire commence en août 2014. CMI, une société liégeoise qui produit des équipements pour la défense, annonce la signature de ce qui sera appelé le marché du siècle. Le contrat s'élève à 3 milliards d'euros. Le client est General Dynamics, une entreprise canadienne dont le siège se trouve à Ottawa.

Camille agita ses doigts de pieds.

— Je parie que ce n'était pas une commande de raquettes pour gravir les pentes enneigées des Rocheuses.

Le mot d'esprit ne le fit pas sourire.

— La licence d'exportation stipulait «*équipements blindés et leurs pièces détachées*». Dans un premier temps, aucune information précise sur le contenu n'a pu être obtenue, mais les observateurs ont découvert que c'étaient des tourelles-canons destinées à un tout-terrain produit par les Canadiens.

— Sur le plan esthétique, l'idée est bonne.

— Dans les semaines qui ont suivi la signature du contrat, certains médias ont estimé que la transaction posait un problème éthique. Les annonces faites par CMI et la Région wallonne indiquaient que la livraison de l'arsenal s'effectuerait au Canada.

— Sauf que.

— Sauf que ces tourelles, une fois assemblées par General Dynamics, seraient expédiées en Arabie Saoudite, client final de l'opération.

Camille prit un ton ironique.

— Pays bien connu pour sa noblesse d'âme, sa largeur d'esprit et son respect des droits de l'homme.

Il se défit des jambes de Camille, se leva et ouvrit le frigo.

Il en sortit une canette de bière, ôta la capsule et se mit à tourner en rond dans le salon.

Sa nervosité était perceptible.

Sa découverte matinale l'avait plongé dans un état d'extrême fébrilité. Alain avait reconnu le symptôme du journaliste qui ferre un gros poisson et s'en était réjoui.

Camille l'encouragea.

— Je n'étais pas au courant de cette affaire.

— Peu de temps après, on apprend qu'il ne s'agit pas de véhicules destinés au transport de troupes, mais de blindés. En d'autres mots, des chars d'assaut, des machines à tuer.

Camille l'observa avec fierté.

Elle prenait plaisir à ressentir la passion qui l'animait.

Dès leurs premières rencontres, il lui avait confié qu'il rêvait de faire un scoop et de devenir un journaliste reconnu. Cette fois, il était sur le point de réaliser son ambition.

Elle lui envoya un baiser du bout des doigts.

— Je t'aime.

Fred se tritura les mains.

Une irrésistible envie de fumer était venue le tenailler dans l'après-midi. En guise de substitut, il avait mâché un crayon et avalé de grandes quantités de café.

— À présent, ces chars sont utilisés dans la guerre qui ravage le Yémen, pays où l'Arabie Saoudite s'enlise dans un conflit contre les rebelles houthistes. Comme souvent, les civils sont les premières victimes.

Il s'abstint d'en dire davantage.

Les dépêches qu'il avait parcourues étaient révélatrices. Les enfants payaient un lourd tribut à cette guerre dont personne n'entrevoyait l'issue. Les photos étaient insoutenables. Bon nombre n'avaient pas été publiées pour éviter que *Le Soir* ne soit accusé de tomber dans le voyeurisme.

— Je suppose que Deguide s'apprêtait à dévoiler le pot aux roses ?

Il hocha la tête.

— C'est là que le mystère s'épaissit. Déjà avant sa disparition, plusieurs médias se sont mobilisés pour dénoncer ce marché. Les chroniqueurs n'ont pas tous été assassinés.

— Ils n'étaient peut-être pas au courant de ce qui se passait au Yémen. C'est sans doute ce que Deguide avait découvert lors d'un de ses voyages.

Fred secoua la tête.

— Les exactions commises au Yémen n'ont été

révélées qu'après sa disparition, mais ça n'explique pas tout. On ne tue pas un professeur de droit parce qu'il a été témoin d'un massacre de civils, c'est hélas un spectacle quotidien. Nous pensons qu'il détenait un élément supplémentaire, une info apte à sensibiliser l'opinion publique. Quel élément, quelle info ? Pas d'idée.

Camille émit une hypothèse.

— L'info qui a failli coûter la vie du journaliste allemand ?

Il soupira.

— Pas sûr. La tentative d'assassinat d'Udo Gruber a eu lieu avant la signature du contrat. Selon Alain, il avait appris avant l'heure que la Belgique allait fournir un armement massif à un régime qualifié de dictature et s'apprêtait à le communiquer. Ce genre d'annonce est plus gênante avant la conclusion d'un marché que quand tout le monde est mis devant le fait accompli.

— Didier Gusteau a participé aux négociations ?

Fred écarta l'idée d'un geste.

— Gusteau, mandaté pour un tel marché ? Aucune chance. Il n'avait pas l'envergure pour jouer dans la cour des grands. D'après nous, il n'était qu'un simple livreur d'enveloppes. Dans ces transactions, les dessous-de-table font partie des modalités habituelles. On arrose pour obtenir un coup de pouce ou acheter le silence. Ce qui expliquerait ses allers-retours à Riyad et Ottawa.

— Et le prof canadien ?

— Pas d'idée. Je suppose qu'il préparait quelque chose. Je ne peux imaginer qu'il soit mort d'un malaise au volant le lendemain de la disparition de Deguide.

Camille se leva à son tour.

— Si je résume, tu as trouvé le décor de la pièce, mais pas encore le scénario et le rôle des différents personnages.

— On peut dire ça.

— Tu vas résoudre l'énigme, j'en suis sûre. Commence par l'adage bien connu. À qui profitent les crimes ?

C'était la première question qu'Alain s'était posée.

— À ceux qui sont derrière ce marché.

Camille opina.

— Bien sûr. Je suppose que la perte financière aurait été énorme pour les deux sociétés, sans compter l'insatisfaction du client final qui attendait ses joujoux.

Il termina sa canette et la lança dans la poubelle.

— Selon Alain, ni les sociétés ni l'Arabie Saoudite ne sont mêlées à ces meurtres. Il faut plutôt regarder du côté des courtiers.

Camille prit l'air étonné.

— Les courtiers ?

— Les personnages de l'ombre, souvent d'anciens techniciens des armées. Leur spécialité est de mettre en relation les vendeurs et les acheteurs. Ils savent où se trouvent les stocks d'armes, ce que les entreprises peuvent fournir et ce que les armées recherchent. Ils servent d'interface pour faciliter les transactions et organiser la logistique de livraison. Ils sont généralement en cheville avec les services de renseignements de différents pays.

— Et touchent leur commission au passage.

— Qui représente un pactole. Vu leur profil, ils sont prêts à tout pour sauver leur gagne-pain. Il est probable qu'un de ces courtiers ait engagé une ou plusieurs équipes de tueurs à gages professionnels, souvent d'ex-membres des services officiels.

Il frappa dans ses mains.

— Bon. On arrête là. Je dois penser à autre chose, sinon je vais devenir dingue.

Camille le prit dans ses bras.

— Je t'invite au resto. À quand la suite ? Je suis piégée, ton suspense est plus palpitant que *Game of Thrones.*

Il eut un geste nerveux.

— J'ai bien une idée, mais pour qu'elle ait une chance de fonctionner, j'aurais besoin de la collaboration d'Emily Danjoux. Le hic est qu'elle ne veut plus me voir.

— J'aimerais vous dire ce que j'ai sur le cœur, Massimo. Vous avez quelques heures devant vous ?

— Vous me surprendrez toujours, Emily. Mon temps vous appartient.

— Le mien se conjugue au passé.

— Pourquoi dites-vous cela ?

— J'ai bâti ma vie sur des apparences. Mon cynisme se retourne contre moi. Mes mensonges me poursuivent. Les miens et ceux des autres. Ceux d'un autre. Vous l'avez compris depuis le début.

— Rien n'est si rare que la vérité, rien n'est si commun que le mensonge.

— Le temps des paraboles est terminé, Massimo. Arrêtez de me ménager. J'ai besoin que vous me bousculiez.

4

Une dernière fois

Ma dernière soirée *girly* remonte à octobre 2014. C'était quelques semaines avant la disparition d'Éric. Nous étions allées dans un restaurant libanais qui venait d'ouvrir ses portes du côté de la Bascule.

À l'époque, je me réjouissais de ces rencontres instaurées par Dany. Nous nous retrouvions à six, sept ou huit, selon les disponibilités de chacune, toutes trentenaires, célibataires et mariées confondues, surexcitées à l'idée des crises de fou rire qui nous attendaient.

Nos commentaires ne faisaient pas toujours le bonheur des tables environnantes. L'air pincé et les moues des clients outrés par notre franc-parler décuplaient notre férocité.

Comme il se doit, la gent masculine figurait en tête de liste de l'ordre du jour. Maris, amants, soupirants étaient livrés en pâture, mais nous saisissions également cette occasion pour régler nos comptes avec nos patrons, belles-mères, voisins de palier ou autres empoisonneurs d'existence.

J'étais souvent l'animatrice vedette de la soirée. Je

préparais avec soin mes anecdotes, choisissais le ton et le vocabulaire adéquats.

Il m'arrivait de les répéter pour parfaire mes effets et asseoir ma renommée de fille drôle et insouciante.

— Et toi, Emily, tu l'as vu ?

Je tente de me raccrocher à la conversation.

— De quoi parlez-vous ?

— *Cinquante nuances de Grey.* La suite sort bientôt.

Un malaise envahit ma poitrine. Le film battait des records d'entrées au moment où j'ai eu ma relation avec l'étudiant.

— Non, je ne l'ai pas vu.

Elles semblent déçues par mon peu de réaction.

Ces propos légers que j'appréciais me paraissent à présent futiles, dérisoires, superflus.

Leurs frasques sentimentales me semblent insignifiantes et répétitives. Leurs éclats de voix me martèlent les tympans. Je me moque de leurs nouvelles coiffures, de leurs profs de gym, des bonnes affaires qu'elles ont réalisées pendant les soldes, de leurs rides naissantes, de leurs prochaines vacances au ski.

Je me force à saluer leurs bons mots, mais je suis absente.

Ce qu'Alain m'a appris me hante.

Ce n'est pas cette affaire d'armement livré à l'Arabie Saoudite qui me tourmente, mais la somme de silences et de mensonges accumulés par Éric. Je me sens trompée, abusée, bafouée.

Je hais l'idée qu'il m'ait caché certaines choses. J'essaie de le revoir comme je l'aimais, spontané, vrai, mais son visage se déforme, ses traits se durcissent, son sourire se fige, ses yeux s'emplissent d'une lueur malicieuse, comme ces acteurs que l'on croit innocents au début du film et dont le faciès se métamorphose peu à peu.

Je tente de chasser cette image, mais elle revient aussitôt. J'aurais préféré me nourrir de mes souvenirs nostalgiques et ne rien savoir.

Je déteste ces journalistes, leur morgue et leur triomphalisme. Comment pourrais-je participer à leur liesse ? Je n'ai pas de papier à sortir, de course à gagner, de notoriété à acquérir. Seulement du chagrin à partager.

Le sort de ce chroniqueur allemand m'importe peu, je n'ai que faire des manigances de Gusteau et de la mort de ce professeur canadien.

J'aimerais revenir en arrière.

Sans doute ne me suis-je pas assez intéressée à ses combats. Je ne pensais qu'à moi, à mon chant, à mes traductions, à mes préoccupations égoïstes.

Dany se penche vers moi, murmure entre les dents.

— Je vais trouver un prétexte pour m'éclipser et te ramener chez toi.

Je n'ai plus de chez-moi.

J'aimerais partir au bout du monde. Où que j'aille, j'emporterai mes démons.

Dans quelques jours, quelques semaines, quand tout sera révélé au grand jour, je serai l'attraction de leur prochain dîner.

Elles riront de ma naïveté.

J'entends déjà leurs sarcasmes.

Emily, la femme qui ne savait rien. L'ingénue. La colombe de service. Leur cruauté est sans limites.

Soit. Je ferai ce qu'ils attendent de moi. Je jouerai le rôle qu'ils veulent me faire jouer.

Une dernière fois.

— Je ne sais que dire, Emily. Vous me parlez d'armes de destruction, de guerre, de mort, de souffrance, de dissimulation, de mensonges, de tous ces maux que je rejette avec indignation.

— Regardez la télé, écoutez la radio, lisez le journal, ces maux font partie de notre quotidien. La différence est que vous avez choisi de vous couper des réalités du monde.

— Des réalités de ce monde-là, Emily.

— Le vôtre est fait de quoi ?

— De littérature, de paix, de calme, de nature, de prières, de souvenirs. De rencontres, aussi.

— Vous êtes d'une candeur angélique.

— …

— Je ne me moque pas de vous. J'aimerais partager cette vision, mais pour l'instant, je suis face à un dilemme. Quels conseils me donnez-vous ?

— Je n'en aurais qu'un à formuler. Soyez vous-même.

— Quel moi-même voulez-vous que je sois ?

— Bannissez les apparences. Écoutez votre intuition. Montrez-vous comme vous êtes. Les gens sont autant aimés pour leurs qualités que pour leurs imperfections. Pensez-vous que Martha, Teresa ou Letizia auraient eu moins de considération pour vous si elles avaient connu votre vrai visage ? Soyez cette femme révoltée, passionnée, entière, espiègle, impertinente, fragile, sensible, cette femme à nulle autre pareille qui a su rouvrir un cœur que je croyais à jamais refermé.

— …

— Pardonnez-moi si je vous ai brusquée.

— Vous avez fait plus que cela, Massimo.

Le Soir
Rédaction en ligne
Mise en ligne le 11 janvier 2017, 9 h 54

Le 11 h 02 : « Éclaircissements dans l'affaire Deguide »

Nos journalistes Alain Lallemand et Frédéric Peeters ont mené une enquête minutieuse sur la mort d'Éric Deguide, le professeur de droit dont le corps a été retrouvé le 30 octobre 2016. Ils reviendront sur les circonstances de l'assassinat et recevront un témoin proche de la victime qui répondra aux questions et dévoilera certaines facettes méconnues de cette ténébreuse affaire. Nous vous donnons rendez-vous dans Le 11 h 02.

5

Un pari audacieux

Malgré la tension qui régnait, Alain observait la scène avec amusement.

Fred arpentait la salle de réunion à grandes enjambées, survolté, une liasse de papiers à la main.

— On arrive à la fin de l'interview. Dernière question, tu lui demandes ce qui, selon elle, permettrait d'établir un lien incontestable entre la disparition d'Éric Deguide et le contrat d'armement.

Alain acquiesça.

— Et elle me répond ?

Fred s'empara d'une des feuilles et lut à haute voix.

— Je suis certaine que François Maertens, le collègue et ami de longue date d'Éric, connaît les tenants et les aboutissants de l'affaire. Je regrette qu'il refuse de répondre aux questions, tant aux miennes qu'à celles de la presse et de la police.

Alain se massa la barbe.

L'idée de Fred était judicieuse.

N'étant pas journaliste, Emily n'était pas tenue de respecter une quelconque charte déontologique. Elle pouvait exprimer son opinion, ses doutes et ses convictions sans devoir avancer des faits concrets.

Quitte à écorcher quelqu'un au passage et à faire amende honorable par la suite.

Malgré cela, le succès de l'opération reposait sur un pari audacieux.

Il sifflota.

— Il va faire une crise d'apoplexie quand il va entendre ça. Reste à voir s'il va cracher le morceau ou essayer de s'en tirer par une pirouette verbale.

Il partageait l'avis de Fred, le pontifiant professeur en savait plus qu'il prétendait. Cette pression médiatique allait le pousser à sortir de son mutisme.

Il était également conscient que Fred poursuivait un second objectif, plus personnel celui-là. Il voulait rétablir son image auprès d'Emily et être le premier à révéler les dessous de l'histoire.

Leur approche du métier était différente. Autant il était capable de mener une enquête de longue haleine en prenant le temps de collecter des faits au compte-gouttes, autant Fred était motivé par la course à la parution. Ses années au Web l'avaient soumis à la dictature de l'immédiateté.

Il était persuadé qu'au fil du temps, il parviendrait à calmer l'impétuosité de sa recrue.

Après réflexion, il avait validé l'idée d'intervenir dans *Le 11 h 02,* la séquence vidéo interactive diffusée chaque jour sur le site du *Soir* à l'heure dite.

Tournée au cœur de la rédaction, elle permettait aux journalistes maison de dialoguer en direct avec les lecteurs. Elle accueillait également des invités pour leur donner la possibilité d'exprimer leur avis sur un thème d'actualité ou de dévoiler une information. Relayée sur les réseaux sociaux, elle suscitait un vif engouement.

Fred n'avait rien laissé au hasard.

Il avait réparti les rôles, préparé les questions, suggéré les réponses.

Alain mènerait les débats.

Il aurait face à lui Emily. Cette dernière se concentrerait sur les aspects relatifs à la disparition de Deguide et divulguerait les éléments qu'elle avait collectés : le rendez-vous à Barchon, la rencontre avec Gusteau et les voyages au Canada et en Arabie Saoudite effectués par les deux hommes à la même période.

Alain se focaliserait sur la découverte de la voiture à l'aéroport, la tentative d'assassinat d'Udo Gruber, la mort de David Torp et les zones d'ombre qui entouraient le marché du siècle.

L'ensemble restait à la surface des choses, sans preuve formelle que tout soit lié, mais le tapage qui s'ensuivrait ne manquerait pas de délier certaines langues ou d'encourager d'éventuels témoins à se manifester.

Sa tâche la plus délicate avait été de convaincre Emily.

Après lui avoir donné tous ses apaisements, elle avait finalement donné son accord pour participer à l'émission.

Fred jeta un coup d'œil à l'horloge murale.

— Qu'est-ce qu'elle fout ? Elle t'a dit qu'elle serait là à 10 heures.

Le téléphone d'Alain vibra.

— Bonjour, Emily. Je vous attends, où êtes-vous ?

Elle répondit dans un souffle.

— J'ai changé d'avis, je ne viendrai pas.

6

Pire que la mort

François Maertens avait les yeux rivés sur l'écran de son ordinateur. Alors qu'il donnait cours, un étudiant l'avait apostrophé pour l'informer que *Le 11 h 02* du jour serait consacré à l'assassinat d'Éric Deguide.

Il avait aussitôt suspendu la séance et s'était rué dans son bureau, sommant sa secrétaire de ne pas être dérangé.

La mâchoire crispée, il relut une nouvelle fois l'annonce.

Éclaircissements dans l'affaire Deguide.

Éclaircissements au pluriel.

Il maîtrisait les subtilités de la langue. Le singulier aurait été plus inquiétant. Les mots *dénouement* ou *résolution* davantage.

Cela signifiait qu'ils avaient tiré au clair quelques éléments, mais pas l'intégralité du dossier. L'expression *certaines facettes* tendait à le démontrer.

Comment pourraient-ils découvrir le fin mot de l'histoire ?

Lui-même ne le connaissait pas. Il n'avait jamais compris ce qui avait poussé Éric à risquer sa vie pour ce combat perdu d'avance.

Restait *un témoin proche de la victime.*

De qui s'agissait-il ?

Il dressa un inventaire des candidats potentiels. Éric comptait de nombreux amis, autant d'ennemis, les uns comme les autres proches de lui.

Alain Lallemand était aux commandes de l'interview. Au vu de sa réputation, cela n'augurait rien de bon. Il se souvenait également de ce Frédéric Peeters, le journaliste négligé et prétentieux qu'il avait expédié en dix minutes.

Qu'avaient-ils éclairci ?

Allaient-ils citer son nom ?

Il se persuada que dans le pire des cas, il n'avait rien à se reprocher. Personne ne pourrait le blâmer d'avoir cherché à se protéger, lui et sa famille. Il ne souhaitait en aucun cas que l'on retrouve son cadavre dans un sous-bois ou au volant de sa voiture.

Éric avait joué cavalier seul dans cette affaire.

Plus d'une fois, il avait tenté de le raisonner, mais cette tête brûlée n'avait rien voulu entendre. Ce rendez-vous nébuleux à Barchon et le luxe de précautions qui l'entouraient auraient dû le dissuader de poursuivre ce projet insensé.

Le présentateur fit son apparition à l'écran.

« Bonjour. Un développement de dernière minute nous empêche de débattre de l'affaire Deguide ce matin. Je vous prie de bien vouloir nous en excuser. Nous reviendrons sur ce sujet à une autre occasion. Nous accueillons Morgane Kubicki, journaliste économique à propos de l'offre de prêts hypothécaires à taux très bas. »

Il se figea sur son fauteuil, l'estomac noué.

Un développement de dernière minute ?

Cette annonce n'était pas pour le tranquilliser.

Le mieux était d'anticiper les événements. Il ne connaissait Alain Lallemand que de nom, mais en tant que professeur d'université et ami d'Éric, il était légitime qu'il l'appelle pour venir aux nouvelles.

Il en était à ce stade de ces cogitations lorsque la porte de son bureau s'ouvrit à la volée.

Il haussa la voix.

— J'avais demandé…

Il s'arrêta net.

Emily Danjoux se tenait dans l'encadrement.

Elle termina la phrase.

— … de ne pas être dérangé, je sais. J'ai insisté.

Il se leva.

— Sortez ! Je n'ai rien à vous dire.

Elle avança dans la pièce et se planta devant lui.

— Dans ce cas, taisez-vous.

Il s'affala dans le fauteuil.

Elle posa les mains sur le bureau et se pencha vers lui.

— Nous avons tous deux perdu un être cher. La différence est que dès le premier jour, vous étiez au courant de ce qui lui était arrivé. Pour ma part, il m'a fallu attendre deux ans. Pendant ces deux ans, j'ai appris que l'incertitude est pire que la mort. Vous vous demandez ce que j'ai fait pendant tout ce temps ? Pendant ces deux longues années durant lesquelles vous rabâchiez vos discours lénifiants sur son retour à court terme ?

Une sensation d'angoisse lui obstrua la gorge.

Il ne put articuler le moindre mot.

Elle reprit son souffle.

Le tremblement de sa voix traduisait son émotion.

— Je vais vous le dire. Pendant ces deux ans, je cherchais sa présence dans le lit, j'étreignais ses chemises pour retrouver son odeur, je dressais la table pour deux et mangeais seule en parlant à son fantôme, je guettais le bruit de l'ascenseur, j'entendais ses pas, j'écoutais son rire, je revivais nos moments de bonheur, je regardais nos photos, je l'imaginais vivant, abattu, malade, captif, je craignais l'arrivée de la nuit qui anéantit l'espoir, je haïssais le petit matin qui ravive la douleur, je pleurais, je pleurais encore, je pleurais toujours, j'espérais, je désespérais, je le maudissais, je sursautais quand le téléphone sonnait, j'avais envie de fuir, de me terrer dans un coin, de partir, de mourir.

Une larme roula sur sa joue.

Elle l'essuya d'un revers de la main.

— Vous avez sans doute de bonnes raisons d'avoir caché la vérité, mais je ne veux pas les connaître.

Il tenta d'ouvrir la bouche.

— Je…

— Ne dites rien.

Elle indiqua l'ordinateur.

— Vous vous demandez qui est ce témoin proche de la victime ? Vous avez envisagé quelques noms ? Vous vous trompez. Ce témoin proche, ce sera vous. Téléphonez à Alain Lallemand et dites-lui que vous venez au *Soir* demain. Un conseil, soyez à l'heure et n'essayez pas d'esquiver ses questions. Il en sait plus que vous sur Didier Gusteau, David Torp et le marché du siècle. Dites tout, n'omettez rien, sinon je viendrai mettre les points sur les i. Et de grâce, laissez tomber votre verbiage pompeux, votre vocabulaire châtié et vos citations formatées, vous vous adressez aux gens du peuple.

Elle tourna les talons et se dirigea vers la sortie. Avant de disparaître, elle fit volte-face.

— Il y a quand même une question à laquelle vous ne pourrez pas répondre. Comment parvenez-vous encore à vous regarder dans un miroir ?

— Je suis exténuée, vidée.

— La dernière page sera bientôt tournée, Emily.

— L'avant-dernière page. Je ne saurai jamais pour quelles raisons il m'a caché tant de choses.

— C'est cela que j'évoquais. Parlez-lui. Où qu'il soit, il vous entendra et vous conduira vers cette dernière page. Il n'est de plus bel acte que de donner son amour sans en attendre en retour. Gravez ces mots dans votre cœur. Ils vous seront précieux dans les moments de doute.

— J'avais oublié que vous croyiez en l'au-delà.

— …

— Excusez-moi, Massimo, je suis à bout de nerfs. Que dois-je faire à présent ?

— Oubliez votre part rationnelle et laissez-vous guider.

— Vous croyez à la fulgurante intuition féminine ?

— Je crois que vous avez compris ce qu'il vous reste à faire.

7

Une gerbe de fleurs

Je pensais ne jamais remettre les pieds dans cet endroit.

Quelques jours après la mort de mon père, je suis venue lui rendre visite dans ce cimetière. J'en suis ressortie anéantie et n'y suis jamais retournée.

J'ai préféré continuer à le garder en vie dans mon cœur, à parcourir mon enfance à ses côtés, à parler avec lui, à l'écouter m'apprendre la vie.

Il fait froid, le ciel est d'un bleu pur, le soleil éblouissant.

Je remonte l'allée centrale bordée de cyprès, passe devant les sépultures des notables.

Je n'y suis revenue qu'à l'enterrement d'Éric.

Nous n'étions qu'une vingtaine à assister à l'ensevelissement, les autres avaient repris leur vie normale. Hormis la famille d'Éric et quelques amis fidèles, Massimo et moi étions présents. L'ex-femme d'Éric évitait mon regard. François Maertens jouait la tristesse résignée.

À l'heure qu'il est, il doit être sous le feu des projecteurs.

Je ne sais si c'est le courage ou la lâcheté qui l'a

poussé à céder à mes exigences. En fin de compte, ça m'est égal. Je n'ai plus la force de le haïr.

J'hésite entre l'allée de droite ou celle de gauche. Ma mémoire n'a gardé de ce jour que l'image du cercueil disparaissant dans la fosse béante.

Si ce n'étaient mes derniers fragments d'orgueil, je me serais effondrée aux pieds des croque-morts.

J'emprunte l'allée latérale, en direction des tombes les plus récentes.

Un petit groupe est massé au centre de la pelouse. La cérémonie s'achève. Un des participants capte ma présence. Il se retourne, me suit du regard.

Je longe les rangées de tombes en parcourant les dates sur les stèles.

Septembre 2016.

Octobre 2016.

Mes jambes se mettent à trembler.

Éric Deguide

1980 – 2014

Une gerbe de fleurs fanées repose sur le marbre.

Je m'accroupis, pose une main sur la pierre glacée. Les larmes m'aveuglent. Je parviens à balbutier quelques mots.

— Bonjour, mon amour.

8

La vie tient à peu de chose

L'émission avait obtenu la meilleure audience depuis sa création. De plus, le bouche-à-oreille avait encouragé les absents à la visionner en différé sur YouTube ou Twitter et les vues continuaient de progresser.

Alain s'était montré chevaleresque. À la fin de l'interview, il avait déclaré que l'enquête avait été dans sa majeure partie menée par Frédéric Peeters.

Quand tout le monde était parti, il était venu trouver Fred.

— C'est ton succès. Je te laisse assurer la suite. Prends en charge les articles de fond.

Fred en aurait pleuré.

Il avait passé l'après-midi à rédiger les articles en vue des parutions ultérieures, interrompu à intervalles réguliers par des félicitations qui émanaient de toutes parts.

Camille avait été la première à l'appeler.

— Je suis tellement fière de toi. Malheureusement, je n'ai pas pu voir toute la séquence, il y avait un monde fou dans la librairie, tu me raconteras en détail ce soir.

En fin d'après-midi, Alfredo avait débarqué avec trois bouteilles de champagne. Alain s'était joint à eux, suivi par le rédacteur en chef et les journalistes présents dont certains avaient pris soin d'assurer le ravitaillement.

Après quelques verres, Fred s'était fendu d'un discours improvisé, vantant le coaching d'Alain et les mérites de l'opiniâtreté. Malgré ses propos quelque peu décousus, il avait été applaudi par l'assistance, l'équipe Web en tête.

Au vu de sa démarche hésitante, Alfredo avait suggéré de le ramener chez lui.

— Je préfère me taper un détour au lieu d'aller te récupérer chez les flics comme l'autre fois.

Éméché, Fred avait acquiescé.

— Tu es un frère, Uber.

Alfredo ralentit et s'arrêta devant la maison.

— C'était ta journée, Fred.

— Ça ne fait que commencer. Après ça, je m'attaque aux magouilles de Donald Trump. Je vise l'impeachment avant la fin de son mandat.

— Occupe-toi plutôt de faire ton bébé avant la fin de l'année. Les grands journalistes sont des pères de famille exemplaires. Question d'équilibre. Avec les horreurs qu'ils se farcissent tous les jours, leurs enfants leur rappellent ce que sont les valeurs essentielles de la vie.

— Sage conseil. J'y travaille.

Il se cogna la tête en sortant de la voiture.

Les jambes défaillantes, il se faufila entre les véhicules en stationnement, se posta devant sa porte et chercha sa clé.

— Et merde.

Il s'apprêtait à sonner quand la porte s'ouvrit. Camille plongea dans ses bras.

— *Welcome home, Man of the hour.*

Elle renifla le col de sa chemise.

— Je vois que tu ne m'as pas attendue pour savourer ta victoire.

— Juste un petit verre ou deux.

Il la suivit en titubant vers le salon.

Un bouquet de fleurs et un seau à champagne étaient posés sur la table.

Elle ouvrit les bras.

— Ta-dam ! Et ce n'est pas tout. Je t'ai aussi mitonné un plat spécial *winner*, avec de la vraie viande et de vrais légumes. Mais avant, je veux tout savoir.

Fred s'affala dans le divan.

— Tu as vu la tête de Maertens ?

— Difficile de le rater, la caméra ne l'a pas lâché. On aurait dit un voleur de poules pris en flagrant délit.

— Son calvaire ne fait que commencer. Maintenant, il va devoir s'expliquer devant ses confrères, ses étudiants, les amis qu'il lui reste, la presse et les flics.

— Les trente deniers de Judas. Le prix de la trahison.

— Il s'est enfui après l'interview. Cela dit, si on sait ce qui s'est passé, on ne connaîtra sans doute jamais les dessous de l'affaire. Ou alors dans cinq, dix ou vingt ans, quand un des assassins avouera ses crimes.

Elle fit sauter le bouchon, servit deux flûtes et vint s'asseoir à ses côtés.

— À ton succès.

— Au nôtre. Sans toi, j'aurais fait autre chose de ma vie.

Elle passa une main dans ses cheveux.

— Sans toi, je n'aurais jamais connu l'amour, le vrai.

Ils vidèrent leur verre en silence.

Camille posa ses jambes sur ses genoux.

— Dis-moi tout.

— L'affaire a commencé en septembre 2014. Deguide avait des fans un peu partout. Par chance, l'un d'eux travaillait au service juridique de CMI. Pris de scrupules, le type l'a contacté. C'est de cette manière qu'il a appris qu'un contrat d'envergure allait être signé pour la livraison de tourelles à l'Arabie Saoudite. Mieux, l'employé indélicat lui a fourni une copie du cahier des charges du matos avec les plans et les spécificités techniques.

— Un pacifiste dans une boîte d'armement ?

— Il y a bien des écolos qui bossent chez McDonald's.

— Belle analogie.

— Deguide s'est aussitôt emballé et a commencé à fureter dans tous les coins en pensant être discret. Mais les murs ont des oreilles et il s'est vite fait repérer. La partie adverse a voulu savoir où il en était dans ses recherches et ce qu'il mijotait. Ils ont envoyé Gusteau à la pêche aux infos.

Camille embraya.

— Gusteau a alors téléphoné à Deguide et lui a fixé rendez-vous au casino de Namur pour lui tirer les vers du nez.

Fred sourit.

— Tu suis, je vois.

— Je suis suspendue à tes lèvres.

— Gusteau a rencontré Deguide. Il lui a raconté qu'il avait été sollicité pour négocier un gros marché, mais s'était fait doubler par un intermédiaire. Furieux, il comptait lui faire payer sa forfaiture. Deguide a mordu à l'hameçon et lui a demandé des précisions sur le contrat et les arrangements annexes. Gusteau a fait mine d'hésiter, puis a déballé des choses que Deguide savait déjà, en ajoutant quelques détails. Pour prouver sa bonne foi et pousser Deguide à tout lui révéler, il lui a donné une liste de personnes supposées toucher des bakchichs dans l'opération en Belgique, au Canada, en Arabie Saoudite et dans d'autres pays.

— Comme Alain le pensait, il n'était qu'un simple porteur d'enveloppes.

— Exact. Comme tu t'en doutes, la liste était bidon, mais, mis en confiance, Deguide lui a dévoilé son idée. Gusteau est retourné dare-dare faire son rapport et ses boss ont pris conscience du danger que représentait le modeste professeur d'université.

— On arrive au nœud de l'affaire. Quel était le plan de Deguide ?

Fred plissa les yeux.

— Deguide connaissait le droit international sur le bout des doigts. Un mois avant, le 16 octobre, il est allé à Ottawa pour rencontrer David Torp et lui proposer un truc dingue.

— Dis-le !

— Bloquer le marché.

Camille écarquilla les yeux.

— Non ? C'est possible ?

— Tout à fait. Le contrat octroyé à General Dynamics contrevient aux lois canadiennes. Les ventes de matériel militaire produit au Canada sont soumises à une loi qui proscrit toute exportation vers des pays où des violations des droits humains ont été actées. Dans ce domaine, les Canadiens rigolent moins que les Belges.

— Bien vu. Torp a marché dans le coup ?

— À fond. Il s'est engagé à analyser la faisabilité de l'affaire et préparer un dossier pour le présenter devant les tribunaux canadiens.

— C'est plus gênant qu'une protestation indignée dans un journal.

— Les boss de Gusteau, sans doute des courtiers qui craignaient que leur commission parte en fumée, ont estimé qu'il n'y avait pas une minute à perdre et ont programmé l'élimination des deux hommes. Gusteau a alors rappelé Deguide et lui a proposé de faire la connaissance d'un soi-disant associé floué prêt à lui remettre des documents aptes à favoriser le blocage. Vu le caractère hautement confidentiel, Gusteau a prétendu qu'il devait prendre certaines précautions pour sécuriser la rencontre.

— Deguide était à ce point naïf ?

— Comme le sont souvent les personnes passionnées. Il ne voyait que la finalité de son projet. Gusteau a bien joué le coup.

— À qui Deguide a-t-il parlé de ce rendez-vous ?

— À première vue, seulement à Maertens qui jure ses grands dieux avoir tenté en vain de le décourager.

— *Exit* Deguide et Torp. Et Gusteau ?

— Soit il a exigé un pourboire exorbitant pour son intervention, soit les instances supérieures ont estimé qu'il en savait trop.

— *Exit* Gusteau. Et de trois.

— Plus Gruber, qui avait eu vent de l'affaire bien avant. Ça fait quatre.

— Et Maertens, n'écoutant que son courage, a préféré se taire de peur de subir le même sort.

— C'est son argument de défense. Si Deguide avait parlé de lui à Gusteau, il aurait été éliminé. Il n'a peut-être pas tort. Dans cette sphère, avec de tels enjeux, on n'est plus à un mort près.

Elle parut sceptique.

— Pourquoi Deguide tenait tant à ce combat ?

Fred poussa un soupir.

— Maertens dit qu'il ne sait pas. Il s'est lui-même posé souvent la question.

— Il y avait certainement une explication.

— Que Deguide a emportée dans sa tombe. Si Maertens avait eu un peu de dignité, Deguide et Torp seraient encore de ce monde et le contrat serait invalidé. La vie tient à peu de chose.

Elle prit l'air résigné.

— Et Emily, qu'est-ce qu'elle dit de tout ça ?

— Silence radio. Alain a essayé de la contacter plusieurs fois après l'émission, mais elle ne répond pas au téléphone.

Il s'approcha d'elle et glissa une main sous son pull.

— On passe à autre chose ?

Elle le dévisagea.

— Tu as faim ?

— Pas tout de suite.

— Soif ?

— Ça peut attendre.

Elle se blottit contre lui.

— Une autre envie particulière ?

— Selon Alfredo, je devrais m'occuper en priorité d'autre chose que de Donald Trump.

9

Les flammes de l'enfer

Aleksy fixa son échelle sur le toit de la fourgonnette, jeta ses ustensiles à l'arrière et démarra en trombe.

À la sortie d'Ispra, il se rangea sur le bas-côté et procéda au remplacement des plaques du véhicule.

À présent, il n'était plus nécessaire de multiplier les précautions, il ne risquait plus rien.

Il remonta en voiture et poussa un soupir de soulagement.

Depuis qu'il avait entamé ses activités parallèles, il se doutait que son dernier souffle rendu, les portes du royaume de Dieu ne lui seraient pas grandes ouvertes.

Magnanime, il s'était fait à l'idée de séjourner quelques années au purgatoire pour réfléchir à la portée de ses actes et expier ses fautes.

Il comptait sur son enfance misérable, sa bonne conduite et la clémence du Seigneur pour bénéficier de circonstances atténuantes et obtenir à moyen terme son visa pour le paradis.

Cette fois, il avait failli commettre l'erreur irréparable qui lui aurait valu les flammes de l'enfer pour l'éternité. Cette perspective le fit frémir.

Il reprit la route, alluma la radio, l'éteignit aussitôt.

Il n'était pas d'humeur à écouter des mélodies sirupeuses.

Il frappa du poing sur le volant, maudit à nouveau ce jaloux maladif qui avait omis de lui préciser que la cible était membre de la sainte Église.

S'il n'avait vu, à l'instant fatidique, la photo de Jean-Paul II en compagnie de l'homme qui lui tournait le dos, il aurait agi et s'en serait voulu pour le reste de ses jours.

Aleksy avait des principes, certes, mais il avait avant tout la foi.

Et pour cause, il était né et avait passé les vingt premières années de sa vie dans le pays le plus catholique du monde. Plus de neuf Polonais sur dix étaient non seulement croyants, mais fervents pratiquants.

Durant son enfance, chaque repas était précédé d'une prière. Il en allait de même avant le coucher. Tous les dimanches, quels que soient les conditions météorologiques ou son état de santé, il se faisait un point d'honneur à accompagner ses parents à la petite église de Saint-Józef où son frère et lui-même avaient servi la messe pendant plusieurs années.

Il franchit la frontière suisse vers 16 heures.

Cette fois, il éviterait le détour et rentrerait par la voie directe ; la traversée de la Suisse jusqu'à Bâle et la remontée de la France vers le Luxembourg où il profiterait d'une halte pour acheter quelques cartouches de cigarettes. Suivrait la dernière ligne droite vers Bruxelles par la E411.

Il piocha un mouchoir en papier et s'essuya les yeux.

Des souvenirs émus le ramenaient en arrière.

C'était le 16 octobre 1978, il venait d'avoir 16 ans.

Il se remémorait les scènes de liesse populaire qui avaient gagné tout le pays à l'annonce de l'élection de Karol Wojtyła au poste suprême. Le premier pape non italien depuis 1522, le premier de nationalité polonaise de l'histoire.

Ce jour-là, au même titre que d'autres vénéraient David Bowie ou Kazimierz Deyna, Jean-Paul II était devenu son idole. En juin 1979, il avait fait le déplacement à Varsovie pour le voir.

Il se rappelait l'immense rassemblement, les cris de joie de tout un peuple. Il avait été subjugué par la simplicité et le charisme du nouveau pape. Les années suivantes, il avait renouvelé l'expérience lors des voyages papaux en France, en Allemagne et en Espagne.

Il serra les dents.

Il s'en était fallu de peu.

Il revoyait la photo de saint Jean-Paul II, souriant, sa main dans celle du père Damiani.

Il en avait eu le choc de sa vie.

Cloué sur place, il était tombé à genoux et s'était signé à plusieurs reprises.

La voix tremblante, il s'était exprimé en français et avait interrogé le prêtre sur l'origine de la photo.

Surpris par sa réaction, l'homme lui avait demandé de se relever et lui avait proposé de s'asseoir.

Ému, il lui avait raconté l'histoire de cette photo.

Le cliché datait de 1997, lorsqu'il était à Rome, au service du Saint-Siège. Comme d'autres donnent des tapes dans le dos de leurs amis, il avait côtoyé le pape pendant près de deux ans.

Comme lui, le père Damiani lui vouait une grande admiration.

À hauteur de Strasbourg, il se résolut à ne plus accepter de missions sans un portrait exhaustif de la personne visée.

Passé Luxembourg, il se ravisa et prit la décision de mettre un terme à ses activités occultes.

Dieu lui avait envoyé un message, il devait en tenir compte.

À l'entrée de Bruxelles, il se dit qu'avant de raccrocher les gants, il clarifierait les choses avec son commanditaire dès qu'il réapparaîtrait.

Par la même occasion, il lui rendrait la monnaie de sa pièce.

Ainsi soit-il.

— Vous croyez à l'impossible, Massimo ?

— Dieu peut rendre certaines choses possibles.

— Vous ne répondez pas à ma question. Vous croyez à l'impossible, oui ou non ?

— Oui, Emily.

10

Orphéa

Le quartier sommeille sous la neige.

Quelques flocons tourbillonnent dans la clarté vacillante des réverbères.

La rue ne se trouve qu'à quelques centaines de mètres de mon ancien appartement, mais je me suis toujours évertuée à ne pas l'emprunter, quitte à faire un long détour.

Je jette un coup d'œil à la façade, guette avec appréhension les fenêtres du quatrième étage. Une lumière orangée traverse les rideaux.

Je ne pourrai invoquer l'excuse de l'absence.

Un homme promène son chien au pied de l'immeuble. Il me salue de la tête.

J'éprouve quelques scrupules à avoir laissé Shargi dans la voiture, garée près de l'université. Sans doute un prétexte pour ne pas m'éterniser.

Je grimpe les marches du perron, pousse la porte vitrée.

Je parcours les noms sur la rangée de sonnettes. Il n'est pas trop tard pour faire demi-tour.

J'inspire, j'expire, presse le bouton.

Je prie le ciel pour qu'elle ne réponde pas ou

m'envoie balader, comme la seule fois où je lui ai parlé.

Sa voix vibre dans l'interphone.

— Oui ?

Mes mains sont glacées.

— C'est Emily. Emily Danjoux.

Un silence s'installe, menaçant.

J'aurai essayé. Je n'aurai rien à me reprocher.

L'ouvre-porte grésille.

— Quatrième étage.

L'inquiétude me saisit. Je n'ai rien préparé, je ne sais que lui dire.

Je me dirige vers l'ascenseur.

La montée me paraît interminable.

Je sors de la cabine.

Elle m'attend sur le seuil de l'appartement, une main posée sur le chambranle pour en protéger l'accès. Ses traits sont figés. Elle porte une jupe stricte, un pull ample, une coiffure disciplinée.

Je bredouille une vague excuse.

— J'avais envie de vous parler, mais je ne voudrais pas vous déranger.

Elle me dévisage d'un air pincé, abaisse le bras.

— Entrez.

Je passe devant elle, avance dans le salon.

Quelques meubles de bois clair, des couleurs chatoyantes, une bibliothèque occupe un pan de mur, l'ouverture de *La Bohême* joue en sourdine. Je m'y sentirais bien en d'autres circonstances.

Elle se plante devant moi.

— Je vous écoute.

Je me sens diminuée, vulnérable.

— Vous avez entendu les informations…

— Oui, j'ai entendu les informations. Un journal vous envoie pour m'interviewer ?

J'encaisse la gifle.

— Ne croyez pas ça. J'ai été atterrée d'apprendre ce qui s'était passé. Éric ne m'avait rien dit.

Elle me fustige du regard.

— Ah bon ? Il lui arrivait de vous parler d'autre chose que de ses grandes batailles ?

J'ai envie de m'enfuir.

Elle remarque mon trouble.

— Débarrassez-vous et asseyez-vous.

Elle baisse le son pendant que je m'exécute.

Un livre est retourné sur l'accoudoir du fauteuil. Une théière et une tasse sont posées sur la table basse. Un univers qui m'est familier.

Elle revient, s'installe en face de moi.

— Nous avons vécu avec le même homme, mais nous le connaissions probablement sous des facettes différentes. Vous l'aimiez ?

La question me prend au dépourvu.

Je reste muette.

Sa voix s'adoucit quelque peu.

— Bien sûr, vous l'aimiez. Éric savait se faire aimer.

Je relève le sous-entendu.

— Que voulez-vous dire ?

Elle soupire.

— Éric avait le don d'entraîner les gens avec lui, mais il n'a jamais été capable d'aimer. Ni moi, ni vous, ni lui, ni personne. Il a été victime d'une injustice durant son adolescence et en a gardé de la rancœur envers l'humanité entière. Il ne se battait pas pour défendre des valeurs nobles, il se battait pour détruire ses ennemis. Son incapacité d'aimer s'exprimait à travers la haine et l'agressivité.

Une lame me transperce le cœur.

J'ai envie d'objecter, de me révolter, de lui dire qu'elle se trompe, de lui crier combien il m'aimait.

Je sais qu'elle dit vrai.

Des images me reviennent, des ombres sur son visage, des silences, une lueur fugace dans ses yeux, des réactions excessives, autant d'attitudes que la passion qui m'animait interprétaient en ma faveur.

Des mots résonnent dans ma tête.

Il n'est de plus bel acte que de donner son amour sans en attendre en retour. Gravez ces mots dans votre cœur. Ils vous seront précieux dans les moments de doute.

Massimo l'avait compris. Il a souffert du même mal.

Je tente de garder bonne figure.

— Il ne m'a jamais parlé de cette injustice.

— À moi non plus. Je l'ai appris par son père.

Son expression change. Un élan de compassion anime son regard.

Elle se lève, se dirige vers la commode, ouvre un tiroir, en sort une photo.

Elle se rassied, pose le carton contre sa poitrine.

— Vous êtes sûre de vouloir connaître la vérité ?

La tête me tourne.

J'aimerais me défendre, je n'en ai pas la force.

— Je suis venue pour ça.

Elle laisse passer un temps.

— Vous désiriez un enfant ?

La question me glace le sang.

Je balbutie.

— Je ne sais pas. Nous n'avons jamais abordé le sujet. Oui, sans doute. J'attendais un signe de sa part.

Elle baisse les yeux, parle pour elle-même.

— J'ai aimé Éric de toute mon âme. J'ai aimé cet homme égoïste et distant. Je lui pardonnais tous ses écarts. Je voulais passer ma vie à ses côtés, quitte à l'aimer à sens unique. J'aurais aimé avoir un enfant de lui, mais la nature en a décidé autrement.

Elle relève la tête.

— Un jour, Éric est rentré d'un voyage au Yémen. C'était en mars 2011. Il se trouvait à Sanaa quelques jours après que la police avait tiré sur les manifestants, laissant derrière elle une cinquantaine de morts et des centaines de blessés. En visitant un orphelinat, il a rencontré une jeune gamine dont les parents avaient été tous deux tués pendant l'émeute.

J'aimerais disparaître, ne pas entendre la suite.

Elle enchaîne.

— Il a pris le parti de l'adopter. Je n'ai jamais su s'il s'agissait d'un coup de tête ou d'un sursaut d'altruisme. Mais le Yémen se conforme au droit musulman et l'adoption y est interdite. Éric connaissait les lois et les moyens de les détourner. Il s'est rendu à Djibouti avec des papiers falsifiés et l'a fait passer pour Djiboutienne. Il est rentré en Belgique pour préparer sa venue et m'annoncer la nouvelle.

Elle marque un temps.

— C'était le plus beau jour de ma vie. J'étais heureuse, j'allais avoir un enfant, mon enfant. Peu m'importait qu'il soit noir, blanc, européen ou africain. Je me sentais femme, à l'égal des autres, libérée d'une malédiction.

La révélation me déchire la poitrine.

Elle me tend la photo.

Une fillette me sourit, la peau d'ébène, le regard implorant.

Sa voix tremble.

— C'est la seule photo que j'ai d'elle. Elle s'appelait Orphéa. Elle avait 2 ans. Je l'ai aimée dès la première minute, sans même la connaître. Elle est entrée dans mon cœur et ne l'a plus quitté.

Elle tire un mouchoir de sa manche, se tamponne les yeux.

— Excusez-moi.

Je suis clouée dans le fauteuil.

Elle secoue la tête, se reprend.

— Éric devait retourner là-bas en mai pour la ramener en Belgique. Il avait organisé son transport et trouvé une famille d'accueil à Djibouti en attendant qu'il vienne la chercher. Le 5 avril, nous avons appris qu'elle avait été tuée dans la région d'Aden pendant son transfert.

Elle s'arrête, me fixe dans les yeux.

J'y lis toute la tristesse du monde.

— Vous comprenez ? C'était ma petite fille. Rien n'est pire que de perdre un enfant. Notre couple aurait dû sortir grandi de cette épreuve, il n'a pas résisté. Nous avons vécu côte à côte pendant deux ans. Ensuite, il est parti vivre avec vous.

Je dévisage mon ennemie.

Elle me semble différente, fragile. Je pensais être touchée par le malheur. Ma souffrance est bénigne comparée à la sienne.

Je dois m'en aller au plus vite.

— Je vous remercie, Ariane.

Je me lève, prends mon manteau et me dirige vers la sortie.

Elle me suit en silence.

Je quitte l'appartement, appelle l'ascenseur.

Malgré moi, je me retourne. Elle est figée sur le seuil et m'observe sans un mot.

La cabine fait halte. Je suis déboussolée. Je ne sais ce qui me retient de fuir. La lumière de l'ascenseur s'éteint.

Elle hésite, tente un pas. Des larmes ruissellent sur son visage.

Je lâche mon sac, me presse vers elle et me réfugie dans ses bras.

Nos corps s'épousent, réconciliés dans la douleur et le chagrin.

ÉPILOGUE

Le coup de téléphone cueillit Fred à la sortie de la réunion de rédaction.

Dès le réveil, il avait pressenti que ce 29 décembre 2017 ne serait pas un jour comme les autres. La veille au soir, des signes avant-coureurs annonçaient qu'il marquerait l'apogée d'une année riche en événements.

Il se précipita vers l'ascenseur, grimpa dans sa voiture et démarra à toute vitesse.

Les nerfs tendus, le cerveau embrumé, il se faufila dans le trafic, pestant contre les feux rouges et les embouteillages qui le ralentissaient.

Il tenta de se calmer et repassa les moments-clés des derniers mois.

En début d'année, l'affaire Deguide avait chamboulé sa vie. En l'espace de quelques jours, il avait acquis le statut de journaliste d'investigation à part entière. Désormais, sa voix comptait et il devait asseoir sa notoriété.

Si la responsabilité des meurtres de Deguide et Torp n'avait pu être établie, les articles qu'il avait rédigés avaient eu le mérite d'inspirer un mouvement de solidarité auprès des confrères et des étudiants de ce dernier. Lorsque la presse canadienne avait relayé l'affaire, un comité de juristes s'était créé pour reprendre le flambeau.

En avril, un collègue de David Torp avait déposé une requête auprès de la Cour fédérale, demandant que les licences d'exportation soient déclarées illégales, l'acheteur du matériel visé étant engagé dans un conflit au Yémen, pays où des équipements du même type auraient été déployés et utilisés contre les civils.

Une première fois débouté, l'homme avait interjeté appel.

En septembre, il avait introduit une deuxième requête sur la base d'éléments neufs.

La ministre des Affaires étrangères avait tenté d'étouffer cette deuxième procédure dans l'œuf, mais le magistrat chargé du dossier avait statué qu'il devait être réexaminé à la suite d'informations nouvelles, qualifiées de *preuves tangibles* et de *faits avérés*.

En effet, certaines photos prouvaient que les VBL canadiens avaient été utilisés par le régime saoudien contre des civils lors du siège de la ville d'Al-Awamia en mai 2017.

À ce jour, l'affaire était toujours en cours, mais l'optimisme prévalait auprès de la partie requérante.

Il traversa le bois de la Cambre et prit la bretelle qui menait à l'entrée de l'avenue Winston-Churchill.

Ni Alain ni lui n'avaient eu de nouvelles d'Emily à l'issue des aveux de François Maertens lors de l'émission du 12 janvier. Depuis, elle ne donnait plus signe de vie.

Avril fut marqué par un grand moment d'émotion pour Alain Lallemand et son équipe. Les membres du Consortium international des journalistes d'investigation avaient reçu le prix Pulitzer, la plus haute distinction journalistique, pour avoir révélé le scandale des *Panama Papers.*

Quelques semaines plus tard, *Le Soir* publiait les résultats d'une enquête à laquelle Fred avait participé, les *Malta Files.*

Depuis, son nom était connu du grand public.

Il déboucha dans l'avenue Édith-Cavell et descendit à toute vitesse dans le parking souterrain.

En mai, son père avait été victime d'un AVC qui l'avait laissé avec des troubles cognitifs. Malgré les demandes répétées de sa mère, il avait refusé de renouer contact avec lui. La page était tournée.

De même, il n'avait plus revu les parents de Camille depuis leur altercation. Elle les voyait sans lui, malgré le souhait exprimé par son père pour aplanir les tensions.

En juillet, il était parti en vacances avec Camille. Ils avaient choisi de visiter New York, une ville dont l'effervescence et les multiples musées conciliaient les intérêts de chacun.

Septembre avait été marqué par l'arrivée d'un nouvel actionnaire dans la librairie de Camille. Les premières craintes passées, il l'avait rassurée en lui garantissant la continuité de son emploi.

Il négligea l'ascenseur, emprunta l'escalier et s'élança dans le couloir du cinquième étage. Arrivé devant la chambre 524, il frappa à la porte et entra sans attendre l'autorisation.

Camille était allongée dans le lit, les traits creusés.

Elle sourit et lui montra la petite chose qui somnolait sur son ventre.

— Elle ne t'a pas attendu.

Il approcha, embrassa Camille tout en observant le bébé.

— Tout s'est bien passé, on m'a dit.

— Bien, je ne sais pas. Vite, en tout cas.

Elle lui adressa un clin d'œil.

— Surtout pour un premier.

Il indiqua le bébé.

— Je peux ?

— Bien sûr. C'est ta fille.

Il l'examina comme un objet mystérieux, la prit gauchement dans ses bras, en soupesa le poids.

— Bonjour, toi.

Il fit le tour de la pièce en la serrant contre son cœur, confus, ne sachant que dire.

Camille voyait qu'il n'était pas à l'aise.

On l'avait prévenue. Certains hommes ont besoin de plus de temps que d'autres pour réaliser ce qui leur arrive. Dans un jour ou deux, il serait comme tous les pères, comblé et gâteux.

Le bébé commença à se manifester.

Elle l'interpella.

— Passe-la-moi, je vais la calmer.

Il ne se fit pas prier et lui rendit son bien.

L'air embarrassé, il chercha à se donner une contenance.

— Tu as eu des visites ?

— Tu es le premier, mes parents ne vont pas tarder.

Il grimaça.

— Chouette.

Camille berça le bébé et pointa le portable posé sur la table de nuit.

— En revanche, j'ai reçu quelques messages. Jette un coup d'œil, ça va t'intéresser.

Il s'empara du téléphone et parcourut les messages. Les compliments habituels. La mère, le père, le patron de la librairie, une amie.

Il se figea en découvrant le cinquième message.

> Une nouvelle histoire d'amour commence aujourd'hui. Je l'imagine belle et radieuse, comme le sont les enfants de l'amour. Je partage ton bonheur. Je t'embrasse. Emily.

Il dévisagea Camille.

— Emily ? Emily qui ?

Elle l'observait en souriant.

— Emily Danjoux.

Il fronça les sourcils.

— Comment ça, Emily Danjoux ?

Elle souffla.

— Chut. Ne t'énerve pas. Je vais t'expliquer.

— Tu la connais ?

— Tu me laisses parler ?

Il se rembrunit.

— OK. Je t'écoute.

— Pendant notre séjour à Ranco, tu ne pensais qu'à l'affaire. Moi, je m'intéressais à elle. Cette femme me fascinait. En février, quand tout était terminé et qu'on ne parlait plus de Deguide, je lui ai téléphoné.

Il l'interrompit une nouvelle fois.

— Comment as-tu eu son numéro ?

— Par Guillaume Laurent. Tu me laisses continuer ?

— Soit.

— Je lui ai dit qui j'étais. Je lui ai expliqué que j'appelais de ma propre initiative, que je voulais simplement savoir comment elle allait. D'abord, elle a été étonnée, puis elle s'est réchauffée et on a commencé à parler. De l'affaire, principalement. Je l'ai rappelée quelques semaines plus tard. Puis elle. En quelque sorte, nous sommes devenues amies. Maintenant, on se téléphone assez souvent.

Il soupira.

— Tu comptais me le dire un jour ?

Elle le dévisagea avec malice.

— Aujourd'hui. C'est pour ça que je t'ai demandé de lire mes messages. Je n'ai pas de secret pour toi, comme tu n'en as pas pour moi.

Il comprit qu'il risquait de s'engager sur un terrain glissant.

— De quoi parlez-vous ?

— Elle me parle de sa vie, de son travail, de sa mère, de sa sœur, d'Éric bien sûr, de ses désillusions, de la manière dont elle les a surmontées. Je lui parle de Bruxelles, de la librairie, de toi, des choses que les femmes se disent quand elles sont intimes.

Il n'en revenait pas.

— Tu lui parles de moi ? Elle me déteste.

Elle sourit.

— Elle ne t'a vu que deux fois. Pas très longtemps et dans de mauvaises conditions. Le temps a passé. Elle ne t'en veut pas. Je lui ai raconté notre périple à Ranco, le séjour chez Martha, la visite à Letizia, la rencontre avec Massimo. Elle a changé, ça lui semblait loin. J'ai omis de lui parler de ton cambriolage. Pour tout te dire, je crois qu'elle te trouve sympa.

Il secoua la tête, incrédule.

— Tu l'as rencontrée ?

— Jamais. Seulement au téléphone.

— Tu n’as jamais voulu la voir ?

Elle caressa la tête de sa fille.

— En mars, elle a quitté la Belgique. Elle est retournée s’installer près du lac Majeur, dans un petit village, pas très loin de Ranco. C’est une longue histoire, je te la raconterai un autre jour.

NOTE DE L'AUTEUR

La plupart de mes romans sont basés sur des faits réels, mais je m'inspire aussi des lieux que je visite et des gens que je rencontre.

En juillet 2015, j'ai passé quelques jours de farniente à Ranco, un petit village écrasé sous le soleil qui surplombe le lac Majeur. J'ai d'emblée pensé qu'il constituerait un cadre idéal pour le début d'une histoire.

Emily s'y est installée avec sa détresse, ses attentes et… ses partitions.

Après le rock dans *Back up* et la musique classique pour piano dans *Concerto pour quatre mains*, j'avais envie de tenter une incursion dans un genre musical que j'apprécie particulièrement : l'opéra et son étonnante modernité.

À ces composants, j'ai ajouté une personnalité complexe et une absence obsédante, *plus douloureuse que la mort.*

Un jour comme les autres pouvait se lever.

Si Emily est née de mon imagination, de nombreux personnages qui évoluent dans ce roman sont des doubles fictifs de personnes bien réelles.

À ce titre, j'aimerais remercier Éric David, professeur de droit international à l'université libre de Bruxelles qui m'a reçu à bras ouverts et m'a fait part des combats qu'il a menés pour défendre les droits de l'homme sur la planète. Vous pouvez en avoir un aperçu si vous surfez sur Internet.

Professeur émérite, Éric David continue à enseigner le droit des conflits armés. L'un de ses rapports est à l'origine d'une requête déposée en avril 2016 à la Cour fédérale du Canada par Daniel Turp, professeur de droit international et ancien député québécois avec qui j'ai eu l'occasion d'échanger.

Cette requête demandait que les licences d'exportation des tourelles-canons construites par l'entreprise belge CMI et livrées au groupe canadien General Dynamics soient déclarées illégales.

Très engagé dans ce dossier, Daniel Turp m'a envoyé un texte expliquant les enjeux et la chronologie de l'affaire à l'heure où j'écris ces lignes. Vous trouverez ce texte en fin de volume. Je le remercie vivement pour sa contribution.

Un grand merci à Alain Lallemand – le vrai – journaliste d'investigation au *Soir*, dont j'ai fait la connaissance lors du passage que j'ai fait au *Soir* pour préparer la rédaction de mon précédent roman, *Zanzara*, dans lequel il fait une première apparition.

Récompensé en 2017 par le prix Pulitzer pour son travail au sein d'un collectif de journalistes d'investigation sur les *Panama Papers*, je lui dois les précieuses informations relatives au fonctionnement de son métier.

Alain Lallemand est également romancier. Son

prochain opus, dont une partie de l'action se situe au Congo, paraîtra prochainement.

L'un des thèmes de ce roman étant la disparition de personnes, il me tenait à cœur de me documenter de manière pragmatique. J'ai eu le privilège de pouvoir visiter la Cellule des personnes disparues, guidé par David Rimaux, commissaire de la police fédérale, responsable du service, qui m'a expliqué leur manière de gérer les quelque 1 200 disparitions déclarées chaque année en Belgique. Sa contribution m'a été salutaire.

Grand spécialiste des Tueries du Brabant, webmaster d'un site retraçant cette mystérieuse affaire qui a défrayé la chronique dans les années 1980, Michel Leurquin m'a apporté une aide précieuse sur plusieurs plans. Autant le préciser, Michel Leurquin est autrement plus sympathique dans la vraie vie que le sombre Michel Lambert.

Je remercie Valérie Miguel-Kraak, mon agente, pour ses relectures minutieuses, ses encouragements et ses conseils avisés.

Avec elle, la citation de Boileau « *Hâtez-vous lentement et sans perdre courage, vingt fois sur le métier remettez votre ouvrage, polissez-le sans cesse, et le repolissez, ajoutez quelquefois et souvent effacez* » prend tout son sens.

C'est grâce à ses démarches que j'ai eu l'occasion de faire la connaissance d'Isabelle et Hervé Chopin, mes éditeurs, qui d'entrée de jeu se sont déclarés très enthousiastes pour le texte et n'ont pas ménagé leurs efforts pour le défendre.

Mes remerciements à Maxime Gillio, dit Œil-de-Lynx, pour sa précision chirurgicale.

Je terminerai en adressant un clin d'œil à Barbara

Abel et Michel Bussi, mes confrères de plume, ainsi qu'à Clémence Haie et Philippe Ortelli, mes lecteurs avant l'heure, pour leurs commentaires pertinents et leurs retours constructifs.

Paul Colize
Août 2018

ANNEXE

L'exportation de marchandises militaires par le Canada en Arabie Saoudite

(extrait du dossier de Daniel Turp, professeur à la faculté de droit de l'université de Montréal)

Canadian-made LAV 6.0 for Saudi Arabia National Guard *CASR*

L'Arabie saoudite est le principal importateur de marchandises militaires canadiennes ces 25 dernières années. En dollars constants de 2015, le Canada a exporté de telles marchandises pour une somme de 4 047 705 853,00 dollars, soit 22 % du total (voir Naël SHIAB, « La grande hypocrisie canadienne », *L'Actualité*, 5 février 2017).

Ce statut de principal importateur a été renforcé avec la conclusion du contrat de vente de « véhicules blindés légers (pour une description des VBL, voir l'article de Stephen Priestley, « Implications of Canadian Arms Exports – LAV 6.0s for Saudi Arabia – Saudi Arabia National Guard's LAV II and probable LAV 6.0 variants », *CASR, Canadian American Strategic Review* – In detail (February 2016)).

Chronologie de l'Opération Droits Blindés

– **14 février 2014** : Annonce par le ministre du Commerce international, M. Ed Fast, de la conclusion entre la Corporation commerciale canadienne (CCC) et la Saudi Arabia National Guard (SANG) d'un contrat pour la fourniture par GDLS-C de VBL. La valeur de ce contrat, pour l'exportation de plus de 900 VBL pour une période de 14 ans, est évaluée à 15 milliards de dollars.

– **6 avril 2016** : En réponse de Memoranda of Action des 21 décembre 2015 (Commerce international) et 21 mars 2016 (Affaires mondiales) et en application de l'article 3 de la *Loi sur les licences d'exportation et d'importation*, le ministre Stéphane Dion autorise la délivrance de six licences d'exportation.

– **6 février 2017** : Annonce du dépôt d'une demande de contrôle judiciaire au colloque d'Avocats sans frontières.

– **10 février 2017** : Publication dans *Le Devoir* d'une lettre collective sous le titre « Arabie saoudite : une autorisation illégale ».

– **21 mars 2017** : Recours 1 : Dépôt de l'avis de demande de contrôle judiciaire à la Cour fédérale du Canada.

– **12 et 13 avril 2017** : Recours 1 : Dépôt d'affidavits de l'expert du demandeur Éric David et du demandeur Daniel Turp.

– **21 avril 2017** : Recours 1 : Dépôt de l'avis amendé de demande de contrôle judiciaire.

– **29 avril 2017** : Recours : Dépôt d'affidavits supplémentaires d'Éric David et Daniel Turp.

– **29 juin 2017** : Recours 1 : Dépôt d'affidavit de l'expert du défendeur Michael N. Schmitt.

– **Juillet/août 2017** : Recours 1 : Interrogatoires d'Éric David, Daniel Turp et Michael N. Schmitt.

– **15 septembre 2017** : Recours 1 : Transmission du mémoire des faits et du droit du demandeur.

– **31 octobre 2017** : Recours 1 : Transmission du mémoire des faits et du droit.

– **19-20 décembre 2017** : Recours 1 : Audition devant la Cour fédérale du Canada du défendeur.

– **24 janvier 2017** : Jugement rejetant la demande de contrôle judiciaire… sans dépens.

– **17 février 2017** : Dépôt de l'avis d'appel au greffe de la Cour d'appel fédérale.

– **26 mai 2017** : Transmission du mémoire des faits et du droit de l'appelant.

– **28 juillet 2017** : Révélations sur l'utilisation d'équipement militaire canadien en Arabie Saoudite par *The Globe and Mail.*

– **3 août 2017** : Recours 2 : Mise en demeure à la ministre des Affaires étrangères Chrystia Freeland.

– **20 septembre 2017** : Recours 2 : Avis de demande de contrôle judiciaire.

– **10 novembre 2017** : Recours 2 : Dépôt d'une requête en radiation de la demande de contrôle judiciaire.

– **21 novembre 2017** : Recours 2 : Avis de demande de contrôle judiciaire amendé (ajout de GDLS comme défendeur).

– **6 décembre 2017** : Recours 1 : Audition devant les juges de la Cour fédérale d'appel Marc Nadon, Mary G. L. Gleason et Richard Boivin.

– **9 janvier 2018** : Recours 2 : Ordonnance du juge Luc Martineau rejetant la requête en radiation.

– **1er mars 2018** : Recours 2 : Ordonnance pour la fixation d'un échéancier.

– **15 avril 2018** : Dépôt d'une requête en confidentialité par le demandeur.

– **22 mai 2018** : Ordonnance acceptant que l'identité des témoins soit protégée et demeure confidentielle.

– **6 juillet 2018** : Recours 1 : Jugement de la Cour d'appel fédérale rejetant l'appel.

– **10 juillet 2018** : Recours 1 : Annonce de la décision d'interjeter appel du jugement de la Cour d'appel fédérale devant la Cour suprême du Canada.

DU MÊME AUTEUR

Chez Fleuve éditions

ZANZARA, 2017.

CONCERTO POUR 4 MAINS, 2015, Pocket.

Aux Éditions La Manufacture de livres

L'AVOCAT, LE NAIN ET LA PRINCESSE MASQUÉE, 2014, Pocket.

UN LONG MOMENT DE SILENCE, 2013, Folio Policier nº 728.

BACK UP, 2012 (réédité en 2019), Folio Policier nº 685.

Aux Éditions Krakoen

LE VALET DE CŒUR, roman, 2010 (réédition de QUATRE VALETS ET UNE DAME).

LE MYSTÈRE KRAKOEN, nouvelles, 2010.

ONZE BALLES PERDUES, nouvelles, 2010.

LE BAISER DE L'OMBRE, roman, 2010.

LA TROISIÈME VAGUE, roman, 2009.

Chez Seff éditions

QUATRE VALETS ET UNE DAME, roman, 2005.

CLAIRS OBSCURS, roman, 2003.

LE SEIZIÈME PASSAGER, roman, 2002.

LES SANGLOTS LONGS, roman, 2002.

Chez d'autres éditeurs

UN JOUR COMME LES AUTRES, Éditions Hervé Chopin, 2019 (Folio Policier nº 906).

DISTORSIONS HARMONIQUES, Éditions 12-21, 2017.

UN PARFUM D'AMERTUME, Pocket, 2016 (réédition de LE VALET DE CŒUR).

POLYCHROMES, nouvelles, Éditions Écorce, 2011.

SUN TOWER, roman, MMS éditions, 2007.

FENÊTRES SUR COURT, nouvelles, MMS éditions, 2006.

Composition APS-ie
Impression Grafica Veneta
à Trebaseleghe, le 2 mars 2020
Dépôt légal : mars 2020

ISBN 978-2-07-285361-6. / Imprimé en Italie.

354548